# 郁达夫

## 散文集

郁达夫◎著

吉林出版集团股份有限公司

## 图书在版编目（CIP）数据

郁达夫散文集 / 郁达夫著 . —长春：吉林出版集团股份有限公司，2017.6（2021.5 重印）

（昨日芳菲：近现代名家经典作品丛刊 / 杜贞霞主编）

ISBN 978-7-5581-2712-0

Ⅰ . ①郁… Ⅱ . ①郁… Ⅲ . ①散文集—中国—现代 Ⅳ . ① I266

中国版本图书馆 CIP 数据核字（2017）第 129732 号

## 郁达夫散文集

| | |
|---|---|
| 著　　者 | 郁达夫 |
| 策划编辑 | 杜贞霞 |
| 责任编辑 | 齐　琳　史俊南 |
| 封面设计 | 老　刀 |
| 开　　本 | 650mm×960mm　1/16 |
| 字　　数 | 302 千字 |
| 印　　张 | 22.5 |
| 版　　次 | 2017 年 10 月第 1 版 |
| 印　　次 | 2021 年 5 月第 2 次印刷 |

| | |
|---|---|
| 出　　版 | 吉林出版集团股份有限公司 |
| 电　　话 | 总编办：010-63109269 |
| | 发行部：010-69584388 |
| 印　　刷 | 三河市京兰印务有限公司 |

ISBN 978-7-5581-2712-0　　　　定价：56.00 元

版权所有　侵权必究

# 目 录

还乡记 ………………………………………………… 1
还乡后记 ……………………………………………… 22
苏州烟雨记 …………………………………………… 32
送仿吾的行 …………………………………………… 42
南行杂记 ……………………………………………… 46
马蜂的毒刺 …………………………………………… 56
志摩在回忆里 ………………………………………… 59
暗　夜 ………………………………………………… 65
杂谈七月 ……………………………………………… 66
杭州的八月 …………………………………………… 68
祝赵母王太夫人的寿 ………………………………… 70
两浙漫游后记 ………………………………………… 74
惜掌之歌 ……………………………………………… 78
记耀春之殇 …………………………………………… 82
雨 ……………………………………………………… 85
王二南先生传 ………………………………………… 86
浙江的今古 …………………………………………… 94
记闽中的风雅 ………………………………………… 97
饮食男女在福州 ……………………………………… 100

|  |  |
|---|---|
| 日本的文化生活 | 108 |
| 鲁迅先生逝世一周年 | 113 |
| 平汉陇海津浦的一带 | 115 |
| 黄河南岸 | 117 |
| 记广洽法师 | 119 |
| 欧洲人的生命力 | 120 |
| 再见王莹 | 123 |
| 回忆鲁迅 | 125 |
| 鲁迅逝世三周年纪念 | 146 |
| 诗人的穷困 | 148 |
| 郭外长经星小叙记 | 152 |
| 为郭沫若氏祝五十诞辰 | 157 |
| 印光法师塑像小记 | 159 |
| 为郭沫若氏五十诞辰事 | 161 |
| 敬悼许地山先生 | 163 |
| 海上通信 | 166 |
| 零余者 | 173 |
| 给沫若 | 179 |
| 小春天气 | 185 |
| 立秋之夜 | 193 |
| 印人张斯仁先生 | 195 |
| "文人" | 197 |
| 悼诗人冯蕉衣 | 200 |
| 紫罗兰女士速写像题记 | 202 |
| 刘海粟教授 | 204 |
| 北国的微音 | 206 |
| 读上海一百三十一号的《文学》而作 | 211 |

# 目 录

| | |
|---|---|
| 一个人在途上 | 215 |
| 打听诗人的消息 | 221 |
| 沪战中的生活 | 224 |
| 二十二年的旅行 | 230 |
| 婿乡年节 | 233 |
| 故都的秋 | 235 |
| 雕刻家刘开渠 | 238 |
| 春 愁 | 241 |
| 送王余杞去黄山 | 243 |
| 玉皇山 | 245 |
| 江南的冬景 | 248 |
| 记富阳周芸皋先生 | 252 |
| 福州的西湖 | 256 |
| 必胜的信念 | 261 |
| 与悲鸿的再遇 | 264 |
| 归 航 | 267 |
| 诗人的末路 | 275 |
| 一封信 | 277 |
| 给一位文学青年的公开状 | 283 |
| 骸骨迷恋者的独语 | 289 |
| 灯蛾埋葬之夜 | 292 |
| 故 事 | 298 |
| 光慈的晚年 | 301 |
| 移家琐记 | 306 |
| 北航短信 | 311 |
| 寂寞的春朝 | 313 |
| 追怀洪雪帆先生 | 315 |

住所的话 ………………………………………… 319
记曾孟朴先生 …………………………………… 322
怀四十岁的志摩 ………………………………… 326
记风雨茅庐 ……………………………………… 329
北平的四季 ……………………………………… 332
里西湖的一角落 ………………………………… 338
全面抗战的线后 ………………………………… 342
"一二八"的当时 ………………………………… 347
在警报声里 ……………………………………… 350

# 还乡记

## （一）

大约是午前四五点钟的样子，我的过敏的神经忽而颤动了起来。张开了半只眼，从枕上举起非常沉重的头，半醒半觉的向窗外一望，我只见一层灰白色的云丛，密布在微明的空际，房里的角上桌下，还有些暗夜的黑影流荡着，满屋沉沉，只充满了睡声，窗外也没有群动的声息。

"还早哩！"

我的半年来睡眠不足的昏乱的脑经，这样的忖度了一下，将还有些昏痛的头颅仍复投上了草枕，睡着了。

第二次醒来，急急的跳出了床，跑到窗前去看跑马厅的大自鸣钟的时候，心里忽而起了一阵狂跳。我的模糊的睡眼，虽看不清那大自鸣钟的时刻，然而第六官却已感得了时间的迟暮，八点钟的快车大约总赶不到了。

天气不晴也不雨，天上只浮满了些不透明的白云，黄梅时节将过的时候，像这样的天气原是很多的。

我一边跑下楼去匆匆的梳洗，一边催听差的起来，问他是什么时候。因为我的一个镶金的钢表，在东京换了酒吃，一个新买的爱而近,去年在北京又被人偷了去,所以现在只落得和桃花源里的乡老一样,要知道时刻,只能问问外来的捕鱼者"今是何世?"

听说是七点三刻了,我忽而衔了牙刷,莫名其妙的跑上楼跑下楼的跑了几次,不消说心中是在懊恼的。忙乱了一阵,后来又仔细想了一想,觉得终究是赶不上八点的早车了,心地倒渐渐地平静了下去。慢慢的洗完了脸,换了衣服,我就叫听差的去雇了一乘人力车来,送我上火车站去。

我的故乡在富春山中,正当清冷的钱塘江的曲处。车到杭州,还要在清流的江上坐两点钟的轮船。这轮船有午前午后两班,午前八点,午后二点,各有一只同小孩的玩具似的轮船由江干开往桐庐去的。若在上海乘早车动身,则午后四五点钟,当午睡初醒的时候,我便可到家,与闺中的儿女相见,但是今天已经是不行了。(是阴历的六月初二。)

不能即日回家,我就不得不在杭州过夜,但是羞涩的阮囊,连买半斤黄酒的余钱也没有的我的境遇,教我哪里更能忍此奢侈。我心里又发起恼来了。可恶的我的朋友,你们既知道我今天早晨要走,昨夜就不该谈到这样的时候才回去的。可恶的是我自己,我已决定于今天早晨走,就不该拉住了他们谈那些无聊的闲话的。这些也不知是从哪里来的话?这些话也不知有什么兴趣?但是我们几个人愁眉蹙额的聚首的时候,起先总是默默,后来一句两句,话题一开,便倦也忘了,愁也丢了,眼睛就放起怖人的光来了,有时高笑,有时痛哭,讲来讲去,去岁今年,总还是这几句话:

"世界真是奇怪,像这样轻薄的人,也居然能成中国的偶像的。"

"正唯其轻薄,所以能享盛名。"

"他的著作是什么东西?连抄人家的著书还要抄错!"

"唉唉!"

"还有××呢！比××更卑鄙，更不通，而他享的名誉反而更大！"

"今天在车上看见的那个犹太女子真好哩!"

"她的屁股真大得爱人。"

"她的臂膊!"

"啊啊!"

"恩斯来的那本《彭思生里参拜记》，你念到什么地方了？"

"三个东部的野人，

三个方正的男子，

他们起了崇高的心愿，

想去看看什，泻，奥夫，欧耳。"

"你真记得牢!"

像这样的毫无系统，漫无头绪的谈话，我们不谈则已，一谈起头，非要谈到愧儡消尽，悲愤泄完的时候不止。唉，可怜的有识无产者，这些清谈，这些不平，与你们的脆弱的身体，高亢的精神，究有何补？罢了罢了，还是回头到正路上去，理点生产罢！

昨天晚上有几位朋友，也在我这里，谈了些这样的闲话，我入睡迟了，所以弄得今天赶车不及，不得不在西子湖边，住宿一宵，我坐在人力车上，孤冷冷的看着上海的清淡的早市，心里只在怨恨朋友，要使我多破费几个旅费。

# （二）

人力车到了北站，站上人物萧条。大约是正在快车开出之后，慢车未发之先，所以现出这沉静的状态。我得了闲空，心里倒生出了一点余裕来，就以北站构内，闲走了一回。因为我此番归去，本来想去看看故乡的景状,能不能容我这零余者回家高卧,所以我所带的,只有两袖清风,一只空袋,和填在鞋底里的几张钞票——这是我的脾气,有钱的时候,老把它们填在鞋子底里。一则可以防止扒手,二则因为我受足了金钱的迫害,借此可以满足我对金钱复仇的心思,有时候我真有用了全身的气力,拼死蹂践它们的举动——而已,身边没有行李,在车站上跑来跑去是非常自由的。

天上的同棉花似的浮云,一块一块的消散开来,有几处竟现出青苍的笑靥来了。灰黄无力的阳光,也有几处看得出来。虽有霏微的海风,一阵阵夹了灰土煤烟,吹到这灰色的车站中间,但是伏天的暑热,已悄悄的在人的腋下腰间送信来了。啊啊!三伏的暑热,你们不要来缠扰我这消瘦的行路病者!你们且上富家的深闺里去,钻到那些丰肥红白的腿间乳下去,把她们的香液蒸发些出来罢!我只有这一件半旧的夏布长衫,若把汗水流污了,那明天就没得更换的呀!

在车站上踏来踏去的走了几遍,站上的行人,渐渐的多起来了。男的女的,行者送者,面上都堆着满贮希望的形容,在那里左旋右转。但是我——单只是我一个人——也无朋友亲戚来送我的行,更无爱人女弟,来作我的伴,只在脆弱的心中,无端的充满了万千的哀感:

"论才论貌,在中国的二万万男子中间,我也不一定说是最下流的人,何以我会变成这样的孤苦的呢!我前世犯了什么罪来?我生在什么星的底下的?我难道真没有享受快乐的资格的么?我不能信,我怎么也不能信。"

这样的一想,我就跑上车站的旁边入口处去,好像是看见了我认识的一位美妙的女郎来送我回家的样子。刚走到门口,果真见了几个穿时样的白衣裙的女子,正从人力车下来。其中有一个十七八岁的，戴白色运动软帽的女学生，手里提了三个很重的小皮箧，走近了我的身边。我不知不觉竟伸出了一只手去，想为她代拿一个皮箧，好减轻她一点负担，但她站住了脚，放开了黑晶晶的两只大眼反很诧异的对我看了一眼。

"啊啊！我错了，我昏了，好妹妹，请你不要动怒，我不是坏人，我不是车站上的小窃，不过我的想象力太强，我把你当作了我的想象中的人物，所以得罪了你。恕我恕我，对不起，对不起，你的两眼的责罚，是我所甘受的，你即用了你那只柔软的小手，批我一顿，我也是甘受的，我错了，我昏了。"

我被她的两眼一看，就同将睡的人受了电击一样，立即涨红了脸，发出了一身冷汗，心里作了一遍谢罪之辞，缩回了手，低下了头，匆匆的逃走了。

啊啊！这不是衣锦的还乡，这不是罗皮康（Rubicno）的南渡，有谁来送我的行，有谁来作我的伴呢！我的空想也未免太不自量了，我避开了那个女学生，逃到了车站大门口的边上人丛中躲藏的时候，心里还在跳跃不住。凝神屏气的立了一会，向四边偷看了几眼，一种不可捉摸的感情，笼罩上我的全身，我就不得不把我的夏布长衫的小襟拖上面去了。

## （三）

"已经是八点四十五分了。我在这里躲藏也躲藏不过去的，索性快点去买一张票来上车去罢！但是不行不行，两边买票的人这样的多，也许她是在内的，我还是上口头的那扇近大门的窗口去买吧！这里买票的人正少得很！"

这样的打定了主意，我就东探西望的走上了那玻璃窗口，去买了一张车票。伏倒了头，气喘吁吁的跑进了月台，我方晓得刚才买的是一张二等车票，想想我脚下的余钱，又想想今晚在杭州不得不付的膳宿费，我心里忽而清了一清。经济与恋爱是不能两立的，刚才那女学生的事情，也渐渐的被我忘了。

浙江虽是我的父母之邦，但是浙江的知识阶级的腐败，一班教育家政治家对军人的谄媚，对平民的压制，以及小政客的婢妾的行为，无厌的贪婪，平时想起就要使我作呕。所以我每次回浙江去，总抱了一腔羞嫌的恶怀，障扇而过杭州，不愿在西子湖头作半日的勾留。只有这一回到了山穷水尽，我委委颓颓的逃返家中，仍想到我所嫌恶的故土去求一个息壤，投林的倦鸟，返壑的衰狐，当没有我这样的懊丧落胆的。啊啊！浪子的还家，只求老父慈兄，不责备我就对了，那里还有批评故乡，憎嫌故乡的心思，我一想到这一次的卑微的心境，又不觉泫泫的落下泪来了。

我孤伶仃的坐在车里，看看外面月台上跑来跑去的旅人，和穿黄色制服的挑夫，觉得模糊零乱。他们与我的中间，有一道冰山隔住的样子。一面看看车站附近各工厂的高高的烟囱，又觉得我的头上身边，都被一层灰色的烟雾包围在那里。我深深的吸了一口气，把车窗打开来看梅雨晴时的空际。天上虽还不能说是晴朗，但一斛晴云，和几道光线，是在那里安慰旅人说：

"雨是不会下了，晴不晴开来，却看你们的运气罢！"

不多一忽，火车慢慢儿的开了。北站附近的贫民窟，同坟墓似的江北人的船室，污泥的水潴，晒在坍败的晒台上的女人的小衣，秽布，劳动者的破烂的衣衫等，一幅一幅的呈到我的眼前来，好像是老天故意把人生的疾苦，编成了这一部有系统的记录，来安慰我的样子。

啊啊，载人离别的你这怪兽！你不终不息的前进，不休不止的前进罢！你且把我的身体，搬到世界尽处去，搬入虚无之境去，一生一世，不要停止，尽是行行，行到世界万物都化作青烟，你我的存在都变成乌有的时候,那我就感激你不尽了。

由现代的物质文明产生出来的贫苦之景,渐渐的被大自然掩盖了下去,贫民窟过了,大都会附近之小镇(Vorstadt)过了,路线的两岸,只有平绿的田畴,美丽的别业,洁净的野路,和壮健的农夫。在这调和的盛夏的野景中间,就是在路上行走的那一乘黄色人力车夫,也带有些浪漫的色彩。他好像是童话里的人物,并不是因为衣食的原因,却是为了自家的快乐,拉了车在那里行走的样子。若要在这大自然的微笑中间,指出一件令人不快的事物来,那就是野草中间横躺着的棺冢了。穷人的享乐,只有陶醉在大自然怀里的一刹那。在这一刹那中间,他能把现实的痛苦,忘记得干干净净,与悠久的天空,广漠的大地,化而为一。这是何等的残虐,何等的恶毒呢!当这样的地方,这样的时候,偏要把人间的归宿,生物的运命,赤裸裸的指给他看!

我是主张把中国的坟冢,把野外的枯骨,都掘起来付之一炬,或投入汪洋的大海里去的。

## (四)

过了徐家汇,梵王渡,火车一程一程的进去,车窗外的绿色也一程一程的浓润起来了。啊啊,我自失业以来,同鼠子蚊虫,蛰居在上海的自由牢狱里,已经有半年多了。我想不到野外的自然,竟长得如此的清新,郊原的空气,会酿得如此的爽健的。啊啊,自然呀,大地呀,生生不息的万物呀,我错了,我不应该离开了你们,到那秽浊的人海中间去觅食去的。

车过了莘庄,天完全变晴了。两旁的绿树枝头,蝉声犹如雨降。我侧耳听听,回想我少年时的景象不置。悠悠的碧落,只留着几条云影,在空际作霓裳的雅舞。一道阳光,遍洒在浓绿的树叶，匀称的稻秧，和柔软的青草上面。被黄梅雨盛满的小溪，奇形的野桥，水车的茅亭，高低的土堆，与红墙的古庙，洁净的农场，一幅一幅同电影似的尽在那里更换。我以车窗作了镜框，把这些天然的图画看得迷醉了，直等火车到松江停住的时候止，我的眼睛竟瞬息也没有移动。唉，良辰美景奈何天，我在这样的大自然里怕已没有生存的资格了罢，因为我的腕力，我的精神，都被现代的文明撒下了毒药，恶化成零，我哪里还有执了锄耰，去和农夫耕作的能力呢！

正直的农夫呀，你们是世界的养育者，是世界的主人公，我情愿为你们作牛作马，代你们的劳，你们能分一杯麦饭给我么？

车过了松江，风景又添了一味和平的景色。弯了背在田里工作的农夫，草原上散放着的羊群，平桥浅渚，野寺村场，都好像在那里作会心的微笑。火车飞过一处乡村的时候，一家泥墙草舍里忽有几声鸡唱声音，传了出来。草舍的门口有一个赤膊的农夫，吸着烟站在那里对火车呆看。我看了这样纯朴的村景，就不知不觉的叫了起来：

"啊啊！这和平的村落，这和平的村落，我几年不与你相接了。"

大约是叫得太响了，我的前后的同车者，都对我放起惊异的眼光来。幸而这是慢车，坐二等车的人不多，否则我只能半途跳下车去，去躲避这一次的羞耻了。我被他们看得不耐烦，并且肚里也觉得有些饥了，用手向鞋底里摸了一摸，迟疑了一会，便叫过茶房来，命他为我搬一客番菜来吃。我动身的时候，脚底下只藏着两张钞票。火车票买后，左脚下的一张钞票已变成了一块多的找头，依理而论是不该在车上大吃的。然而愈有钱愈想节省，愈贫穷愈要瞎化，是一般的心理，我此时也起了自暴自弃的念头：

"横竖是不够的，节省这个钱，有什么意思，还是吃罢！"

一个欲望满足了的时候，第二个欲望马上要起来的，我喝了汤，吃了一块面包之后，喉咙觉得干渴起来，便又起了一种自暴自弃的念头，率性叫茶房把啤酒汽水拿两瓶来。啊啊，危险危险，我右脚下的一张钞票，已有半张被茶房撕去了。

　　一边饮食，一边我仍在赏玩窗外的水光云影。我几个小车站上停了几次，轰轰的过了几处铁桥，等我中餐吃完的时候，火车已经过了嘉兴驿了。吃了个饱满，并且带了三分醉意，我心里虽然时时想到今晚在杭州的膳宿费，和明天上富阳去的轮船票，不免有些忧郁，但是以全体的气概讲来，这时候我却是非常快乐，非常满足的：

　　"人生是现在一刻的连续，现在能够满足，不就好了么？一刻之后的事情，又何必去想它，明天明年的事情，更可丢在脑后了。一刻之后，谁能保得火车不出轨！谁能保得我不死？罢了罢了，我是满足得很！哈哈哈哈……"

　　我心里这样的很满足的在那里想，我的脚就慢慢的走上车后的眺望台去。因为我坐的这挂车是最后的一挂，所以站在眺望台上，既可细看野景，又可静听蝉鸣，接受些天风。我站在台上，一手捏住铁栏，一手用了半枝火柴在剔牙齿。凉风一阵阵的吹来，野景一幅幅的过去，我真觉得太幸福了。

## （五）

　　我平生感得幸福的时间，总不能长久。一时觉得非常满足之后，其后必有绝大的悲怀相继而起。我站在车台上，正在快乐的时候，忽而在万绿丛中看见了一幅美满的家庭团叙图，一个年约三十一二的壮健的农夫，两手擎了一个周岁的小孩，在桑树影下笑乐。一个穿青布衫的与农夫年纪相仿的农妇，笑微微的站在旁边守着他们。在他们上面晒着的阳光树影,更把他们的美满的意情表现得明显。地上摊着一只饭箩,一瓶茶,几只茶饭碗。这一定是那农妇送来飨她男人的。啊啊,桑间陌上,夫唱妇随,更有你两个爱情的结晶,在中间作姻缘的缔带,你们是何等幸福呀!然而我呢!啊啊我啊?我是一个有妻不能爱,有子不能抚的无能力者,在人生战斗场上的惨败者,现在是在逃亡的途中的行路病者,啊!农夫呀农夫,愿你与你的女人和好终身,愿你的小孩聪明强健,愿你的田谷丰多,愿你幸福!你们的灾殃,你们的不幸,全交给了我,凡地上一切的苦恼,悲哀,患难,索性由我一人负担了去罢!

我心里虽这样的在替他祝福,我的眼泪却连连续续的落了下来。半年以来,因为失业的原因,在上海流离的苦处,我想起来了。三个月前头,我的女人和小孩,孤苦零仃的由这条铁路上经过,萧萧索索的回家去的情状,我也想出来了。啊啊,农家夫妇的幸福,读书阶级的飘零!我女人经过的悲哀的足迹,现在更由我一步步的践踏过去!若是有情,怎得不哭呢!

四围的景色,忽而变了,一刻前那样丰润华丽的自然的美景,都好像在那里嘲笑我的样子:

"你回来了么?你在外国住了十几年,学了些什么回来?你的能力怎么不拿些出来让我们看看?现在你有养老婆儿子的本领么?哈哈!你读书学术,到头来还是归到乡间去啃你祖宗的积聚!"

我俯首看看飞行车轮,看看车轮下的两条白闪闪的铁轨和枕木卵石,忽而感得了一种强烈的死的诱惑。我的两脚抖了起来,踉跄前进了几步,又呆呆的俯视了一忽,两手捏住了铁栏,我闭着眼睛,咬紧牙齿,在脚尖上用了一道死力,便把身体轻轻的抬跳起来了。

## （六）

啊啊，死的胜利呀！我当时若志气坚强一点，就早脱离了这烦恼悲苦的世界，此刻好坐在天神 Beatrice 的脚下拈花作微笑了。但是我那一跳，气力没有用足。我打开眼睛来看时，大地高天，稻田草地，依旧在火车的四周驰骋，车轮的辗声，依旧在我的耳朵里雷鸣，我的身体却坐在栏杆的上面，绝似病了的鹦鹉，被锁住在铁条上待毙的样子。我看看两旁的美景，觉得半点钟以前的称颂自然美的心境，怎么也回复不过来。我以泪眼与硖石的灵山相对，觉得硖西公园后石山上在太阳光下游玩的几个男女青年，都是挤我出世界外去的魔鬼。车到了临平，我再也不能细赏那荷花世界柳丝乡的风景。我只觉得青翠的临平山，将要变成我的埋骨之乡。笕桥过了，艮山门过了。灵秀的宝叔山，奇兀的北高峰，清泰门外贯流着的清浅的溪流，溪流上摇映着的萧疏的杨柳，野田中交叉的窄路，窄路上的行人，前朝的最大遗物，参差婉绕的城墙，都不能唤起我的兴致来。车到了杭州城站，我只同死刑囚上刑场似的下了月台。一出站内，在青天皎日的底下，看看我儿时所习见的红墙旅舍，酒馆茶楼，和年轻气锐的生长在都会中的妙年人士，我心里只是怦怦的乱跳，仰不起头来。这种幻灭的心理，若硬要把它写出来的时候，我只好用一个譬喻。譬如当青春的年少，我遇着了一位绝世的佳人，她对我本是初恋，我对她也是第一次的破题儿。两人相携相挽，同睡同行，春花秋月的过了几十个良宵。后来我的金钱用尽，女人也另外有了心爱的人儿，她就学了樊素，同春去了。我只得和悲哀孤独，贫困恼羞，结成伴侣。几年在各地流浪之余，我年纪也大了，身体也衰了，披了一身破褴的衣服，仍复回到当时我两人并肩携手的故地来。山川草木，星月云霓，仍不改其美观。我独坐湖滨，正在临流自吊的时候，忽在水面看见了那弃我而去的她的影像。她容貌同几年前一样的娇柔，衣服同几年前一样的华丽，项下挂着的一串珍珠，比从前更加添了一层光彩，额上戴着的一圈玛瑙，比曩时更红艳得多了。且更有难堪者，回头来一看，看见了一位文秀闲雅的美少年，站在她的背后，用了两手在那里摸弄她的腰背。

啊啊！这一种譬喻，值得什么？我当时一下车站，对杭州的天地感得的那一种羞惭懊丧，若以言语可以形容的时候，我当时的夏布衫袖，就不会被泪汗湿透了，因为说得出譬喻得出的悲怀，还不是世上最伤心的事情呀。我慢慢俯了首，离开了刚下车的人群与争揽客人的车夫和旅馆的招待者，独行踽踽的进了一家旅馆，我的心里好像有千斤重的一块铅石垂在那里的样子。

开了一个单房间，洗了一个脸，茶房拿了一张纸来，要我写上姓名年岁籍贯职业。我对他呆呆的看了一忽，他好像是疑我不曾出过门，不懂这规矩的样子，所以又仔仔细细的解说了一遍。啊啊，我哪里是不懂规矩，我实在是没有写的勇气哟，我的无名的姓氏，我的故乡的籍贯，我的职业！啊啊！叫我写出什么来？

被他催迫不过，我就提起笔来写了一个假名，填上了异乡人的三字，在职业栏下写了一个无字。不知不觉我的眼泪竟濮嗒濮嗒的滴了两滴在那张纸上。茶房也看得奇怪，向纸上看了一看，又问我说：

"先生府上是哪里，请你写上了吧，职业也要写的。"

我没有方法，就把异乡人三字圈了，写上朝鲜两字，在职业之下也圈了一圈，填了"浮浪"两字进去。茶房出去之后，我就关上了房门，倒在床上尽情的暗泣起来了。

## （七）

伏在床上暗泣了一阵，半日来旅行的疲倦，征服了我的心身。在朦胧半觉的中间，我听见了几声咯咯的叩门声。糊糊涂涂的起来开了门，我看见祖母，不言不语的站在门外。天色好像晚了，房里只是灰黑的辨不清方向。但是奇怪得很，在这灰黑的空气里，祖母面上的表情，我却看得清清楚楚。这表情不是悲哀，当然也不是愉乐，只是一种压人的庄严的沉默。我们默默的对坐了几分钟，她才移动了她那皱纹很多的嘴说：

"达！你太难了，你何以要这样的孤洁呢！你看看窗外看！"

我向她指着的方向一望，只见窗下街上黑暗嘈杂的人丛里有两个大火把在那里燃烧，再仔细一看，火把中间坐着一位木偶，但是奇极怪极。这木偶的面貌，竟完全与我的一个朋友的面貌一样。依这情景看来，大约是赛会了，我回转头来正想和祖母说话，房内的电灯拍的响了一声，放起光来了，茶房站在我的床前，问我晚饭如何？我只呆呆的不答，因为祖母是今年二月里刚死的，我正在追想梦里的音容，哪里还有心思回茶房的话哩？

遣茶房走了，我洗了一个面，就默默的走出了旅馆。夕阳的残照，在路旁的层楼屋脊上还看得出来。店头的灯火，也星星的上了。日暮的空气，带着微凉，拂上面来。我在羊市街头走了几转，穿过车站的庭前，踏上清泰门前的草地上去。沉静的这杭州故郡，自我去国以来，也受了不少的文明的侵害，各处的旧迹，一天一天的被拆毁了。我走到清泰门前，就起了一种怀古之情，走上将拆而犹在的城楼上去。城外一带杨柳桑树上的鸣蝉，叫得可怜。它们的哀吟，一声声沁入了我的心脾，我如同海上的浮尸，把我的情感，全部付托了蝉声，尽做梦似的站在丛残的城堞上看那西北的浮云和暮天的急情，一种淡淡的悲哀，把我的全身溶化了。这时候若有几声古寺的钟声，当当的一下一下，或缓或徐的飞传过来，怕我就要不自觉的从城墙上跳入城濠，把我的灵魂和入在晚烟之中，去笼罩着这故都的城市。然而南屏不远，curfew 今晚上是不会鸣了。我独自一个冷清清地立了许久，看西天只剩了一线红云，把日暮的悲哀尝了个饱满，才慢慢地走下城来。这时候天已黑了，我下城来在路上的乱石上钩了几脚，心里倒起了一种莫名其妙的恐怖。我想想白天在火车上谋自杀的心思和此时的恐怖心一比，就不觉微笑了起来，啊啊，自负为灵长的两足动物哟，你的感情思想，原只是矛盾的连续呀！说什么理性？讲什么哲学？

走下了城，踏上清冷的长街，暮色已经弥漫在市上了。各家的稀淡的灯光，比数刻前增加了一倍势力。清泰门直街上的行人的影子，一个一个从散射在街上的电灯光里闪过，现出一种日暮的情调来。天气虽还不曾大热，然而有几家却早把小桌子摆在门前，露天的在那里吃晚饭了。我真成了一个孤独的异乡人，光了两眼，尽在这日暮的长街上行行前进。

我在杭州并非没有朋友，但是他们或当厅长，或任参谋，现在正是非常得意的时候；我若飘然去会，怕我自家的心里比他们见我之后憎嫌我的心思更要难受。我在沪上，半年来已经饱受了这种冷眼，到了现在，万一家里容我，便可回家永住，万一情状不佳，便拟自决的时候，我再也犯不着去讨这些没趣了。我一边默想，一边看看两旁的店家在电灯下围桌晚餐的景象，不知不觉两脚便走入了石牌楼的某中学所在的地方。啊啊，桑田沧海的杭州，旗营改变了，湖滨添了些邪恶的中西人的别墅，但是这一条街，只有这一条街，依旧清清冷冷，和十几年前我初到杭州考中学的时候一样。物质文明的幸福，些微也享受不着，现代经济组织的流毒，却受得很多的我，到了这条黑暗的街上，好像是已经回到了故乡的样子，心里忽感得了一种安泰，大约是兴致来了，我就踏进了一家巷口的小酒店里去买醉去。

## （八）

在灰黑的电灯底下，面朝了街心，靠着一张粗黑的桌子，坐下喝了几杯高粱，我终觉得醉不成功。我的头脑，愈喝酒愈加明晰，对于我现在的境遇反而愈加自觉起来了。我放下酒杯，两手托着了头，呆呆的向灰暗的空中凝视了一会，忽而有一种沉郁的哀音夹在黑暗的空气里，渐渐的从远处传了过来。这哀音有使人一步一步在感情中沉没下去的魔力，真可以说是中国管弦乐所独具的神奇。过了几分钟，这哀音的发动者渐渐的走近我的身边，我才辨出了胡琴与砰击磁器的谐音来。啊啊！你们原来是流浪的声乐家，在这半开化的杭州城里想来卖艺糊口的可怜虫！

他们二三人的瘦长的清影，和后面跟着看的几个小孩，在酒馆前头掠过了。那一种凄楚的谐音，也一步一步的幽咽了，听不见了。我心里忽起了一种绝大的渴念，想追上他们，去饱尝一回哀音的美味。付清了酒账，我就走出店来，在黑暗中追赶上去。但是他们的几个人，不知走上了什么方向，我拼死的追寻，终究寻他们不着。唉，这昙花的一现，难道是我的幻觉么？难道是上帝显示给我的未来的预言么？但是那悠扬沉郁的弦音和磁盘砰击的声响，还缭绕在我的心中。我在行人稀少的黑暗的街上东奔西走的追寻了一会，没有方法，就只好从丰乐桥直街走到了湖边上去。

湖上没有月华，湖滨的几家茶楼旅馆，也只有几点清冷的电灯，在那里放淡薄的微光；宽阔的马路上，行人也寥落得很。我横过了湖塍马路，在湖边上立了许久。湖的三面，只有沉沉的山影，山腰山脚的别庄里，有几点微明的灯火，要静看才看得出来。几颗淡淡的星光，倒映在湖里，微风吹来，湖里起了几声豁豁的浪声。四边静极了。我把一枝吸尽的纸烟头丢入湖里，啾的响了一声，纸烟的火就熄了。我被这一种静寂的空气压迫不过，就放大了喉咙，对湖心噢噢的发了一声长啸，我的胸中觉得舒畅了许多。沿湖的向西走了一段，我忽在树阴下椅子上，发见了一对青年男女。他和她的态度太无忌惮了，我心里便忽而起了一种不快之感，把刚才长啸之后的畅怀消尽了。

啊啊！青年的男女哟！享受青春，原是你们的特权，也是我平时的主张。但是但是你们在不幸的孤独者前头，总应该谦逊一点，方能完全你们的爱情的美处。你们且牢牢记着吧！对了贫儿，切不要把你们的珍珠宝物给他看，因为贫儿看了，愈要觉得他自家的贫困的呀！

我从人家睡尽的街上，走回城站附近的旅馆里来的时候，已经是深夜了。解衣上床，躺了一会，终觉得睡不着。我就点上一枝纸烟，一边吸着，一边在看帐顶。在沉闷的旅舍夜半的空气里，我忽而听见了一阵清脆的女人声音，和门外的茶房，在那里说话。

"来哉来哉！噢哟，等得诺（你）半业（日）嗒哉！"

这是轻佻的茶房的声音。

"是哪一位叫的？"

啊啊！这一定是土娼了！

"仰（念）三号里！"

"你同我去呵！"

"噢哟，根（今）朝诺（你）个（的）面孔真白嗒！"

茶房领了她从我门口走过，开入了间壁念三号的房里。

"好哉，好哉！活菩萨来哉！"

茶房领到之后，就关上门走下楼去了。

"请坐。"

"不要客气！先生府上是哪里？"

"阿拉（我）宁波。"

"是到杭州来耍子的么？"

"来宵（烧）香个。"

"一个人么？"

"阿拉邑个宁（人），京（今）教（朝）体（天）气轧业（热），查拉（为什么）勿赤膊？"

"啥话语！"

"诺（你）勿脱，阿拉要不（替）诺脱哉。"

"不要动手，不要动手！"

"回（还）朴（怕）倒霉索啦？"

"不要动手，不要动手，我自家来解罢。"

"阿拉要摸一摸！"

吃吃的窃笑声，床壁的震动声。

啊啊！本来是神经衰弱的我，即在极安静的地方，尚且有时睡不着觉，哪里还经得起这样淫荡的吵闹呢！北京的浙江大老诸君呀，听说杭州有人倡设公娼的时候，你们曾经竭力的反对，你们难道还不晓得你们的子女姊妹在干这种营业，而在扰乱及贫苦的旅人么？盘踞在当道，只知敲剥百姓的浙江的长官呀！你们若只知聚敛，不知济贫，怕你们的妻妾，也要为快乐的原因，学她们的妙技了。唉唉！"邑有流亡愧俸钱"，你们曾听人说过这句诗否！

# （九）

我睡在床上，被间壁的淫声挑拨得不能合眼，没有方法，只得起来上街去闲步。这时候大约是后半夜的一二点钟的样子,上海的夜车已到着,羊市街福缘巷的旅店,都已关门睡了。街上除了几乘散乱停住的人力车外,只有几个敞衣凶貌的罪恶的子孙在灰色的空气里阔步。我一边走一边想起了留学时代在异国的首都里每晚每晚的夜行,把当时的情状与现在在这中国的死灭的都会里这样的流离的状态一对照,觉得我的青春,我的希望,我的生活,都已成了过去的云烟,现在的我和将来的我只剩得极微极细的一些儿现实味,我觉得自家实际上已经成了一个幽灵了。我用手向身上摸了一摸,觉得指头触着了一种极粗的夏布材料,又向脸上用了力摘了一把,神经也感得了一种痛苦。

"还好还好,我还活在这里,我还不是幽灵,我还有知觉哩!"

这样的一想,我立时把一刻前的思想打消,恰好脚也正走到了拐角头的一家饭馆前了。在四邻已经睡寂的这深更夜半,只有这一家店同睡相不好的人的嘴似的空空洞洞的开在那里。我晚上不曾吃过什么,一见了这家店里的锅子炉灶,便也觉得饥饿起来,所以就马上踏了进去。

喝了半斤黄酒,吃了一碗面,到付钱的时候,我又痛悔起来了。我从上海出发的时候,本来只有五元钱的两张钞票。坐二等车已经是不该的了,况又在车上大吃了一场。此时除付过了酒面钱外,只剩得一元几角余钱,明天付过旅馆宿费,付过早饭账,付过从城站到江干的黄包车钱,哪里还有钱购买轮船票呢?我急得没有方法,就在静寂黑暗的街巷里乱跑了一阵,我的身体,不知不觉又被两脚搬到了西湖边上。湖上的静默的空气,比前半夜,更增加了一层神秘的严肃。游戏场也已经散了,马路上除了拐角头边上的没有看见车夫的几乘人力车外,生动的物事一个也没有。我走上了环湖马路,在一家往时也曾投宿过的大旅馆的窗下立了许久。看看四边没有人影,我心里忽然来了一种恶魔的诱惑。

"破窗进去吧，去撮取几个钱来罢！"

我用了心里的手，把那扇半掩的窗门轻轻地推开，把窗门外的铁杆，细心地拆去了二三枝，从墙上一踏，我就进了那间屋子。我的心眼，看见床前白帐子下摆着一双白花缎的女鞋，衣架上挂着一件纤巧的白华丝纱衫，和一条黑纱裙。我把洗面台的抽斗轻轻抽开，里边在一个小小儿的粉盒和一把白象牙骨折扇的旁边，横躺着一个沿口有光亮的钻珠绽着的女人用的口袋。我向床上看了几次，便把那口袋拿了，走到窗前，心里起了一种怜惜羞悔的心思，又走回去，把口袋放归原处。站了一忽，看看那狭长的女鞋，心里忽又起了一种异想，就伏倒去把一只鞋子拿在手里。我把这双女鞋闻了一回，玩了一回，最后又起了一种惨忍的决心，索性把口袋鞋子一齐拿了，跳出窗来。我幻想到了这里，忽而回复了我的意识，面上就立时变得绯红，额上也钻出了许多汗珠。我眼睛眩晕了一阵，我就急急的跑回城站的旅馆来了。

## （十）

奔回到旅馆里，打开了门，在床上静静的躺了一忽，我的兴奋，渐渐地镇静了下去。间壁的两位幸福者也好像各已倦了，只有几声短促的鼾声和时时从半睡状态里漏出来的一声二声的低幽的梦话，击动我的耳膜。我经了这一番心里的冒险，神经也已倦竭，不多一会，两只眼包皮就也沉沉的盖下来了。

一睡醒来，我没有下床，便放大了喉咙，高叫茶房，问他是什么时候。

"十点钟哉，鲜散（先生）！"

啊啊！我记得接到我祖母的病电的时候，心里还没有听见这一句回话时的恼乱！即趁早班轮船回去，我的经济，已难应付，哪里还更禁得在杭州再留半日的呢？况且下午二点钟开的轮船是快班，价钱比早班要贵一倍。我没有方法，把脚在床上蹬踢了一回，只得悻悻地起来洗面。用了许多愤激之辞，对茶房发了一回脾气，我就付了宿费，出了旅馆从羊市街慢慢的走出城来。这时候我所有的财产全部，除了一个瘦黄的身体之外，就是一件半旧的夏布长衫，一套白洋纱的小衫裤，一双线袜，两只半破的白皮鞋和八角小洋。

  太阳已经升上了中天，光线直射在我的背上。大约是因为我的身体不好，走不上半里路，全身的粘汗竟流得比平时更多一倍。我看看街上的行人，和两旁的住屋中的男女，觉得他们都很满足的在那里享乐他们的生活，好像不晓得忧愁是何物的样子。背后忽而起了一阵铃响，来了一乘包车，车夫向我骂了几句，跑过去了，我只看见了一个坐在车上穿白纱长衫的少年绅士的背形，和车夫的在那里跑的两只光腿。我慢慢的走了一段，背后又起了一阵车夫的威胁声，我让开了路，回转头来一看，看见了三部人力车，载着三个很纯朴的女学生，两腿中间各夹着些白皮箱铺盖之类，在那里向我冲来。她们大约是放了暑假赶回家去的。我此时心里起了一种悲愤，把平时祝福善人的心地忘了，却用了憎恶的眼睛，狠狠的对那些威胁我的人力车夫看了几眼。啊啊，我外面的态度虽则如此凶恶，但一边我却在默默的原谅他们的呀！

  "你们这些可怜的走兽，可怜你们平时也和我一样，不能和那些年轻的女性接触。这也难怪你们的，难怪你们这样的乱冲，这样的兴高采烈的。这几个女性的身体岂不是载在你们的车上的么？她们的白嫩的肉体上岂不是有一种电气会传到你们的身上来的么？虽则原因不同，动机卑微，但是你们的汗，岂不是为了这几个女性的肉体而流的么？啊啊，我若有气力，也愿跟了你们去典一乘车来，专拉这样的如花少女。我更愿意拼死的驰驱，消尽我的精力。我更愿意不受她们的金钱酬报。"

走出了凤山门,站住了脚,默默的回头来看了一眼,我的眼角又忽然涌出了两颗珠露来!

"珍重珍重,杭州的城市!我此番回家,若不马上出来,大约总要在故乡永住了,我们的再见,知在何日?万一情状不佳,故乡父老不容我在乡间终老,我也许到严子陵的钓石矶头,去寻我的归宿的,我这一瞥,或将成了你我的最后的诀别!我到此刻,才知道我胸际实在在痛爱你的明媚的湖山,不过盘踞在你的地上的那些野心狼子,不得不使我怨你恨你而已。啊啊,珍重珍重,杭州的城市!我若在波中淹没的时候,最后映到我的心眼上来的,也许是我儿时亲睦的你的这媚秀的湖山罢!"

一九二三年七月三十日

# 还乡后记

风烟俱净,天山共色,从流飘荡,任意东西,自富阳至桐庐一百许里,奇山异水,天下独绝,水皆缥碧,千丈见底,游鱼细石,直视无碍,急湍甚箭,猛浪若奔,隔岸高山,皆生寒树,负势竞上,互相轩邈,争高直指,千百成群。泉水激石,泠泠作响,好鸟相鸣,嘤嘤成韵。蝉则千啭不穷,猿则百叫无绝,鸢飞戾天者,望峰息心,经纶世务者,窥谷忘反,横柯上蔽,在昼犹昏,疏条交映,有时见日。

吴 均

## (一)

Où Peut-on être mieux qu'au sein de sa famille?

"法国的古歌"

"比在家庭的怀抱里觉得更好的地方,是什么地方?"像这样的地方,当然是没有的,法国的这一句古歌,实在是把人情世态道尽了。

当微雨潇潇之夜,你若身眠古驿,看看萧条的四壁,看看一点欲尽的寒灯，倘不想起家庭的人，这人便是没有心肠者，任它草堆也好，破窑也好，你儿时放摇篮的地方，便是你死后最好的葬身之所呀！我们在客中卧病的时候，每每要想及家乡，岂不就是这事的明证。

我空拳只手的奔回家去。到了杭州，又把路费用尽，在赤日的底下，在车行的道上，我就不得不步行出城。缓步当车，说起来倒是好听，但是在二十世纪的堕落的文明里，沉沦过的我，生得又贫贱多骄，喜张虚势；更何况一向以享乐为主义的我，自然哪里能够安贫守分，蹀躞泥中呢！

这一天阴历的六月初三，天气倒好得很。但是炎炎的赤日，只能助长有钱有势的人的纳凉佳兴，与我这行路病者，却是丝毫无补的！我慢慢的出了凤山门，立在城河桥上，一边用了我那半旧的夏布长衫襟袖，揩拭汗水，一边回头看看杭州的城市，与杭州城上盖着的青天和城墙界上的一排山岭，真有万千的感慨，横亘在胸中。预言者自古不为其故乡所容，我今朝却只能对了故里的丘山，来求最后的荫庇，五柳先生的心事，痛可知了。

啊啊！亲爱的诸君，请你们不要误会，我并非是以预言者自命的人，不过说我流离颠沛，却是与预言者的境遇相同，社会错把我作了天才看待罢了。即使罗秀才能行破石飞鸡的奇迹，然而他的品格，岂不和飘泊在欧洲大陆，猖狂乞食的寄泊栖（gipsy）一样的卑下的么？

我勉强走到了江干，腹中饥饿得很了。回故乡去的早班轮船，当然已经开出，等下午的快船出发，还有三个钟头。我在杂乱窄狭的南星桥市上飘流了一会，在靠江的一条冷清的夹道里找出了一家坍败的饭馆来。

饭店的房屋的骨格，同我的胸腔一样，肋骨一条一条地数得出来。幸亏还有左侧的一根木椽，从邻家墙上，横着支住在那里，否则怕去秋的潮汛，早好把它拉入江心，作伍子胥的烧饭柴火了。店里的几张板凳桌子，都积满了灰尘油腻，好像是前世纪的遗物。账柜上坐着一个四十内外的女人，在那里做鞋子。灰色的店里，并没有什么生动的气象，只有在门口柱上贴着的一张"安寓客商"的尘蒙的红纸，还有些微现世的感觉。我因为脚下的钱已快完，不能更向热闹的街心去寻辉煌的菜馆，所以就慢慢的踱了进去。

啊啊，物以类聚！你这短翼差池的饭馆，你若是二足的走兽，那我正好和你分庭抗礼结为兄弟！

## （二）

假使天公下一阵微雨，把钱塘江两岸的风景，罩得烟雨模糊，把江边的泥路，浸得污浊难行，那么这时候江干的旅客，必要减去一半；那么我乘船归去，至少可以少遇见几个晓得我的身世的同乡，即使旅客不因之而减少，只教天上有暗淡的愁云漂着，阶前屋外有雨滴的声音，那么围绕在我周围的空气和自然的景物，总要比现在更带有阴惨的色彩，总要比现在和我的心境更加相符。若希望再奢一点，我此刻更想有一具黑漆棺木在我的旁边。最好是秋风凉冷的九十月之交，叶落的林中，阴森的江上，不断地筛着渺濛的秋雨。我在凋残的芦苇里，雇了一叶扁舟，当日暮的时候，送灵柩回去。小船除舟子而外，不要有第二个人。棺里卧着的，若不是和我寝处追随的一个年少妇人，至少也须是一个我的至亲骨肉。我在灰暗微明的黄昏江上，雨声淅沥的芦苇丛中，赤了足，张了油纸雨伞，提了一张灯笼，摸上船头上去焚化纸帛。

我坐在靠江的一张破桌子上，等那柜上的妇人下来替我炒蛋炒饭的时候，看看西兴对岸的青山绿树，看看江上的浩荡波光，又看看在江边沙渚的晴天赤日下来往的帆樯肩舆和舟子牛车，心里忽起了一种怨恨天帝的心思。我怨恨了一阵,痴想了一阵,就把我的心愿,原原本本的排演了出来。我一边在那里焚化纸帛,一边却对棺里的人说:"Jeanne!我们要回去了,我们要开船了!怕有野鬼来麻烦,你就拿这一点纸帛送给他们罢!你可要饭吃?你可安稳?你可觉得伤心?你不要怕,我在这里,我什么地方都不去了,我在你的边上。……"

我幽幽的讲到了最后的一句,咽喉就塞住了。我在座上拱了两手,把头伏了下去,两面颊上,只感着一道热气。我重新把我所欲爱的女人,一个一个想了出来,见她们闭着口眼,冰冷的直卧在我的前头。我觉得隐忍不住了,竟任情的放了一声哭声。那个在炉灶上的妇人,以为我在催她的饭,她就同哄小孩子似的用了柔和的声气说:

"好了好了!就快好了,请再等一忽儿!"

啊啊!我又想起来了,我又想起来了,年幼的时候,当我哭泣的时候,祖母母亲哄我的那一种声气!

"已故的老祖母,倚闾的老母亲!你们的不肖的儿孙,现在正落魄了在江干等回故里的船呀!"

我在自己制成的伤心的泪海里游泳了一会,那妇人捧了一碗汤,一碗炒饭,摆到我的面前来。我仰起头来对她一看,她倒惊了一跳。对我呆看了一眼,她就去绞了一块手巾递给我,叫我擦一擦面。我对了这半老妇人的殷勤,心里说不出的只有感谢,几日来因为睡眠不足,营养不良的缘故,已经是非常感到衰弱,动着就要流泪的我,对她的这一种感谢,也变成了两行清泪,噗嗒的滴下腮来。她看了这种情形,就问我说:

"客人,你可是遇见了坏人?"

我摇一摇头,勉强的对她笑了一笑,什么话也不能回答。她呆呆的立了一回,看我不能讲话,也就留了一句:"饭不够,好再炒的。"安慰我的话,走向她的柜上去了。

## (三)

我吃完了饭,付了她二角银角子,把找回来的八九个铜子,也送给了她,她却摇着头说:

"客人,你是赶船的么?船上要用钱的地方多得很哩,这几个铜子你收着用罢!"

我以为她怪我吝啬,只给她几个铜子的小账,所以又摸了两角银角子出来给她。她却睁大了眼睛对我说:

"咿咿!这算什么?这算什么?"

她硬不肯受,我才知道了她的真意,所以说:

"但是无论如何,我总要给你几个小账的。"

她又推了一回,才收了三个铜子说:

"小账已经有了。"

啊啊,我自回中国以来,遇见的都是些卑污贪暴的野心狼子,我万万想不到在浇薄的杭州城外,有这样的一个真诚的妇人的。妇人呀妇人,你的坍败的屋椽,你的凋零的店铺,大约就是你的真诚的结果,社会对你的报酬?啊啊,我真恨我没有黄金十万,为你建造一家华丽的大酒楼。

"再会再会!"

"顺风顺风!船上要小心一点。"

"谢谢!"

我受妇人的怜惜,这可算是平生的第一次。

走出了饭馆,从太阳晒着的这条冷静的夹道,走上轮船公司的那条大街上去。大约是将近午饭的时候了,街上的行人,比曩时少了许多。我走到轮船公司门口,向窗里一看,见帐房内有五六个男子围了桌子,赤了膊在那里说笑吃饭。卖票的窗前的屋里,在角头椅上,只坐着两个乡下人,在那里等候,从他们的衣服态度上看来,他们想必是临浦萧山一带的农民,也不知他们有什么心事,他们的眉毛却蹙得紧紧的。

我走近了他们,在他们旁边坐下之后,两人中间的一个看了我一眼,问我说:

"鲜散(先生)!到临浦厌办(烟篷)几个脸(钱)?"

"我也不知道,大约是一二角角子罢。"

"喏(你)到啥地方起(去)咯?"

"我上富阳去的。"

"哎(我们)是为得打官司到杭州来咯。"

我并不问他,他却把这一回因为一个学堂里出身的先生告了他的状,不得不到杭州来的事情对我详细的诉说了:

"哎真勿要打官司啦!格煞(现在)田里已(又)忙,宁(人)也走勿开,真真苦煞哉啦!汉(那)个学堂里个(的)鲜散,心也脱凶哉,哎请啦宁刚(讲)过好两遍,情愿拿出八十块洋钿不(给)其(他),其(他)要哎百念块。喏(你)看,格煞五荒六月,教哎啥地方去变出一百念块洋钿来呢!"

他说着似乎是很伤心的样子。

"唉唉!你这老实的农民,我若有钱,我就给你一百二十块钱救你出险了。但是

Thou's met me in an evil hour,

…………

To spare thee now is past my power,

…………

我心里这样的一想,又重新起了一阵身世之悲。他看我默默的不语,便也住了口,仍复沉入悲愁的境里去了。

27

## （四）

我坐在轮船公司的那只角上，默默的与那农民相对，耳里断断续续的听了些在帐房里吃饭的人的笑语，只觉得一阵一阵的哀心隐痛，绝似临盆的孕妇，要产产不出来的样子。

杭州城外，自闸口至南星，统江干一带，本是我旧游之地；我记得没有去国之先，在岸边花艇里，金尊檀板，也曾眠醉过几场。江上的明月，月下的青山，与越郡的鸡酒，佐酒的歌姬，当然依旧在那里助长人生的乐趣。但是我呢？我身上的变化呢？我的同干柴似的一双手里，只捏了三个两角的银角子，在这里等买船票！

过了一点多钟，轮船公司的那间屋里，挤满了旅人，我因为怕逢知我的同乡，只俯了首，默默的坐着不敢吐气。啊啊，窗外的被阳光晒着的长街，在街上手轻脚健快快活活来往的行人，请你们饶恕我的罪罢，我心里真恨不得丢一个炸弹，与你们同归于尽呀。

跟了那两个农民，在窗口买了一张烟篷船票，我就走出公司，走上码头，走上跳板，走上驳船去。

原来钱塘江岸，浅滩颇多，码头下有一排很长的跳板，接在那里。我跟了众人，一步一步的从跳板上走到驳船里去的时候，却看见了一个我自家的影子，斜映在江水里，慢慢的在那里前进。等走到跳板尽处，将上驳船的时候，我心里忽而想起了一段我女人写给我的信上的话：

> 我从来没有一个人单独出过门，那天晚上，我对你说的让我一个人回去的话，原是激于一时的意气而发，

我实不知道抱着一个六个月的孩子的妇人的单独旅行，是如何苦法。那天午后，你送我上车，车开之后，我抱了龙儿，看看车里坐着的男女，觉得都比我快乐。我又探头出来，遥向你住着的上海一望，只见了几家工厂，和屋上排列在那里的一列烟囱。我对龙儿看了一眼，就不知不觉的涌出了两滴眼泪。龙儿看了我这样子，也好像有知识似的对我呆住了。他跳也不跳了，笑也不笑了，默默的尽对我呆看。我看了这种样子，更觉得伤心难耐，就把我的颜面俯上他的脸去，紧紧的吻了他一回。他呆了一会，就在我的怀里睡着了。

火车行行前进，我看看车窗外的野景，忽而想起去年你带我出来的时候的景象。啊啊！去岁的初秋，你我一路出来上A地去的快乐的旅行，和这一回惨败了回来的情状一比，当时的感慨如何，大约是你所能推想得出的。

在江干的旅馆里过了一夜，第二天早晨，我差茶房送了一个信给住在江干的我的母舅，他就来了。把我的行李送上轮船之后，买了票子，他又来陪我上船去。龙儿硬不要他抱，所以我只能抱着龙儿，跟在他后面，一步一步的走上那骇人的跳板，等跳板走尽的时候，我本想把龙儿交给母舅，纵身一跳，就跳入钱塘江里去的。但是仔细一想，在昏夜的扬子江边还淹不死的我，在白日的这浅渚里，哪里能达到我的目的？弄得半死不活，走回家去，反而要被人家笑话，还不如忍着吧。我到穿以后，这几天来，简直还没有取过饮食，所以也没有气力写信给你，请你谅我。……

## （五）

啊啊，贫贱夫妻百事哀！我的女人呀，我累你不少了。

我走上了驳船，在船篷下坐定之后，就把三个月前，在上海北站，送我女人回家的事情想了出来。忘记了我的周围坐着的同行者，忘记了在那里摇动的驳船，并且忘记了我自家的失意的情怀，我只见清瘦的我的女人抱了我们的营养不良的小孩在火车窗里，在对我流泪。火车随着蒸汽机关在那里前进，她的眼泪洒满的苍白的脸儿，也和车轮合着了拍子，一隐一现的在那里窥探我。我对她点一点头，她也对我点一点头。我对她手招一招，教她等我一忽，她也对我手招一招。我想使尽我的死力，跳上火车去和她坐一块儿，但是心里又怕跳不上去，要跌下来。我迟疑了许久，看她在窗里的愁容，渐渐的远下去，淡下去了，才抱定了决心，站起来向前面伸出了一只手去。我攀着了一根铁杆，听见了一声咽咽的冲击的声音，纵身向上一跳，觉得双脚踏在木板上了。忽有许多嘈杂的人声，逼上我的耳膜来，并且有几只强有力的手，突突的向我背后推打了几下，我回转头来一看，方知是驳船到了轮船身边，大家在争先的跳上轮船来，我刚才所攀着的铁杆，并不是火车的回栏，我的两脚也并不是在火车中间，却踏在小轮船的舷上。

我随了众人挤到后面的烟篷角上去占一个位置，静坐了几分钟，把头脑休息了一下，方才从刚才的幻梦状态里醒了转来。

向船外一望，我看见透明的淡蓝色的江水，在那里反射日光。更抬头起来，望到了对岸的我看见一条黄色的沙滩，一排苍翠的杂树，静静的躺在午后的阳光里吐气。

我弯了腰背孤伶仃的坐了一忽，轮船开了。在闸口停了一停，这一只同小孩子的玩具似的小轮船就仆独仆独的奔向西去。两岸的树林沙渚，旋转了好几次，江岸的草舍，农夫，和偶然出现的鸡犬小孩，都好像是和平的神话里的材料，在那里等赫西奥特（Hesiod）的吟咏似的。

经过了闻家堰，不多一忽，船就到了东江嘴，上临浦义桥的船客，是从此地换入更小的轮船，溯支江而去的。买票前和我坐在一起的那两个农民，被茶房拉来拉去的拉到了船边，将换入那只等在那里的小轮船去的时候，一个和我讲过话的人，忽而回转头来对我看了一眼，我也不知不觉的回了他一个目礼。啊啊！我真想跟了他们跳上那只小轮船去，因为一个钟头之后，我的轮船就要到富阳了，这回前去停船的第一个码头，就是富阳了，我有什么面目回家去见我的衰亲，见我的女人和小孩呢？

但是运命注定的最坏的事情，终究是避不掉的。轮船将近我故里的县城的时候，我的心脏的鼓动也和轮船的机器一样，仆独仆独的响了起来。等船一靠岸，我就杂在众人堆里，披了一身使人眩晕的斜阳，俯着首走上岸来。上岸之后，我却走向和回家的路径方向相反的一个冷街上的土地庙去坐了二点多钟。等太阳下山，人家都在吃晚饭的时候，我方才乘了夜阴，走上我们家里的后门去。我倾耳一听，听见大家都在庭前吃晚饭，偶尔传过来的一声我女人和母亲的说话的声音，使我按不住的想奔上前去，和她们去说一句话，但我终究忍住了。乘后门边没有一个人在，我就放大了胆，轻轻推开了门，不声不响的摸上楼上我的女人的房里去睡了。

晚上我的女人到房里来睡的时候，如何的惊惶，我和她如何的对泣，我们如何的又想了许多谋自尽的方法，我在此地不记下来了，因为怕人家说我是为欲引起人家的同情的缘故，故意的在夸我自家的苦处。

一九二三年八月十九日

# 苏州烟雨记

## (一)

悠悠的碧落,一天一天的高远起来。清凉的早晚,觉得天寒袖薄,要缝件夹衣,更换单衫。楼头思妇,见了鹅黄的柳色,牵情望远,在绸衾的梦里,每欲奔赴玉门关外去。当这时候,我们若走出户外天空下去,老觉得好像有一件什么重大的物事,被我们忘了似的。可不是么?三伏的暑热,被我们忘掉了哟!

在都市的沉浊的空气中栖息的裸虫!在利欲的争场上吸血的战士!年年岁岁,不知四季的变迁,同鼹鼠似的埋伏在软红尘里的男男女女!你们想发见你们的灵性不想?你们有没有向上更新的念头?你们若欲上空旷的地方,去呼一口自由的空气,一则可以醒醒你们醉生梦死的头脑,二则可以看看那些就快凋谢的青枝绿叶,豫藏一个来春再见之机,那么请你们跟了我来,Und ich, ich Schnuere Den Sack and wandere,我要去寻访伍子胥吹箫吃食之乡,展拜秦始皇求剑凿穿之墓,并想看看那有名的姑苏台苑哩!

"象以齿毙,膏用明煎",为人切不可有所专好,因为一有了嗜癖,就不得不为所累。我闲居沪上,半年来既无职业,也无忙事,本来只须有几个买路钱,便是天南地北,也可以悠然独往的,然而实际上却是不然。因为自去年同几个同趣味的朋友，弄了几种我们所爱的文艺刊物出来之后，愚蠢的我们，就不得不天天服海儿克儿斯（Hercules）的苦役了，所以九月三日的早晨，决定和友人沈君，乘车上苏州去的时候，我还因有一篇文字没有交出之故，心里只在怦怦的跳动。

那一天（九月三日）也算是一天清秋的好天气。天上虽没有太阳，然而几块淡青的空处，和西洋女子的碧眼一般，在白云浮荡的中间，常在向我们地上的可怜虫密送秋波。不是雨天，不是晴日，若硬要把这一天的天气分出类来，我不管气象台的先生们笑我不笑我，姑且把它叫风云飞舞，阴晴交让的初秋的一日罢。

这一天的早晨，同乡的沈君，跑上我的寓所来说：

"今天我要上苏州去。"

我从我的屋顶下的房里，看看窗外的天空，听听市上的杂噪，忽而也起了一种怀慕远处之情（Sehnsucht nach der Ferne）。九点四十分的时候，我和沈君就摇来摇去的站在三等车中，被机关车搬向苏州去了。

"仙侣同舟！"古人每当行旅的时候，老在心中窃望着这一种艳福。我想人既是动物，无论男女，欲念总不能除，而我既是男人，女人当然是爱的。这一回我和沈君匆促上车，初不料的车上的人是那样拥挤的，后来从后面走上了前面，忽在人丛中听出了一种清脆的笑声来。"明眸皓齿的你们这几位女青年，你们可是上苏州去的么？"我见了她们的那一种活泼的样子，真想开口问她们一声，但是三千年的道德观，和见人就生恐惧的我的自卑狂，只使我红了脸，默默的站在她们身边，不过暗暗的闻吸闻吸从她们发上身上口中蒸发出来的香气罢了。我把她们偷看了几眼，心里又长叹了一声：

"啊啊！容颜要美，年纪要轻，更要有钱！"

## （二）

我们同车的几个"仙侣"，好像是什么女学校的学生。她们的活泼的样子——使恶魔讲起来就是轻佻——丰肥的肉体——使恶魔讲起来就是多淫——和烂熟的青春，都是神仙应有的条件，但是只有一件，只有一件事情，使我无论如何也不能把她们当作神仙的眷属看。非但如此，为这一件事情的原故，我简直不能把她们当作我的同胞看。这是什么呢，这便是她们故意想出风头而用的英文的谈话。假使我是不懂英文的人，那末从她们的绯红的嘴唇里滚出来的叽哩咕噜，正可以当作天女的灵言听了，倒能够对她们更加一层敬意。假使我是崇拜英文的人，那末听了她们的话，也可以感得几分亲热。但是我偏偏是一个程度与她们相仿的半通英文而又轻视英文的人，所以我的对她们的热意，被她们的谈话一吹几乎吹得冰冷了。世界上的人类，抱着功利主义，受利欲的催眠最深的，我想没有过于英美民族的了。但我们的这几位女同胞，不用《西厢》、《牡丹亭》上的说白来表现她们的思想，不把《红楼梦》上言文一致的文字来代替她们的说话，偏偏要选了商人用的这一种有金钱臭味的英语来卖弄风情，是多么杀风景的事情啊！你们即使要用外国文，也应选择那神韵悠扬的法国语，或者更适当一点的就该用半清半俗，薄爱民语（La langue des Bohemiens），何以要用这卑俗的英语呢？啊啊，当现在崇拜黄金的世界，也无怪某某女学等卒业出来的学生，不愿为正当的中国人的糟糠之室，而愿意自荐枕席于那些犹太种的英美的下流商人的。我的朋友有一次说，"我们中国亡了，倒没有什么可惜，我们中国的女性亡了，却是很可惜的。现在在洋场上作寓公的有钱有势的中国的人物，尤其是外交商界政界的人物，他们的妻女，差不多没有一个不失身于外国的下流流氓的,你看这事伤心不伤心哩!"我是两性问题上的一个国粹保存主义者,最不忍见我国的娇美的女同胞,被那些外国流氓去足践。我的在外国留学时代的游荡,也是本于这主义的一种复仇的心思。我现在若有黄金千万,还想去买些白奴来,供我们中国的黄包车夫苦力小工享乐啦!

唉唉!风吹水绉,干侬底事,她们在那里贱卖血肉,于我何尤。我且探头出去看车窗外的茂茂的原田,青青的草地,和清溪茅舍,丛林旷地罢!

"啊啊,那一道隐隐的飞帆,这大约是苏州河罢!"

我看了那一条深碧的长河,长河彼岸的粘天的短树,和河内的帆船,就叫着问我的同行者沈君,他还没有回答我之先,立在我背后的一位老先生却回答说:

"是的,那是苏州河,你看隐约的中间,不是有一条长堤看得见么!没有这一条堤,风势很大,是不便行舟的。"

我注目一看,果真在河中看出了一条隐约的长堤来。这时候,在东面车窗下坐着的旅客,都纷纷站起来望向窗外去。我把头朝转来一望,也看见了一个汪洋的湖面,起了无数的清波,在那里汹涌。天上黑云遮满了,所以湖面也只似用淡墨涂成的样子。湖的东岸,也有一排矮树,同凸出的雕刻似的,以阴沉灰黑的天空作了背景,在那里作苦闷之状。我不晓是什么理由,硬想把这一排沿湖的列树,断定是白杨之林。

## (三)

车过了阳澄湖,同车的旅客,大家不向车的左右看而注意到车的前面去,我知道苏州就不远了。等苏州城内的一枝尖塔看得出来的时候,几位女学生,也停住了她们的黄金色的英语,说了几句中国话。

"苏州到了!"

"可惜我们不能下去!"

"But we will come in the winter."

她们操的并不是柔媚的苏州音,大约是南京的学生吧?也许是上北京去的,但是我知道了她们不能同我一道下车,心里却起了一种微微的失望。

"女学生诸君,愿你们自重,愿你们能得着几位金龟佳婿,我要下车去了。"

心里这样的讲了几句,我等着车停之后,就顺着下车的人流,也被他们推来推去的推下了车。

出了车站,马路上站了一忽,我只觉得许多穿长衫的人,路的两旁停着的黄包车,马车,车夫和驴马,都在灰色的空气里混战。跑来跑去的人的叫唤,一个钱两个钱的争执,萧条的道旁的杨柳,黄黄的马路,和在远处看得出来的一道长而且矮的土墙,便是我下车在苏州得着的最初的印象。

湿云低垂下来了。在上海动身时候看得见的几块青淡的天空也被灰色的层云埋没煞了。我仰起头来向天空一望,脸上早接受了两三点冰冷的雨点。

"危险危险,今天的一场冒险,怕要失败。"

我对在旁边站着的沈君这样讲了一句,就急忙招了几个马车夫来问他们的价钱。

我的脚踏苏州的土地,这原是第一次。沈君虽已来过一二回,但是那还是前清太平时节的故事,他的记忆也很模糊了。并且我这一回来,本来是随人热闹,偶尔发作的一种变态旅行,既无作用,又无目的的,所以马夫问我"上那里去?"的时候,我想了半天,只回答了一句"到苏州去!"究竟沈君是深于世故的人,看了

我的不知所措的样子,就不慌不忙的问马车夫说:

"到府门去多少钱?"

好像是老熟的样子。马车夫倒也很公平,第一声只要了三块大洋。我们说太贵,他们就马上让了一块,我们又说太贵,他们又让了五角。我们又试了试说太贵,他们却不让了,所以就在一乘开口马车里坐了进去。

起初看不见的微雨,愈下愈大了,我和沈君坐在马车里,尽在野外的一条马路上横斜的前进。青色的草原,疏淡的树林,蜿蜒的城墙,浅浅的城河,变成这样,变成那样的在我们面前交换。醒人的凉风,休休的吹上我的微热的面上,和嗒嗒的马蹄声,在那里合奏交响乐。我一时忘记了秋雨,忘记了在上海剩下的未了的工作,并且忘记了半年来失业困穷的我,心里只想在马车上作独脚的跳舞,嘴里就不知不觉的念出了几句独脚跳舞的歌来:

> 秋在何处,秋在何处?
> 在蟋蟀的床边,在怨妇楼头的砧杵,
> 你若要寻秋,你只须去落寞的荒郊行旅,
> 刺骨的凉风,吹消残暑,
> 漫漫的田野,刚结成禾黍,
> 一番雨过,野路牛迹里贮着些儿浅渚,
> 悠悠的碧落,反映在这浅渚里容与,
> 月光下,树林里,萧萧落叶的声音,便是秋的私语。

我把这几句词不像词,新诗不像新诗的东西唱了一回,又向四边看了一回,只见左右都是荒郊,前面只是一条没有尽头的长路,所以心里就害怕起来,怕马夫要把我们两个人搬到杳无人迹的地方去杀害。探头出去,大声的喝了一声:

"喂！你把我们拖上什么地方去？"

那狡猾的马夫，突然吃了一惊，噗的从那坐凳上跌下来，他的马一时也惊跳了一阵，幸而他虽跌倒在地下，他的马缰绳，还牢捏着不放，所以马没有逃跑。他一边爬起来，一边对我们说：

"先生！老实说，府门是送不到的，我只能送你们上洋关过去的密度桥上。从密度桥到府门，只有几步路。"

他说的是没有丈夫气的苏州话，我被他这几句柔软的话声一说，心已早放下了，并且看看他那五十来岁的面貌，也不像杀人犯的样子，所以点了一点头，就由他去了。

马车到了密度桥，我们就在微雨里走了下来，上沈君的友人寄寓在那里的葑门内的严衙前去。

## （四）

进了封建时代的古城，经过了几条狭小的街巷，更越过了许多环桥，才寻到了沈君的友人施君的寓所。进了葑门以后，在那些清冷的街上，所得着的印象，我怎么也形容不出来。上海的市场，若说是二十世纪的市场，那末这苏州的一隅，只可以说是十八世纪的古都了。上海的杂乱的情形，若说是一个 Busy Port，那么苏州只可以说是一个 Sleepy town 了。总之阊门外的繁华，我未曾见到，专就我于这葑门里一隅的状况看来，我觉得苏州城，竟还是一个浪漫的古都，街上的石块，和人家的建筑，处处的环桥河水和狭小的街衢：没有一件不在那里夸示过去的中国民族的悠悠的态度。这一种美，若硬要用近代语来表现的时候，我想没有比"颓废美"的三字更适当的了。况且那时候天上又飞满了灰黑的湿云，秋雨又在微微的落下。

施君幸而还没有出去，我们一到他住的地方，他就迎了出来，沈君为我们介绍的时候，施君就慢慢的说：

"原来就是郁君么？难得难得，你做的那篇……我已经拜读了，失意人谁能不同声一哭！"

原来施君是我们的同乡，我被他说得有些羞愧了，想把话头转一个方向，所以就问他说：

"施君，你没有事么？我们一同去吃饭罢。"

实际上我那时候，肚里也觉得非常饥饿了。

严衙前附近，都是钟鸣鼎食之家，所以找不出一家菜馆来。没有方法，我们只好进一家名锦帆榭的茶馆，托茶博士去为我们弄些酒菜来吃。因为那时候微雨未止，我们的肚里却响得厉害，想想饿着肚在微雨里奔跑，也不值得，所以就进了那家茶馆——一则也因为这家茶馆的名字不俗——打算坐它一二个钟头，再作第二步计画。

古语说得好，"有志者事竟成！"我们在锦帆榭的清淡的中厅桌上，喝喝酒，说说闲话，一天微雨，竟被我们的意志力，催阻住了。

初到一个名胜的地方，谁也同小孩子一样，不愿意悠悠的坐着的，我一见雨止，就促施君沈君，一同出了茶馆，打算上各处去逛去。从清冷修整狭小的卧龙街一直跑将下去，拐了一个弯，又走了几步，觉得街上的人和两旁的店，渐渐儿的多起来，繁盛起来，苏州城里最多的卖古书、旧货的店铺，一家一家的少了下去，卖近代的商品的店家，逐渐惹起我的注意来了，施君说：

"玄妙观就要到了，这就是观前街。"

到了玄妙观内，把四面的情形一看，我觉得玄妙观今日的繁华，与我空想中的境状大异。讲热闹赶不上上海午前的小菜场，讲怪异远不及上海城内的城隍庙，走尽了玄妙观的前后，在我脑里深深印入的印象，只有二个，一个是三五个女青年在观前街的一家箫琴铺里买箫，我站到她们身边去对她们呆看了许久，她们也回了我几眼。一个玄妙观门口的一家书馆里，有一位很年轻的学生在那里买我和我朋友共编的杂志。除这两个深刻的印象外，我只觉得玄妙观里的许多茶馆，是苏州人的风雅的趣味的表现。

　　早晨一早起来，就跑上茶馆去。在那里有天天遇见的熟脸。对于这些熟脸，有妻子的人，觉得比妻子还亲而不狎，没有妻子的人，当然可把茶馆当作家庭，把这些同类当作兄弟了。大热的时候，坐在茶馆里，身上发出来的一阵阵的汗水，可以以口中咽下去的一口口的茶去填补。茶馆内虽则不通空气，但也没有火热的太阳，并且张三李四的家庭内幕和东洋中国的国际闲谈，都可以消去逼人的盛暑。天冷的时候，坐在茶馆里，第一个好处，就是现成的热茶。除茶喝多了，小便的时候要起冷痉之外吞下几碗刚滚的热茶到肚里，一时却能消渴消寒。贫苦一点的人，更可以借此熬饥。若茶馆主人开通一点，请几位奇形怪状的说书者来说书，风雅的茶客的兴趣，当然更要增加。有几家茶馆里有几个茶客，听说从十几岁的时候坐起，坐到五六十岁死时候止，坐的老是同一个座位，天天上茶馆来一分也不迟，一分也不早，老是在同一个时间。非但如此，有几个人，他自家死的时候，还要把这一个座位写在遗嘱里，要他的儿子天天去坐他那一个遗座。近来百货店的组织法应用到茶业上，茶馆的前头，除香气烹人的"火烧""锅贴""包子""烤山芋"之外，并且有酒有菜，足可使茶客一天不出外而不感得什么缺憾。像上海的青莲阁，非但饮食俱全，并且人肉也在贱卖，中国的这样文明的茶馆，我想该是二十世纪的世界之光了。所以盲目的外国人，你们若要来调查中国的事情，你们只须上茶馆去调查就是，你们要想来管理中国，也须先去征得各茶馆里的茶客的同意，因为中国的国会所代表的，是中国人的劣根性无耻与贪婪，这些茶客所代表的倒是真真的民意哩！

## （五）

出了玄妙观，我们又走了许多路，去逛遂园，遂园在苏州，同我在上海一样，有许多人还不晓得它的存在。从很狭很小的一个坍败的门口，曲曲折折走尽了几条小弄，我们才到了遂园的中心。苏州的建筑，以我这半日的经验讲来，进门的地方，都是狭窄芜废，走过几条曲巷，才有轩敞华丽的屋宇。我不知这一种方式，还是法国大革命前的民家一样，为避税而想出来的呢？还是为唤醒观者的观听起见，用修辞学上的欲扬先抑的笔法，使能得着一个对称的效力而想出来的？

遂园是一个中国式的庭园，有假山有池水有亭阁，有小桥也有几枝树木。不过各处的坍败的形迹和水上开残的荷花荷叶，同暗澹的天气合作一起，使我感到了一种秋意，使我看出了中国的将来和我自家的凋零的结果。啊！遂园呀遂园，我爱你这一种颓唐的情调！

在荷花池上的一个亭子里，喝了一碗茶，走出来的时候，我们在正厅上却遇着了许多穿轻绸绣缎的绅士淑女，静静的坐在那里喝茶咬瓜子，等说书者的到来。我在前面说过的中国人的悠悠的态度，和中国的亡国的悲壮美，在此地也能看得出来。啊啊，可怜我为人在客，否则我也挨到那些皮肤嫩白的太太小姐们的边上去静坐了。

出了遂园，我们因为时间不早，就劝施君回寓。我与沈君在狭长的街上飘流了一会，就决定到虎丘去。

（此稿执笔者因病中止）

# 送仿吾的行

夜深了,屋外的蛙声,蚯蚓声,及其他的杂虫的鸣声,也可以说是如雨,也可以说是如雷。几日来的日光骤雨,把庭前的树叶,催成作青葱的广幕,从这幕的破处,透过来的一盏两盏的远处大道上的灯光,煞是凄凉,煞是悲寂。你要晓得,这是首夏的后半夜,我们只有两个人,在高楼的回廊上默坐,又兼以一个是飘零在客,一个是门外天涯,明朝晨鸡一唱,仿吾就要过江到汉口去上轮船去的。

天上的星光撩乱,月亮早已下山去了。微风吹动帘衣,幽幽的一响,也大可竖人毛发。夜归的瞎子,在这一个时候,还在街上,拉着胡琴,向东慢慢走去。啊啊,瞎子!你所求的,究竟是什么东西,为的是什么呀?

瞎子过去了,胡琴声也听不出来了,蛙声蚯蚓声杂虫声,依旧在百音杂奏;我觉得这沉默太压人难受了,就鼓着勇气,叫了一声:

"仿吾!"

这一声叫出之后,自家也觉得自家的声气太大,底下又不敢继续下去。两人又默默地坐了几分钟。

顽固的仿吾,你想他讲出一句话来,来打破这静默的妖围,是办不到的。但是这半夜中间,我又讲话讲得太多了,若再讲下去，恐怕又要犯起感伤病来。人到了三十，还是长吁短叹，哭己怜人，是没出息的人干的事情；我也想做一个强者，这一回却要硬它一硬，怎么也不愿意再说话。

亭铜，亭铜，前边山脚下女尼庵的钟磬声响了，接着又是比丘尼诵《法华经》的声音，木鱼的声音：

"那是什么？"

仍复是仿吾一流的无文采的问语。

"那是尼姑庵，尼姑念经的声音。"

"倒有趣得很。"

"还有一个小尼姑哩！"

"有趣得很！"

"若在两三年前，怕又要做一篇极浓艳的小说来做个纪念了。"

"为什么不做哩？"

"老了，不行了，感情没有了！"

"不行！不行！要是这样，月刊还能办么？"

"那又是一个问题。"

"看沫若，他才是真正的战斗员！"

"上得场去，当然还可以百步穿杨。"

"不行，这未老先衰的话！"

"还不老么？有了老婆，有了儿子。亲戚朋友，一天一天的少下去。走遍天涯，到头来还是一个无聊赖！"

仿吾兀的不响了，我不觉得讲得太过分了。以年纪而论，仿吾还比我大。可怜的赋性愚直的这仿吾，到如今还是一个童男。去年他哥哥客死在广东。千里长途，搬丧回籍，一直弄到现在，他才能出来。一家老的老，小的小，侄儿侄女，十多个人，责任全负在他的肩上。而现在，我们因为想重把"创造"兴起，叫他丢去了一切，来干这前途渺茫的创造社出版部的大事业。不怕你是一块石，不怕你是一个鱼，当这样的微温的晚上，在这样的高危的楼上，看看前后左右，想想过去未来，叫他怎么能够坦然无介于怀？怎么能够不黯然泪落呢。

朋友的中间，想起来，实在是我最利己。无论如何的吃苦，无论如何的受气，总之在创造社根基未定之先，是不该一个人独善其身的跑上北方去的。有不得已的事故，或者有可托生命的事业可干的时候，还不要去管它，实际上盲人瞎马，渡过黄河，渡过扬子江后，所得到的结果，还不过是一个无聊。京华旅食，叩了富儿的门，一双白眼，一列白牙，是我的酬报。现在想起来，若要受一点人家的嘲笑，轻侮，虐待，那么到处都可以找得到，断没有跑几千里路的必要。像田舍诗人彭思一流的粗骨，理应在乡下草舍里和黄脸婆娘蒋恩谈谈百年以后的空想，做两句乡人乐诵的歌诗，预备一块墓地，两块石碑，好好儿的等待老死才对。爱丁堡有什么？那些老爷太太小姐们，不过想玩玩乡下初出来的猴子而已，她们哪里晓得什么是诗？听说诗人的头盖骨，左边是突起的，她们想看看看。听说诗人的心有七个窟窿，她们想数数看。大都会！首善之区！我和乡下的许多盲目的青年一样，受了这几个好听的名字的骗，终于离开了情逾骨肉的朋友，离开了值得拼命的事业，骑驴走马，积了满身尘土，在北方污浊的人海里，游泳了两三年。往日的亲朋星散，创造社成绩空空，只今又天涯沦落，偶尔在屈贾英灵的近地，机缘凑巧，和老友忽漫相逢，在高楼上空谈了半夜雄天，坐席未温，而明朝又早是江陵千里，不得不南浦送行，我为的是什么？我究在这里干什么呢？

我的确有点伤感起来了。栏外的杜鹃，又只是"不如归去，不如归去"的在那里乱叫。

"仿吾，你还不睡么？"

"再坐一会！"

我不能耐了,就不再说话,一个人进房里去睡了觉。仿吾一个人,在回廊上究竟坐到了什么时候才睡?他一个人坐在那深夜黑暗的回廊上,究竟想了些什么?这些事情,大约只有他一个人知道。第二天早晨,天还未亮的时候,他站在我的帐外,轻轻的叫我说:

"达夫!你不要起来,我走了。"

　　一九二五年五月二十三日招商公司的下水船,的确是午前六点钟起锚的。

一九二五年五月在武昌作

# 南行杂记

## （一）

　　上船的第二日，海里起了风浪，饭也不能吃，僵卧在舱里，自家倒得了一个反省的机会。

　　这时候，大约船在舟山岛外的海洋里，窗外又凄其的下雨了。半年来的变化，病状，绝望，和一个女人的不名誉的纠葛，母亲的不了解我的恶骂，在上海的几个月的游荡。一幕一幕的过去的痕迹，很杂乱地尽在眼前交错。

　　上船前的几天，虽则是心里很牢落，然而实际上仍是一件事情也没有干妥。闲下来在船舱里这么的一想，竟想起了许多琐杂的事情来：

　　"那一笔钱，不晓几时才拿得出来？"

　　"分配的方法，不晓有没有对C君说清？"

　　"一包火腿和茶叶，不知究竟要什么时候才能送到北京？"

　　"啊！一封信又忘了！忘了！"

　　像这样的乱想了一阵，不知不觉，又昏昏的睡去，一直到了午后的三点多钟。在半醒半觉的昏睡余波里沉浸了一回，听见同舱的K和W在说话，并且话题逼近到自家的身上来了：

"D不晓得怎么样?"K的问话。

"叫他一声吧!"W答。

"喂,D!醒了吧?"K又放大了声音,向我叫。

"乌乌……乌……醒了,什么时候了?"

"舱里空气不好,我们上'突克'去换一换空气罢!"

K的提议,大家赞成了,自家也忙忙的起了床。风停了,雨也已经休止,"突克"上散坐着几个船客。海面的天空,有许多灰色的黑云在那里低徊。一阵一阵的大风渣沫,还时时吹上面来。湿空气里,只听见那几位同船者的杂话声。因为是粤音,所以辨不出什么话来,而实际上我也没有听取人家的说话的意思和准备。

三人在铁栏杆上靠了一会,K和W在笑谈什么话,我只呆呆的凝视着黯淡的海和天,动也不愿意动,话也不愿意说。

正在这一个失神的当儿,背后忽儿听见了一种清脆的女人的声音。回头来一看,却是昨天上船的时候看见过一眼的那个广东姑娘。她大约只有十七八岁年纪,衣服的材料虽则十分素朴,然而剪裁的式样,却很时髦。她的微突的两只近视眼,狭长的脸子,曲而且小且薄的嘴唇,梳的一条垂及腰际的辫发,不高不大的身材,并不白洁的皮肤,以及一举一动的姿势,简直和北京的银弟一样。昨天早晨,在匆忙杂乱的中间,看见了一眼,已经觉得奇怪了,今天在这一个短距离里,又深深地视察了一番,更觉得她和银弟的中间,确有一道相通的气质。在两三年前,或者又要弄出许多把戏来搅扰这一位可怜的姑娘的心意;但当精力消疲的此刻,竟和大病的人看见了丰美的盛馔一样,心里只起了一种怨恨,并不想有什么动作。

她手里抱着一个周岁内外的小孩,这小孩尽在吵着,仿佛要她抱上什么地方去的样子。她想想没法,也只好走近了我们的近边,把海浪指给那小孩看。我很自然的和她说了两句话,把小孩的一只肥手捏了一回。小孩还是吵着不已,她又只好把他抱回舱里去。我因为感着了微寒,也不愿意在"突克"上久立,过了几分钟,就匆匆的跑回了船室。

吃完了较早的晚饭,和大家谈了些杂天,电灯上火的时候,窗外又凄凄的起了风雨。大家睡熟了,我因为白天三四个钟头的甜睡,这时候竟合不拢眼来。拿出了一本小说来读,读不上几行,又觉得毫无趣味。丢了书,直躺在被里,想来想去想了半天,觉得在这一个时候对于自家的情味最投合的,还是因那个广东女子而惹起的银弟的回忆。

计算起来,在北京的三年乱杂的生活里,比较得有一点前后的脉络,比较得值得回忆的,还是和银弟的一段恶姻缘。

人生是什么?恋爱又是什么?年纪已经到了三十,相貌又奇丑,毅力也不足,名誉,金钱都说不上的这一个可怜的生物,有谁来和你讲恋爱?在这一种绝望的状态里,醉闷的中间,真想不到会遇着这一个一样飘零的银弟!

我曾经对什么人都声明过,"银弟并不美。也没有什么特别可爱的地方。"若硬要说出一点好处来,那只有她的娇小的年纪和她的尚不十分腐化的童心。

酒后的一次访问,竟种下了恶根,在前年的岁暮,前后两三个月里,弄得我心力耗尽,一直到此刻还没有恢复过来,全身只剩了一层瘦黄的薄皮包着的一副残骨。

这当然说不上是什么恋爱,然而和平常的人肉买卖,仿佛也有点分别。啊啊,你们若要笑我的蠢,笑我的无聊,也只好由你们笑,实际上银弟的身世是有点可同情的地方在那里。

她父亲是乡下的裁缝,没出息的裁缝,本来是苏州塘口的一个恶少年;因为姘识了她的娘,他们俩就逃到了上海,在浙江路的荣安里开设了一间裁缝摊。当然是一间裁缝摊,并不是铺子。

在这苦中带乐的生涯里，银弟生下了地。过了几时，她父亲又在上海拐了一笔钱和一个女子，大小四人就又从上海逃到了北京。拐来的那个女子，后来当然只好去当娼妓，银弟的娘也因为男人的不德，饮上了酒，渐渐的变成了班子里的龟婆。罪恶贯盈，她父亲竟于一天严寒的晚上在雪窠里醉死了。她的娘以节蓄下来的四五百块恶钱，包了一个姑娘，勉强维持她的生活。像这样的日子，过了几年，银弟也长大了。在这中间，她的娘自然不能安分守寡，和一个年轻的琴师又结成了夫妇。循环报应，并不是天理，大约是人事当然的结果，前年春天，银弟也从"度嫁"的身分进了一步，去上捐当作了娼女。而我这前世作孽的冤鬼，也同她前后同时的浮荡在北京城里。

　　第一次去访问之后，她已经把我的名姓记住。第二天晚上十一点前后醉了回家，家里的老妈子就告诉我说："有一位姓董的，已经打了好几次电话来了。"我当初摸不着头脑，按了老妈子告诉我的号码就打了一个回电。及听到接电话的人说是蘼香馆，我才想起了前一晚的事情，所以并没有教他去叫银弟讲话，马上就把接话机挂上了。

　　记得这是前年九十月中的事情，此后天气一天寒似一天，国内的经济界也因为政局的不安一天衰落一天，胡同里车马的稀少，也是当然的结果。这中间我虽则经济并不宽裕，然而东挪西借，一直到年底止，为银弟开销的账目，总结起来，也有几百块钱的样子。在阔人很多的北京城里，这几百块钱，当然算不得什么一回事，可是由相貌不扬，衣饰不富，经验不足的银弟看来，我已经是她的恩客了。此外还有一件事情，说出来是谁也不相信的，使她更加把我当作了一个不是平常的客人看。

　　一天北风刮得很利害，寒空里黑云飞满，仿佛就要下雪的日暮，我和几个朋友，在游艺园看完戏之后，上小有天去吃夜饭去。

这时候房间和散座，都被人占去了，我们只得在门前小坐，候人家的空位。过了一忽，银弟和一个四十左右的绅士，从里面一间小房间里出来了。当她经过我面前的时候，一位和我去过她那里的朋友，很冒失的叫了她一声，她抬头一看，才注意到我的身上，窑子在游戏场同时遇见两个客人本来是常有的事情，但她仿佛是很难为情的丢下了那个客人来和我招呼。我一点也不变脸色，仍复是平平和和的对她说了几句话，叫她快些出去，免得那个客人要起疑心。她起初还以为我在吃醋，后来看出了我的真心，才很快活的走了。

好容易等到了一间空屋，又因为和银弟讲了几句话的结果，被人家先占了去，我们等了二十几分钟，才得了一间空座进去坐了。吃菜吃到第二碗，伙计在外边嚷，说有电话，要请一位姓×的先生说话。我起初还不很注意，后来听伙计叫的的确是和我一样的姓，心里想或者是家里打来的，因为他们知道我在游艺园，而小有天又是我常去吃晚饭的地方。猫猫虎虎到电话口去一听，就听出了银弟的声音。她要我马上去她那里，她说刚才那个客人本来要请她听戏，但她拒绝了。我本来是不想去的，但吃完晚饭，出游艺园的时候，时间还早，朋友们不愿意就此分散，大家你一句我一句，就决定要我上银弟那里去问她的罪。

在她房里坐了一个多钟头，接着又打了四圈牌，吃完了酒，想马上回家，而银弟和同去的朋友，都要我在那里留宿。他们出去之后，并且把房门带上，在外面上了锁。

那时候已经是一点多钟了，妓院里特有的那一种艳乱的杂音，早已停歇，窗外的风声，倒反而加起劲来。银弟拉我到火炉旁边去坐下，问我何以不愿意在她那里宿。我只是对她笑笑，吸着烟，不和她说话。她呆了一会，就把头搁在我的肩上，哭了起来。妓女的眼泪，本来是不值钱的，尤其是那时候我和她的交情并不深，自从头一次访问之后，拢总还不过去了三四次，所以我看了她这一种样子，心里倒觉得很不快活，以为她在那里用手段。哭了半天，我只好抱她上床，和她横靠在叠好的被条上面。她止住眼泪之后，又沉默了好久，才慢慢地举起头来说：

"耐格人啊，真姆拨良心！……"

又停了几分钟，感伤的话，一齐的发出来了：

"平常日甲末，耐总勿肯来，来仔末，总设两句鬼话啦，就跑脱哉。打电话末，总教老妈子回复，设'勿拉屋里！'真朝碰着仔，要耐来拉给搭，耐回想跑回起。叫人家格面子阿过得起？……数数看，像哦给当人，实在勿配做耐格朋友……"

说到了这里，她又重新哭了起来，我的心也被她哭软了。拿出手帕来替她擦干了眼泪，我不由自主的吻了她好半天。换了衣服，洗了身，和她在被里睡好，桌上的摆钟，正敲了四下。这时候她的余哀未去，我也很起了一种悲感，所以两人虽抱在一起，心里却并没有失掉互相尊敬的心思。第二天一直睡到午前的十点钟起来，两人间也不曾有一点猥亵的行为。起床之后，洗完脸，要去叫早点心的时候，她问我吃荤的呢还是吃素的，我对她笑了一笑，她才跑过来捏了我一把，轻轻的骂我说：

"耐拉取笑娥呢，回是勒拉取笑耐自家？"

我也轻轻的回答她说：

"我益格沫事，已经割脱着！"

这一晚的事情，说出来大家总不肯相信，但从此之后，她对我的感情，的确是剧变了。因此我也更加觉得她的可怜，所以自那时候起到年底止的两三个月中间，我竟为她付了几百块钱的账。当她身子不净的时候，也接连在她那里留了好几夜宿。

去年正月，因为一位朋友要我去帮他的忙，不得不在兵荒燎乱之际，离开北京，西车站的她的一场大哭，又给了我一个很深的印象。

　　躺在船舱里的棉被上，把银弟和我中间的一场一场的悲喜剧，回想起来之后，神经愈觉得兴奋，愈是睡不着了。不得已只好起来，拿了烟罐火柴，想上食堂去吸烟去。跳下了床，开门出来，在门外的通路上，却巧又遇见了那位很像银弟的广东姑娘。我因为正在回忆之后，突然见了她的形象，照耀在电灯光里，心里忽而起了一种奇妙的感觉，竟瞪了两眼，呆呆的站住了。她看了我的奇怪的样子，也好像很诧异似的站住了脚。这时候幸亏同船者都已睡尽，没有人看见，而我也于一分钟之内，回复了意识，便不慌不忙的走过她的身边，对她问了一声"还没有睡么？"就上食堂去吸烟去。

## （二）

　　从上海出发之后第四天的早晨，听说是已经过了汕头，也许今天晚上可以进虎门的。船客的脸上，都现出一种希望的表情来，天也放晴，"突克"上的人声也嘈杂起来了。

　　这一次的航海，总算还好，风浪不十分大，路上也没有遇着强盗，而今天所走的地方，已经是安全地带了。在"突克"的左旁，一位广东的老商人，一边拿了望远镜在望海边的岛屿，一边很努力的用了普通话对我说了一段话。

　　太阳忽隐忽现，海风还是微微的拂上面来，我们究竟向南走了几千里路，原是谁也说不清楚，可是纬度的变迁的证明，从我们的换了夹衣之后，还觉得闷热的事实上找得出来，所以我也不知不觉的对那老商人说：

　　"老先生，我们已经接触了南国的风光了！"

　　吃了早午饭，又在"突克"上和那老商人站立了一回，看看远处的岛屿海岸，也没有什么不同的变化，我就回到了舱里去享受午睡。大约是几天来运动不足，消化不良的缘故，头一搁上枕，就作了许多乱梦。梦见了去年在北京德国病院里死的一位朋友，梦见了两月前头，在故乡和我要好的那个女人，又梦见了几回哥哥和我吵闹的情形，最后又梦见我自家在一家酒店门口发怔，因为这酒家柜上，一盘一盘陈列着在卖的尽是煮熟了的人头和人的上半身。

午后三点多钟，睡醒之后，又上"突克"去看了一次，四面的景色，还是和午前一样，问问同伴，说要明天午后，才得到广州。幸而这时候那广东姑娘出来了，和她不即不离的说了几句极普通的话，觉得旅愁又减少了一点。这一晚和前几晚一样，看了几页小说，吸了几支烟，想了些前后错杂的事情，就不知不觉的睡着了。

船到虎门外，等领港的到来，慢慢的驶进珠江，是在开船后第五天的午后三点多钟，天空黯淡，细雨丝丝在下，四面的小岛，远近的渔村，水边的绿树，使一般船客都中心不定地跑来跑去在"突克"和舱室的中间行走，南方的风物，煞是离奇，煞是可爱！

若在北方，这时候只是一片黄沙瘠土，空林里总认不出一串青枝绿叶来，而这南乡的二月，水边山上，苍翠欲滴的树叶，不消再说，江岸附近的水田里，仿佛是已经在忙分秧稻的样子。珠江江口，叉港又多，小岛更夥，望南望北，看得出来的，不是嫩绿浓阴的高树，便是方圆整洁的农园。树阴下有依水傍山的瓦屋，园场里排列着荔枝龙眼的长行，中间且有粗枝大干，红似相思的木棉花树，这是梦境呢还是实际？我在船头上竟看得发呆了。

"美啊！这不是和日本长崎口外的风景一样么？"同舱的 K 叫着说。

"美啊！这简直是江南五月的清和景！"同舱的 W 亦受了

感动。

"可惜今天的天气不好,把这一幅好景致染上了忧郁的色彩。"我也附和他们说。

船慢慢的进了珠江,两岸的水乡人家的春联和门楣上的横额,都看得清清楚楚。前面老远,在空濛的烟雨里,有两座小小的宝塔看见了。

"那是广州城!"

"那是黄埔!"

像这样的惊喜的叫唤,时时可以听见,而细雨还是不止,天色竟阴阴的晚了。

吃过晚饭,再走出舱来的时候,四面已经是夜景了。远近的湾港里,时有几盏明灭的渔灯看得出来,岸上人家的墙壁,还依稀可以辨认。广州城的灯火,看得很清,可是问问船员,说到白鹅潭还有二十多里。立在黄昏的细雨里,尽把脖子伸长,向黑暗中瞭望,也没有什么意思,又想回到食堂里去吸烟,但W和K却不愿意离开"突克"。

不知经过了几久,轮船的轮机声停止了。"突克"上充满了压人的寂静,几个喜欢说话的人,也受了这寂静的威胁,不敢作声,忽而船停住了,跑来跑去有几个水手呼唤的声音。轮船下舢板中的男女的声音,也听得出来了,四面的灯火人家,也增加了数目。舱里的茶房,不知道什么时候出来的,这时候也站在我们的身旁,对我们说:

"船已经到了,你们还是回舱去照料东西罢!广东地方可不是好地方。"

我们问他可不可以上岸去,他说晚上雇舢板危险,还不如明天早上上去的好,这一晚总算到了广州,而仍在船上宿了一宵。

在白鹅潭的一宿,也算是这次南行的一个纪念,总算又和那广东姑娘同在一只船上多睡了一晚。第二天早晨,天一亮,不及和那姑娘话别,我们就雇了小艇,冒雨冲上岸来了。

十五年四月十二日

# 马蜂的毒刺

这几年来，自己因为不能应时豹变，顺合潮流的结果，所以弄得失去了职业，失去了朋友亲人，失去了一切的一切，只剩了孤零丁的一个，落在时代的后面浮沉着。人家要我没落，但肉体却仍旧在维持着它的旧日的作用，不肯好好儿的消亡下去。人家劝我自杀，但穷得连买一点药买一支手枪的余裕都没有，而堕落颓废的我的意志也连竖直耳朵，听一听人家的劝告的毅力都决拿不起来。在这无可奈何的楚歌声里，自然而然，我便成了一个与猪狗一样的一点儿自决心责任心也没有的行尸走肉了，对这一个行尸，人家还在说是什么"运命论者"。

运命论者也好，颓废堕落也没有法子，可是像猪一样的这一块走肉中间，有时候还不能完全把知觉感情等稍为高尚一点的感觉杀死，于是突然之间，就同癫痫病者的发作一样，会有一种很深沉很悲痛的孤寂之感袭上身来。

有一天，也是在这一种发作之后，我忽而想起了一位不相识的青年写给我的几封信，这一位好奇的青年，大约也同我一样的在感到孤独吧，他写来的几封满贮着热情的信上，说无论如何总想看一看我这一块走肉。想起了他，那一天早晨，我就借得了几个零用钱，飘然坐上了车，走到了上海最热闹的一区地方去拜访了一次。

两人见到了面，不消说是各有一种欢喜之情感到的。我也一时破了长久沉默的戒，滔滔谈了许多前后不接的闲天，他也全身抖擞了起来，似乎是喜欢得不得了的样子。谈了一会，我觉得饿了，就和他一同出来去吃了一点点心，吃饱了之后又同他走了一圈，谈了半天。

他怎么也不肯和我别去，一定要邀我回到他的旅馆去和他同吃午饭。但可怜的我那时候心里头又起了别的作用了，一时就想去看一回好久没有见到而相约已经有好几次的一位书店里的熟人。我就告诉他说，吃饭是不能同他在一道吃的。他问为什么？我说因为今天是有人约我吃饭的。他问在什么地方？我说在某处某地的书店楼上。他问几点钟？我说正午十二点。因此他就很悲哀地和我在马路上分开了手，我回头来看了几眼，看见他老远的还立在那里目送我的行。

和他分开之后去会到了那位书店的熟人，不幸吃饭的地点临时改变了。我们吃完饭后，坐到了两点多钟才走下楼来。正走到了一处宽广的野道上的时候，我看见前面路上向着我们，太阳光下有一位横行阔步，好像是兴奋得很的青年在走。走近来一看却正是午前我去访他和他在马路上别去的那位纯直的少年朋友。

他立在我的面前，面色胀得通红，眉毛竖了起来，眼睛里同喷火山似的放出了两道异样的光，全身和两颗骨似乎在格格地发抖，钉视住了我的颜面，半晌说不出话来。两只手是捏紧了拳头垂在肩下的。我也同做了一次窃贼，被抓着了赃证者一样，一时急得什么话也想不出来。两人对头呆立了一阵，终究还是我先破口说："你上什么地方去？"

他又默默地毒视了我一阵，才大声的喝着说，"你为什么要骗我？你为什么要撒谎？"我看了他那双冒火的眼光，觉得知觉也没有了，神致也昏乱了，不晓回答了他几句什么样的支吾言语，就匆匆逃开了他的面前。但同时在我的脑门的正中，仿佛是感到了一种隐隐的痛楚。仿佛是被一只马蜂放了一针毒刺似的。我觉得这正是一只马蜂的毒刺，因为我在这一次偶而的失言之中，所感到的苦痛不过是暂时的罢了，而在他的洁白的灵魂之上，怕不得不印上一个极深刻的永久消不去的毒印。听说马蜂尾上的毒刺是只有一次好用的，这是它最后的一件自卫武器，这一次的他岂不也同马蜂一样，受了我的永久的害毒了么？我现在当一个人感到孤独的时候，每要想起这一件事情来，所以近来弄得连无论什么人的信札都不敢开读，无论什么人的地方都不敢去走动了。这一针小小的毒刺，大约是可以把我的孤独钉住，使它随伴我到我的坟墓里去的，细细玩味起来，倒也能够感到一点痛定之后的宽怀情绪，可是那只马蜂，那只已经被我解除了武装的马蜂，却太可怜了，我在此地还只想诚恳地乞求它的饶恕。

一九二九年四月作

# 志摩在回忆里

　　新诗传宇宙,竟尔乘风归去,同学同庚,老友如君先宿草。

　　华表托精灵,何当化鹤重来,一生一死,深闺有妇赋招魂。

这是我托杭州陈紫荷先生代作代写的一副挽志摩的挽联。陈先生当时问我和志摩的关系,我只说他是我自小的同学,又是同年,此外便是他这一回的很适合他身分的死。

做挽联我是不会做的,尤其是文言的对句。而陈先生也想了许多成句,如"高处不胜寒","犹是深闺梦里人"之类,但似乎都寻不出适当的上下对,所以只成了上举的一联。这挽联的好坏如何,我也不晓得,不过我觉得文句做得太好,对仗对得太工,是不大适合于哀挽的本意的。悲哀的最大表示,是自然的目瞪口呆,僵若木鸡的那一种样子,这我在小曼夫人当初次接到志摩的凶耗的时候曾经亲眼见到过。其次是抚棺的一哭,这我在万国殡仪馆中,当日来吊的许多志摩的亲友之间曾经看到过。至于哀挽诗词的工与不工,那却是次而又次的问题了;我不想说志摩是如何如何的伟大,我不想说他是如何如何的可爱,我也不想说我因他之死而感到怎么怎么的悲哀，我只想把在记忆里的志摩来重描一遍，因而再可以想见一次他那副凡见过他一面的人谁都不容易忘去的面貌与音容。

大约是在宣统二年（一九一〇）的春季，我离开故乡的小市，去转入当时的杭府中学读书，——上一期似乎是在嘉兴府中读的，终因路远之故而转入了杭府——那时候府中的监督，记得是邵伯炯先生，寄宿舍是大方伯的图书馆对面。

当时的我，是初出茅庐的一个十四岁未满的乡下少年，突然间闯入了省府的中心，周围万事看起来都觉得新异怕人。所以在宿舍里，在课堂上，我只得诚惶诚恐，战战兢兢，同蜗牛似地蜷伏着，连头都不敢伸一伸出壳来。但是同我的这一种畏缩态度正相反的，在同一级同一宿舍里，却有两位奇人在跳跃活动。

一个是身体生得很小，而脸面却是很长，头也生得特别大的小孩子。我当时自己当然总也还是一个孩子，然而看见了他，心里却老是在想，"这顽皮小孩，样子真生得奇怪"，仿佛我自己已经是一个大孩似的。还有一个日夜和他在一块，最爱做种种淘气的把戏，为同学中间的爱戴集中点的，是一个身材长得相当的高大，面上也已经满示着成年的男子的表情，由我那时候的心里猜来，仿佛是年纪总该在三十岁以上的大人，——其实呢，他也不过和我们上下年纪而已。

他们俩，无论在课堂上或在宿舍里，总在交头接耳的密谈着，高笑着，跳来跳去，和这个那个闹闹，结果却终于会出其不意地做出一件很轻快很可笑很奇特的事情来吸引大家的注意的。

而尤其使我惊异的，是那个头大尾巴小，戴着金边近视眼镜的顽皮小孩，平时那样的不用功，那样的爱看小说——他平时拿在手里的总是一卷有光纸上印着石印细字的小本子——而考起来或作起文来却总是分数得得最多的一个。

像这样的和他们同住了半年宿舍，除了有一次两次也上了他们一点小当之外，我和他们终究没有发生什么密切一点的关系；后来似乎我的宿舍也换了，除了在课堂上相聚在一块之外，见面的机会更加少了。年假之后第二年的春天，我不晓为了什么，突然离去了府中，改入了一个现在似乎也还没有关门的教会学校。从此之后，一别十余年，我和这两位奇人——一个小孩，一个大人——终于没有遇到的机会。虽则在异乡飘泊的途中，也时常想起当日的旧事，但是终因为周围环境的迁移激变，对这微风似的少年时候的回忆，也没有多大的留恋。

民国十三四年——一九二三、四年——之交，我混迹在北京的软红尘里；有一天风定日斜的午后，我忽而在石虎胡同的松坡图书馆里遇见了志摩。仔细一看，他的头，他的脸，还是同中学时候一样发育得分外的大，而那矮小的身材却不同了，非常之长大了，和他并立起来，简直要比我高一二寸的样子。

他的那种轻快磊落的态度，还是和孩时一样，不过因为历尽了欧美的游程之故，无形中已经锻炼成了一个长于社交的人了。笑起来的时候，可还是同十几年前的那个顽皮小孩一色无二。

从这年后，和他就时时往来，差不多每礼拜要见好几次面。他的善于座谈，敏于交际，长于吟诗的种种美德，自然而然地使他成了一个社交的中心。当时的文人学者、达官丽姝，以及中学时候的倒霉同学，不论长幼，不分贵贱，都在他的客座上可以看得到。不管你是如何心神不快的时候，只教经他用了他那种浊中带清的洪亮的声音，"喂，老×，今天怎么样？什么什么怎么样了？"的一问，你就自然会把一切的心事丢开，被他的那种快乐的光耀同化了过去。

正在这前后，和他一次谈起了中学时候的事情，他却突然的呆了一呆，张大了眼睛惊问我说：

"老李你还记得起记不起?他是死了哩!"

这所谓老李者,就是我在头上写过的那位顽皮大人,和他一道进中学的他的表哥哥。

其后他又去欧洲,去印度,交游之广,从中国的社交中心扩大而成为国际的。于是美丽宏博的诗句和清新绝俗的散文,也一年年的积多了起来。一九二七年的革命之后,北京变了北平,当时的许多中间阶级者就四散成了秋后的落叶。有些飞上了天去,成了要人,再也没有见到的机会了;有些也竟安然地在牖下到了黄泉;更有些,不死不生,仍复在歧路上徘徊着,苦闷着,而终于寻不到出路。是在这一种状态之下,有一天在上海的街头,我又忽而遇见了志摩。

"喂,这几年来你躲在什么地方?"

兜头的一喝,听起来仍旧是他那一种洪亮快活的声气。在路上略谈了片刻,一同到了他的寓里坐了一会,他就拉我一道到了大赍公司的轮船码头。因为午前他刚接到了无线电报,诗人太果尔回印度的船系定在午后五时左右靠岸,他是要上船去看看这老诗人的病状的。

当船还没有靠岸,岸上的人和船上的人还不能够交谈的时候,他在码头上的寒风里立着——这时候似乎已经是秋季了——静静地呆呆地对我说:

"诗人老去,又遭了新时代的摈斥,他老人家的悲哀,正是孔子的悲哀。"

因为太果尔这一回是新从美国日本去讲演回来,在日本在美国都受了一部分新人的排斥,所以心里是不十分快活的;并且又因年老之故,在路上更染了一场重病。志摩对我说这几句话的时候,双眼呆看着远处,脸色变得青灰,声音也特别的低。我和志摩来往了这许多年,在他脸上看出悲哀的表情来的事情,这实在是最初也便是最后的一次。

从这一回之后,两人又同在北京的时候一样,时时来往了。可是一则因为我的疏懒无聊,二则因为他跑来跑去的教书忙,这一两年间,和他聚谈时候也并不多。今年的暑假后,他于去北平之先曾大宴了三日客。头一天喝酒的时候,我和董任坚先生都在那里。董先生也是当时杭府中学的旧同学之一,席间我们也曾谈到了当日的杭州。在他遇难之前,从北平飞回来的第二天晚上,我也偶然的,真真是偶然的,闯到了他的寓里。

那一天晚上,因为有许多朋友会聚在那里的缘故,谈谈说说,竟说到了十二点过。临走的时候,还约好了第二天晚上的会后才兹分散。但第二天我没有去,于是就永久失去了见他的机会了,因为他的灵柩到上海的时候是已经殓好了来的。

文人之中,有两种人最可以羡慕。一种是像高尔基一样,活到了六七十岁,而能写许多有声有色的回忆文的老寿星,其他的一种是如叶赛宁一样的光芒还没有吐尽的天才夭折者。前者可以写许多文学史上所不载的文坛起伏的经历,他个人就是一部纵的文学史。后者则可以要求每个同时代的文人都写一篇吊他哀他或评他骂他的文字,而成一部横的放大的文苑传。

现在志摩是死了,但是他的诗文是不死的,他的音容状貌可也是不死的,除非要等到认识他的人老老少少一个个都死完的时候为止。

一九三一年十二月十一日

**附记**

上面的一篇回忆写完之后,我想想,想想,又在陈先生代做的挽联里加入了一点事实,缀成了下面的四十二字:

三卷新诗,廿年旧友,与君同是天涯,只为佳人难再得。

一声河满,九点齐烟,化鹤重归华表,应愁高处不胜寒。

一九三一年十二月十九日

# 暗　夜

　　什么什么？那些东西都不是我写的。我会写什么东西呢？近来怕得很，怕人提起我来。今天晚上风真大，怕江里又要翻掉几只船哩！啊，啊呀，怎么，电灯灭了？啊，来了，啊呀，又灭了。等一忽吧，怕就会来的。像这样黑暗里坐着，倒也有点味儿。噢，你有洋火吗？等一等，让我摸一枝洋蜡出来。……啊唷，混蛋，椅子碰破了我的腿！不要紧，不要紧，好，有了。……

　　这洋烛光，倒也好玩得很。呜呼呼，你还记得吗？白天我做的那篇模仿小学教科书的文章："暮春三月，牡丹盛开，我与友人，游戏庭前，燕子飞来，觅食甚勤，可以人而不如鸟乎。"我现在又想了一篇，"某生夜读甚勤，西北风起，吹灭电灯，洋烛之光。"呜呼呼……近来什么也不能做，可是像这种小文章，倒也还做得出来，很不坏吧？我的女人么？嗳，她大约不至于生病吧！暑假里，倒想回去走一趟。就是怕回去一趟，又要生下小孩来，麻烦不过。你那里还有酒么？啊唷，不要把洋烛也吹灭了，风声真大呀！可了不得！……去拿么，酒？等一等，拿一盒洋火，我同你去。……廊上的电灯也灭了么？小心扶梯！喔，灭了！混蛋，不点了吧，横竖出去总要吹灭的。……噢噢，好大的风！冷！真冷！……嗳！

# 杂谈七月

阴历的七月天,实在是一年中最好的时候,所谓"已凉天气未寒时"也,因而民间对于七月的传说,故事之类,也特别的多。诗人善感,对于秋风的惨澹,会发生感慨,原是当然。至于一般无敏锐感受性的平民,对于七月,也会得这样讴歌颂扬的原因,想来总不外乎农忙已过,天气清凉,自己可以安稳来享受自己的劳动结果的缘故;虽然在水旱成灾,丰收也成灾,农村破产的现代中国,农民对于秋的感觉如何,许还是一个问题。

七月里的民间传说最有诗味的,当然是七夕的牛郎织女的事情。小泉八云有一册银河故事,所记的,是日本乡间,于七夕晚上,悬五色诗笺于竹竿,掷付清溪,使水流去的雅人雅事,中间还译了好几首日本的古歌在那里。

其次是七月十五的盂兰盆会;这典故的出处,大约是起因于盂兰盆经的目连救母的故事的,不过后来愈弄愈巧,便有刻木割竹,饴蜡剪彩,模花叶之形状等妙技了。日本乡间,在七月十五的晚上,并且有男女野舞,直舞到天明的习俗,名曰盆踊,鄙人在日光,盐原等处,曾有几次躬逢其盛,觉得那一种农民的原始的跳舞,与月下的乡村男女酬歌戏谑的情调,实在是有些写不出来的愉快的地方。这些日本的七月里的遗俗,不知道是不是我们隋唐时代的国产,这一点,倒很想向考据家们请教一番。

因目连救母的故事而来的点缀,还有七月三十日的放河灯与插地藏香等闹事。从前寄寓在北平什刹海的北岸,每到秋天,走过积水潭的净业庵头,就要想起王次回的"秋夜河灯净业庵"那一首绝句。听说绍兴有大规模的目连戏班和目连戏本,不知道这目连戏在绍兴,是不是也是农民在七月里的业余余兴?

# 杭州的八月

杭州的废历八月,也是一个极热闹的月份。自七月半起,就有桂花栗子上市了,一入八月,栗子更多,而满觉陇南高峰翁家山一带的桂花,更开得来香气醉人。八月之名桂月,要身入到满觉陇去过一次后,才领会得到这名字的相称。

除了这八月里的桂花,和中国一般的八月半的中秋佳节之外,在杭州还有一个八月十八的钱塘江的潮汛。

钱塘的秋潮,老早就有名了,传说就以为是吴王夫差杀伍子胥沉之于江,子胥不平,鬼在作怪之故。《论衡》里有一段文章,驳斥这事,说得很有理由:"儒书言,'吴王夫差杀伍子胥,煮之于镬,盛于囊,投之于江,子胥恚恨,临水为涛,溺杀人。'夫言吴王杀伍子胥,投之于江,实也,言其恨恚,临水为涛者,虚也。且卫菹子路,而汉烹彭越,子胥勇猛,不过子路彭越,然二子不能发怒于鼎镬之中,子胥亦然,自先入鼎镬,后乃入江,在镬之时其神岂怯而勇于江水哉?何其怒气前后不相副也?"可是《论衡》的理由虽则充足,但传说的力量,究竟十分伟大,至今不但是钱塘江头,就是庐州城内溯河岸边,以及江苏福建等滨海傍湖之处,仍旧还看得见塑着白马素车的伍大夫庙。

钱塘江的潮,在古代一定比现时还要来得大。这从高僧传唐灵隐寺释宝达,诵咒咒之,江潮方不至激射湖上诸山的一点,以及南宋高宗看潮,只在江干候潮门外搭高台的一点看来,就可以明白。现在则非要东去海宁,或五堡八堡,才看得见银海潮头一线来了。这事情从阮元的《揅经室集·浙江图考》里,也可以看得到一些理由,而江身沙涨,总之是潮不远上的一个最大原因。

还有梁开平四年,钱武肃王为筑捍海塘,而命强弩数百射涛头,也只在候潮通江门外。至今海宁江边一带的铁牛镇铸,显然是师武肃王的遗意,后人造作的东西。(我记得铁牛铸成的年份,是在清顺治年间,牛身上印在那里的文字,还隐约辨得出来。)

沧桑的变革,实在厉害得很,可是杭州的住民,直到现在,在靠这一次秋潮而发点小财,做些买卖的,为数却还不少哩!

# 祝赵母王太夫人的寿

刚从天台雁荡旅行了回来,勉强写成了万把字的游记;这中间又有林语堂的来杭,哥哥嫂嫂的来杭,陪他们玩玩,自然也费去了我不少的时日,现在偶尔将日历一翻,十二月竟已过去了三分之一了。日子过去得快,原是一件可惊的事实,而尤其可惊的,是我在这些日子中间,把一件重要的事情,竟忘记得干干净净;若今天不翻日历的话,不看见日历上记在那里的必做事件的项目的话,怕这一篇文字,也不会写成的。

所谓重要的事情,就是今年夏天,于去青岛之前,答应为祖姑岳母做的一篇寿序,当时的计划,以为从青岛回来,天气总也凉爽了,十一月中无论如何总可以把这篇寿序做好的,所以在日历十一月末日的空白备忘事项中,记入了这一条要件。

我对于平时杭州人家的那一种做寿做亲的铺张耗费,一向是不赞成的,尤其是那一种只重仪式不重实际的恶习惯;但这一次的事情,可有点儿不同。赵母王太夫人,是映霞的外祖父王二南先生的三妹妹,今年八十,二南先生的姐妹中间,仅存而健在的,只有她老人家了;另外的一位四妹妹哩,在虽则还在,但双目失明,龙钟老熟,看过去只像是一个影子。

二南先生的对于我,是如何的一位知己,我在学问上,人格上,处世上受了他多少的影响,这一盘账,恐怕就是用了二十档的算盘来算，也有点儿不大算得清楚，而这一位三姑母奶奶哩，却是他生前最亲信痛爱的一位同胞的女弟。

　　三姑母奶奶的声音相貌，丰度言谈，存心才干，简直和二南先生是一个样子（王二南先生的传，我也只做成了一半，搁起在这里），而最使我羡慕得了不得的，是她的那一种健康的福德。虽然是八十岁了，头发自然是银丝样的白，但眼睛还能不带眼镜而在灯下读同文石印本的《全唐诗》，牙齿能咬昌化小核桃，腰胸挺直，打起五千文的麻将来，竟经得起两个通宵，我年未四十，而盘牙掉尽，眼睛乱视，近来且感到了时时的腰痛，本来是不大直的背脊，现在更驼得像督脉伤了的人，这样来一比较，我想谁也要对我们的这位老寿星发生惊异的吧？一个人在这世界上唯一的所有，除了长生之外，更还有什么？就说钱吧，有了几万万，而无人或无力来用它们，那有什么意思呢？再说权势吧，名誉吧，你本身的生命若不坚固，那这些附着物将于何处去生根？我对于平常的喜庆铺张，不大赞成，大半也不去登门拜贺，而这一回却非去喝它一天酒不可的最大原因，就在这里。

　　三姑母奶奶的德性如何，大约另外总有人在那里之乎者也的赞颂，我可不愿意只用了些形容词或典故来做空文章。据我所晓得的说出来，却有底下的几件细事，是我所佩服的。一，我们的那位祖姑岳丈，早就去世了；迄今二十余年，三姑母奶奶非但把旧产守得好好，并且还娶媳妇，嫁女儿，周济亲族，用得很有余裕的样子；不久之后，并且孙子也就要娶孙媳妇了。二，三姑母奶奶门前的车夫，摊贩，以及那一段的乞丐们，一看见三姑母奶奶立在门口，都会得挤拢来向她去诉苦诉难，拱手作揖的，不晓得是什么缘故。三，他们家里的用人，个个都是勤工在三十年以上的人；我们初搬来杭州，用人还用不落的时候，向她去借了一个来用用，这女用人日日在催我们赶快雇定一个，好让她回去侍候老太太，仿佛老太太就是她自己的母亲。四，前几年我来杭州，在汪庄的琴室外遇见一位本地的老乡绅，他于一阵闲谈之后，就问起这位三姑母奶奶来，说："她老人家近来弹琴弹不弹了？杭州的女子，能把《潇湘夜雨》弹得那么幽咽的，恐怕只有她了。"这是对于古琴很有研究的那位老先生的批评。五，她老人家空下来很喜欢念诗；三年前，我自上海来看她，她留我吃饭，饭后也打了四圈牌，在打牌的杂谈声中，她念了四句诗给我听：

行年七十七，软硬都会吃，
日日游竹林，神仙中之一。

这岂不比"煮豆燃豆萁"更真而有意思么？而她自家还在客气说："我是不懂诗的，但像寒山子似的山歌，倒也会唱两句。"

她膝下还有一位老莱子鹤年娘舅，日日在那里事母教子，过他的最舒适的生活。今年已经有五十多岁了，而性情的恬淡，说话的朴素，酒兴的飞扬，行事的无邪，简直还像比我年纪要轻，这真是名副其实的老莱子，当然也是三姑母奶奶的老年的福气。这一回的祝寿称觞，这一回的一定要我写一篇寿序，本来也就是这一位老莱子的发起。我本想请孙塵才先生去做一篇古文写一堂屏幅送去的，但时间已经来不及了。自己本也想学学唐荆川归熙甫的老调，或翻翻类书，做两句四六出来，使她老人家笑笑的；可是荒疏了二三十年的文言文，向班门去弄起斧来总觉得有点儿不入调。因此就匆匆写下了这一篇变相的祝寿文，想使这位看不惯白话文的老寿星，好笑得更厉害一点。当然寿对是一定要写一副的，对句是：

柔比刚坚，如来云液，

冬行春令,王母蟠桃。

如来的生日是在旧历的十一月十日。

一九三四年十二月十日

## 两浙漫游后记

两三年来，因为病废的结果，既不能出去做一点事情，又不敢隐遁发一点议论，所以只好闲居为不善，读些最无聊的小说诗文，以娱旦夕。然而蛰居久了，当然也想动一动；不过失业到如今将近十年，连几个酒钱也难办了，不得已只好利用双脚，去爬山涉水，聊以寄啸傲于虚空。而机会凑巧，去年今年，却连接来了几次公家的招待，舟车是不要钱的，膳宿也不要钱的，只教有一个身体，几日健康，就可以安然的去游山而玩水。两年之中，浙东浙西的山水，虽然还不能遍历，但在浙江，也差不多是走到了十分之六七了。

随时随地，记下来的杂感漫录，已于今年夏天，收集起来，出了一册《屐痕处处》的游记总集；现在逼近岁暮，大约足迹总不会再印上近处的山巅水畔去了吧，我想在这里作一个两浙山水的总括感想。

统观两浙的山，当以自黄山西来的昱岭山脉莫干山脉天目山脉为主峰；这一带浙西之山，名目虽异，实际却是一样的系统。山都是沙石岩，间或有石灰岩花岗岩等，可是成分不多，不能据以为断。浙东山脉，当以括苍天台为中心，会稽山脉，卑卑不足道；南则雁荡山脉，西接枫岭仙霞武夷，自成一区。若金华山脉，突起浙江中部，自东阳大盆山而来，本可成为主峰，然细察地势，南接天台，西连马金岭之余支，仍可视为天台山与黄山余支野合而生之子。至于四明象山的一带呢，地处海滨，出海年月较迟，谓为天台的余波，固无不可；究竟山低似阜，不足称山，所以从浙江全体看来，这一脉似仍应视作会稽与天台的侧室，不能独树一帜的。

当今年夏天，带了小儿在东海上劳山下闲步的时候，我们大人中间，往往爱谈起风景的两字。今年刚长到了七岁的小孩，后来问我，什么叫作风景；我一时几乎被他难到了，因抽象的名词，要具体地来说明，实在可不容易。结果，我只说明了山和水都有的地方，而又很好玩的时候，就叫作风景好。这说明虽然只是骗骗小孩的一时的造作，但实际要讲到风景，除了山水之外，恐怕也没有什么其他的天然成分必须要参合进去。浙江山虽则不多，但也不少；而滨海之区，如雁荡的一带，秀丽处也尽可以抵得过桂林。况且两山之间必有水，既有了山，又与海近，水自然是不会得没有。因而我就想起了古人所说的智者与仁者，以及乐山与乐水之分。山和水本来是一样可爱的大自然，但稍稍有一点奢望的人，总想把山水的总绩，平均地同时来享受，鱼与熊掌，若得兼有，岂不是智仁之极致？照此标准来说，我在浙江，还想取富春江的山水为压卷。天台只有高山，没有大水；雁荡虽在海滨，然其奇在岩在石，那些黑白云母片麻岩的形状，实在奇不过，至于水，却也不见得丰富；大龙湫、西石梁、梅雨潭等瀑布，未始不是伟观，可是比起横流曲折的富春江来，趣味总觉得要差些，就是失在单调。

天目山以山来论，原系浙江的主脉，但讲风景的变化，却又赶不上富春山的明媚了。四明龙盘虎踞，大约是王气所钟之地；但因为风水太好，我的这一双贱脚，每每怕向金鳌背上去践踏，所以直到如今，对雪窦的幽深，天童育王的秀逸，还不敢轻易去亵渎。

　　金华的北山，永康的方岩，雄奇是雄奇的，伟大也相当的伟大，我想比起黄山白岳来，一定要差得多。黄山我未曾领略，但黄山的前卫白岳齐云，却匆匆看过了，只太素宫前的一角就觉得比方岩要复杂得多。总之这些山，说伟大，还觉得有点儿不足，说秀丽却根本说不上。

　　秋天去旅行天台雁荡，预定的计划，是由山阴，出剡溪上天台，下永嘉；然后遵瓯江而西进，过青田、丽水、缙云，从永康到兰溪，再坐船顺流而东下的。但一则因公路的桥梁未成，再则因战后的地方未靖，我们只望了一望永嘉东北的山水，就从原路跑回来了。最觉得可惜的，是谢灵运所咏的真正永嘉山水（在青田），就是"双峰对峙，壁立大溪之上，状似石门"的那条石门瀑布，还没有看到。同游雁荡的一位德国朋友，告诉我说，在青田县属黄坛之北，南田之南，东西夹于泗溪浯溪之间，当蒲斜岭的近边，有一个大瀑布在，他打算去探一趟险，我想这位德国朋友所说的瀑布，一定是把地址弄错了的石门洞的瀑布无疑。光绪的《青田县志》里记这石门洞说："石门山，县西七十里，道书为石门洞天。临大溪，两峰壁立，高数百丈，对峙如门。深入为洞，可容数千人，六月生寒。飞瀑千仞，中断，（《方舆胜览》作：飞瀑直泻至天壁，凡三百尺，自天壁飞泻至下潭，凡四百尺。）瀠蒙作雨状，随风飘洒里许；近视如烟云散聚，有气无质，冬夏不竭；积瀑回激，为潭深数十丈。"

　　其次，所可惜的，是没有到缙云的仙都山；据说这山高有六百丈，周三百里，在县东二十三里，道书称祈仙第二十九洞天。上有独峰，亦名玉柱峰，峰顶有湖，生白莲，就是鼎湖，这仙都峰，可以用了船，倒溯九曲溪而上去游；从前人的游记看来，似乎仙都峰下处处是石壁，曲曲是清溪，形状应似绍兴之东湖吼山，而规模绝大,形势绝伟,非有六七日工夫,是游不遍的。

  浙东西的山水,约略看了下来,回到了家里,仔细加以分析与回思,觉得龚定庵的"踏破中原窥两戒,无双毕竟是家山"的两句诗,仿佛是为我而做的。因为我的"家山",是在富春江上,和杭州的盆景似的湖山,相差还远得很。

一九三四年十二月

# 惜掌之歌

　　北国的人，欢迎春天，南国的人，至少也不怕春天，只有生长在中部中国的我们，觉得春天实在是一段无可奈何的受难时节；苏东坡说："欲断魂"，陆机说："节运同可悲，莫若春气甚"，而"王孙游兮不归，春草生兮萋萋"，当不只是楚国人的悲哀，因为"吴地月明人倚棹，江村笛好晚登楼"的吟者，也正在啼春怨别，晚上睡不着觉。

　　今年的春天，尤其狞猛得可怕，这一种热法，这一种 Tempo 的快法，正像是大艳的毒妇，在张了血腥气的大口要吞人的样子。我已经有两三个星期，感到了精神的异状，心里只在暗暗地担忧，怕神经纤弱，受不了这浓春的压迫。果然前几天阮玲玉自杀了，西湖边上也发现了几次寻自尽的人；大抵疯症总是在春天发作的。

　　前几天遇见了友人沈尔乔氏，他告诉了我以济良所女择配的经过，告诉了我举行仪式的节目，送了我两张请帖，教我到了那天，一定去参观一下，或者还可以发表一点意见。这原是与节季无关，与我的神经也无大碍的事情。可是到了集团结婚式举行的昨日，天气又是那么的热，太阳又是那么的猛。早晨起来，就有点预感，觉得今天可有点不对，写东西是写不成了。出去也未见得一定可以得到一天的快乐，因为空气沉浊，晴光里似乎含有着雷电的威胁的样子。

十点半钟，到了戏院，人实在挤得太多；先坐在楼上，可真了不得，哪里来的这么些个人头，这么些个人的眼睛！你试想想，一层一层堆在那里的，尽是些身体看不见的人头，而人头上又各张着了两只眼睛。我到了这些地方又常要犯一种抽象幻视的毛病的，原因大约是为了年轻的时候教书教得太多的缘故。坐落不久，向四周上下看了几转，这毛病果然发作了；我的近旁，我的脚下，非但不见了人的身体，并且也不见了人头，而悬挂在空中，一张一合在那里堆垒着的，尽是些没有身体也没有头只上下长着毛毛黑黝黝的眼睛。我发起抖来了，身上满身出了冷汗。霞是晓得我有这一种病症的，手招着我，就陪我到了楼底下前排还空着的座上。闭上了眼睛，正想把精神调整一下的时候，耳边又来了几声同野兽远远在怒号似的鸣声。张开眼睛来一看，只看见了一堆肉，向我说话。再仔细一看，又看见这一堆肉上，似乎有猴儿玩把戏时穿的一块棕色的洋呢罩在那里，肉的堆上仿佛更有两块小玻璃在放光。在这里，我的幻视的神经，只捞取了一堆肉，一件大小不配的棕色的洋装，和一个能发音的小小的空洞。

"请你走出去吧！这里不是你坐的，请走出去吧！这里不是你坐的！"

我又发起抖来了，脸色似乎也变了青绿。可是耳神经接受了几句成言语的声音以后，病魔倒是被逐走了，到此我才看出了一个圆脸肥胖穿着西装胸前挂有一块粉红绸的人，他大约是救济院的职员，今天是受了院长之命，来司纠察的。我先告诉他以人挤得太多，楼上的座位于我不宜的理由，后来更告诉他我是被院长请来参加这盛会的；他听了我这哀告，神气更加飞扬了，本来还带有几分劝告语气的词句，立时变成了强迫命令的腔调。脱离了恐怖病和幻视病，回复到常态以后的我，原也是个普通的人，反拨的感情，当然是有的。手掌是举起来了，举到了和腰骨成直角的地位了，就可以伸出去了，眼睛稍稍偏了一偏，我却看见了坐在我边上的霞。

"一样的是人，他也是有父母老婆的人，我若批他一掌，于我原是没有益处，而于他且将成为奇耻大辱。万一他老婆也在这里，使她见了她男人的受此奇辱，岂不要使她失去对丈夫的信仰？"

心里这样想着，我的神经，非但脱出了病态，并且更进入了一种平时不大逢着的镇静谐和的极境。我站了起来，柔婉地将手拍上了他的肩头，并且宽慰他说：

"朋友，我原谅你。我就离开此地，但以后请你也保持着这一种严格守法的精神。"

到了戏院外面，觉得空气虽则稍稍稀薄了一点，但闷人的春霭，仍旧是熏蒸得厉害。

饭前三杯酒一喝，昏昏沉沉有点想睡了，忽而又来了一位新丧老父的朋友，接着又是海外初回的诗人等的来访，大家围坐着谈了半日闲天，天气向晚转凉，头脑既清，而兴致又回复到了二十年前年少无愁的境地。傍晚出去吃酒，在盐桥边更遇见了那位邀我去参加胜会的沈氏，立谈了一下，向他道了贺，我们就上了酒店。

在酒店里，事情又发生了，原因是为了酒的不足，和酒保的狡猾。同去的叶氏，大约是有点醉意了吧，拔出拳头，就演了一出打店。

黄昏起了西北风，在沙石乱飞，微雨洒襟的暗路上走着回来，我用了钱大王欢宴父老时所唱的吴歌拍子，唱出了这么的一曲小调：

我爱惜我侬的手掌，
我也顾全了他的面子！

打人出气者谁氏?

叶公可是疯子?

三月十七日

# 记耀春之殇

只教是一个动物，既然生了下来，不过迟早几年或几十年，死总免不了的。中国人的俗语，很彻底的在说，先注死后注生。英文中的一个不能免于死亡的形容词，大家在当作人字解，叫Mortal。

这一种谛观，这一种死的哲学的解释，当然谁也明白，我也晓得；但是对于死之伤痛，尤其是对于一个与己身有关的肉亲的死之伤痛，可终也不能学作太上的忘情。从前的圣贤，为悼爱子之丧，尚且哭至失明，我生原不肖，我又哪得不哭？

幼子耀春，生下来刚只两整年；是我们逃出上海，迁住杭州之后的那一年旧历五月十八日生的。搬家的时候，霞就有点害怕，怕于忙乱之中，要先期早产。用了种种的苦心，费了种种的周折，总算把家搬定了，胎也安下了，我们在灯下闲谈，就说及这一个未来的生命的命名。长子飞，次子云，是从岳家军里抄来的名字；同时《三国志》里，也有飞、云的两位健将。那时候我们只希望有一位乖巧的女孩儿来娱老境，所以我首先就提议，生下来若是女孩，当叫她作银瓶，藉以凑成大小眼将军一门忠孝节义的全套。而霞又说："若是男孩呢，可以叫他作亮；有了猛将，自然也少不得谋臣，历史上的智谋奇略之士，我只佩服那位鞠躬尽瘁，死而后已的诸葛武侯。"

他的生日，是一般民间所崇奉的元帅菩萨的生日，元帅菩萨的前身，当然是唐时的张睢阳巡。现在桐庐的桐君山上，还有一尊张睢阳的塑像塑在那里，百姓祀之唯谨，说这一位菩萨，有绝大的灵感。生下来之后，我也曾想到了那个巡字，但后来却终于被霞说服了，就叫他作亮；小名的耀春，系由阳春，殿春二位哥哥的名字而来的称谓；既名曰亮，自然有光，故而称耀，写作曜字，亦自可通。

他的先天是很足的；生下来时的肥硕，虽没有过过磅，可是据助产妇说来，在杭州城里，产儿的身体，肥得这样的，却很少见。三朝之后，就为雇乳母的事情，闹成了满城的风雨。原因是为了他的食量之大，应雇而来的将近百数个的乳母，每人都不够他的一天之食。好容易上诸暨去找了一个人来，奶总算够吃；但吃满周岁，她的奶也终于干涸，结果就促生了他去年夏季的奶疳之病。

去年天热，我和霞和飞，都去青岛住了月余；后来由青岛而之北平，由北平而去北戴河，一住再住，有两个多月不在家里。后来航空信来了，电报来了，都说耀春的病重，催我们马上回家，我们在赶回来的路上，一夕数惊，每从睡梦里骇醒过来，以为这一个末子终于无更生之望了，但后经同学钱潮医生的几次诊治，他的疳病竟霍然若失，到了秋天，又回复了平时肥白的状态。

经过了这一次的大病，大家总以为他是该有命的，以后总是很好养了；殊不知今年春天，又出了慢性中耳炎的恶疾，这一回又因伤风而成肺炎，最后才变成了结核性脑膜炎的绝症。卧病不上半月，竟在五月二十日（阴历四月十八，去年有闰月，距他生日，刚满念四个月）的晚上去世了。

他的这一回的生病，异常的乖，不哭不闹，终日只是昏昏地睡着。经钱医生验了血液，抽了脊髓以后，决定了他的万无生望，我们才借了一辆车，送他回了富阳的原籍。

　　墓碑葬具以及坟地等预备好之后，将他移入到东门外的一家寺院中去的早晨，他的久已干枯的眼角上才开始滴了几滴眼泪。这是从他害病之日起，第一次见到的眼泪。他人虽则小，灵性想来是也有的。人之将死，总有一番痛苦与哀愁，可怜他说话都还不曾学会，而这死的痛苦，死的哀愁，却同大人一样地深深尝透了；"彼凡人之相亲，小离别而怀恋，况中殇之爱子，乃千秋而不见！"我的衷情，当然也比他自己临死时的伤痛不会得略有减处。

　　十年前龙儿死在北平，我没有见到他的尸身，也没有见到他的棺殓，百日之后，离开北平，还觉得泪流不止。现在他的坟土未干，我的陪病失眠的疲倦未复，每日闲坐在书斋看看中天的白日，惘惘然似乎只觉着缺少了一件东西；再切实一点的说来，似乎自己的一个头，一个中藏着脑髓，司思想运动的头颅不见了。

　　十年之中，两丧继体，床帷依旧，痛感人亡；一想到他的明眸丰颊，玉色和声，当然是不能学东门吴子之无忧。情之所钟，正在我辈，一到深宵人静，仰视列星，我只有一双终夜长开的眼睛而已；潘岳思子之诗，庾信伤心之赋，我做也做不出，就是做了也觉得是无益的。

一九三五年五月念二日

# 雨

　　周作人先生名其书斋曰苦雨,恰正与东坡的喜雨亭名相反。其实,北方的雨,却都可喜,因其难得之故。像今年那么的水灾,也并不是雨多的必然结果;我们应该责备治河的人,不事先预防,只晓得糊涂搪塞,虚縻国帑,一旦有事,就互相推诿,但救目前。人生万事,总得有个变换,方觉有趣;生之于死,喜之于悲,都是如此,推及天时,又何尝不然?无雨那能见晴之可爱,没有夜也将看不出昼之光明。

　　我生长江南,按理是应该不喜欢雨的;但春日暝蒙,花枝枯竭的时候,得几点微雨,又是一件多么可爱的事情!"小楼一夜听春雨","杏花春雨江南","天街细雨润如酥",从前的诗人,早就先我说过了。夏天的雨,可以杀暑,可以润禾,它的价值的大,更可以不必再说。而秋雨的霏微凄冷,又是别一种境地,昔人所谓"雨到深秋易作霖,萧萧难会此时心"的诗句,就在说秋雨的耐人寻味。至于秋女士的"秋雨秋风愁煞人"的一声长叹,乃别有怀抱者的托辞,人自愁耳,何关雨事。三冬的寒雨,爱的人恐怕不多。但"江关雁声来渺渺,灯昏宫漏听沉沉"的妙处,若非身历其境者决领悟不到。记得曾宾谷曾以《诗品》中语名诗,叫作《赏雨茅屋斋诗集》。他的诗境如何,我不晓得,但"赏雨茅屋"这四个字,真是多么的有趣!尤其是到了冬初秋晚,正当"苍山寒气深,高林霜叶稀"的时节。

# 王二南先生传

先生是杭州人的一位代表的典型。凡在杭州人性格中所有的特异处,都具备在先生的一身,自然,杭州人的弱点,也不免略具着些。

先生的曾高始祖,于何时始迁杭州,我并不知道。是琅琊系呢,抑太原系?是田齐之后呢,还是比干或信陵君之后呢,我也无从说起。先生晚年,日夜在编的一部《三千年王氏世系叙略》,不幸属稿未终,就去世了;上面只追溯到了周秦,下面不过叙到了两晋南北朝之际。然而先生平时告我,每说真正的杭州土著老百姓,近来是很少了,王氏就是这些仅少的土著老百姓中间的一族。

我生也晚,和先生相去,远隔着四十多年(先生生咸丰三年癸丑,我生在光绪二十二年丙申),又以少时流寓四方,杭郡耆旧,亲睦得很少,所以和先生游处的时日,只有民国十六年(一九二七)丁卯以后的四五年光景。

与先生相识,当然是由于先生孙女映霞的介绍。映霞本姓金,实系先生长女之所出,按例为先生的外孙女,但因先生的一子早世,无所出,故将映霞及伊幼弟抚育,以继王氏之宗。我平时亦常以爹爹呼先生(杭州俗语,爹爹即祖父之亲称),不过自相识以后,熟而缺礼,和先生时时对酒谈诗书,一顿饭,总要吃尽三四个钟头；有时夜半起来，挑灯，喝酒，翻书，谈古今，往往会痴坐到天亮；先生不以尊长自居，我也不觉得先生是长两辈的亲属；所以现在在这里写他的回忆，也仿佛只是一个后学小子，在对一位可敬可爱的老前辈，直抒着胸臆间不能自已的仰慕与追思，亲属的观念，倒并不觉得十分浓厚似的。这，一半虽然也是由于我的不恭少敬的天性之所致，但是先生的道德文章，尤其是先生的伟大的人格风度的感化，想来还是更大的原因无疑。

十五年丙寅的秋季，在上海和因避乱而寄寓在法界的映霞认识以后，十六年春，为了政治及个人的关系，我不得不逃到杭州来小住。那时候，先生正在梅花碑的育婴堂里任董事。初次与先生见面，是在育婴堂的那一间会客室里，记得是一天阴寒欲雨的早春天。

当时，我在经营的创造社出版部，因政治关系而入了停滞的状态；对于前妻并子女的离异赡养等问题，又因现款无着，祖产未分，而处到了两难之境；尤其是危急的一个生死关头，是因为有几位朋友的政见之故，我也受了当局的嫌疑，弄得行动居处，都失掉了自由。

在这一种四面楚歌的处境之下，孑然一身，逃到杭州的时候，我的精神的萎顿，当然可以不必说起，就是身体，也旧疾复发，夜热睡汗等症状，色色俱全，痰里头更重见了点点的血丝。又因为在上海租界上乱避乱躲的结果，饥饱不匀，饮酒过度，胆里起了异状，胆汁溢满全身，遍体只是金黄的一层皮和棱棱的一身骨，饭也吃不进，走路也提不起脚跟来了。

先生一见，就殷殷以保修身体为劝，对于我与映霞的结合，也不持异议，但问祖产分后，让给前妻，也够得她们母子的衣食否？说到后来，先生还微叹着气，笑念出了两句"恨杀南朝阮司马，累侬夫婿病愁多"的梅村的名句来。

这一年，先生已经有七十五岁了，圆头大耳，面色红润，肌肉也非常丰硕，说话的声气，沉着洪爽，而微笑起来，真有点像弥勒的塑像。

在杭州养病的中间，和先生谈话的机会很多，自己的过去七十五年中间的悲欢起伏，在旁人是决不能忍受的打击与被欺，先生谈的时候，总不改他的微笑的态度，仿佛是在谈利害与自己毫不相干的事情。

先生是于旧历九月二十八日寅时，生在宁波宁绍台道的官署里的，那时候先生的父亲六平公正在段镜湖观察的幕里佐金谷。

"九月廿八，本来是财神的生日，像我这样的一个穷措大，居然会和财神同一日生，你说可笑不可笑？"

先生每次谈到他的生日，总忘不了对运命之神，作一段诙谐。听他的口吻，看他的神气，却并不是在怨贫，倒是真正地在乐道。

七岁上，因六平公的出宰沙县，先生也就上福建延平府下的这沙县去读书了。第二年庚申，咸丰十年，再下一年辛酉，咸丰十一年，杭州曾两次陷入洪杨军手，先生一家总算因宦游在外，得免于惊恐。

先生的敏慧，自小就有名了。每谈到十二岁时，就为宁德县宰云南汤四如先生所赏识，十六岁时，为徐寿蘅学使所拔擢，十九岁时补廪的种种过去，先生于破颜一笑之余，总以"小时了了，大未必佳"的两句话来自嘲自慰；看他笑着说出这两句结尾语的时候，我总要想起"芙蓉生在秋江上，不向东风怨未开"的那一首诗来，而为他悒郁；但先生自己，却说完就忘了似的，又去看他的书，喝他的酒，或睡他的觉，干他的事去了。

廿一岁时，考试选拔，头场取列，二场因母病不去，是先生一生功名潦倒的开始。其后十余年中丧母丧父，托人经营的钱庄数家，同时破产；更因给嫁海宁查氏以四妹之故而倾家，甚至于弄得饘粥不继,不得不依敷文,崇文,紫阳,诂经精舍,学海堂等五个书院的膏火收入以自活;你试想想,一个不更世事的宦家迂腐少年,同时遭遇着了这种种重大的打击,谁能够免得了不垂头丧气,从此一蹶不振,萎靡下去的呢?而先生,却也不改他的常态,只苦笑着说:"大约是天之将降大任于我也!"当这时候的先生的这种旷达的风度,是适赵氏的先生的三妹,今年已达到了八十一岁的高龄的餐霞老人向我说的。先生是独子,姊妹却有四人,长适陈氏,早故。仲姊先亦适查,殁后又以四妹嫁过去的。

先生生平的知己,第一个要算是当时在浙江做按察使的安徽寿州孙稼生氏。氏名家毅,咸丰丙辰进士,由荆宜施道,升任浙江按察使司;当时的三司六道,凡由科甲出身的人,总爱上书院去阅卷课士,分出他们一部分的俸来,助作膏火。这位孙按察使于庚辰年(按这一年先生正念八岁)的四月,在诂经精舍看到了先生的《筹海赋》和三十首上下平韵《西湖棹歌》的卷子,早在想和先生见见,谈谈文艺了;他这一个慕才下士的心愿,不意就在这一年的六月,很奇异地实现了出来;这事情若说得玄妙一点,倒真可以做一对从前的章回小说里的回目,叫作:"三雅园谈诗,穷士千秋逢伯乐;二南公作赋,江城五月落梅花。"

事情的经过,是如此的:这一年六月的有一天午后,先生正与同人等从西湖接卷回来,在三雅园的西室里喝茶。前一月的课题,是一篇《江城五月落梅花赋》,先生的卷子,考在第一。他们的一群人正在将旧卷互评互赞的中间,一位衣冠楚楚,举止不凡的中老先生,却也混到他们的中间去倾听,细阅,攀谈起来了;朗诵了一回先生的卷子,又读出了几句《西湖棹歌》里的警句,直到先生请教他的名姓的时候,这一位老者才微笑着说出了真名实姓,与两月来的向慕之殷。这位孙廉访的微服出游,本意也许是在私行察访,但结果却成了个后车载士的近代的桓公。从这一回后，先生后半生的事业便决定了，就是入幕为宾，去各府院阅试卷，为书院山长或大学教授等闲冷的小头衔。

从庚辰年念八岁起，一直到辛亥革命的前一年五十八岁止，先生曾到过宁波（入鄞县陈槐庭大令幕），萧山（为商禹卿西宾），绍兴（入霍子方太守幕），诸暨（入倪愚山大令幕），东阳（掌教东白书院），义乌（掌教绣湖书院），嘉善（入苏俪笙刺史幕），秀水（入寿子千大令幕），宁海，归安等处，虽则所入甚微，但先生却葬了双亲，养大了一儿一女，各办嫁娶，周济了朋友，更为苏俪笙刺史代垫了巨款；从这一篇粗账来下一个观察，则先生的自奉的俭约，与待人的宽大，也就可以想见的了；谁知苍天偏不佑忠良，对于先生，真像是要降以大任似的，在革命前后的六七年间，竟连接不断地赐予了先生以种种怎么也意想不到的横祸。

鼎记庆余的两家先生所开的那钱庄的倒闭，已经在前面说起过了，倒还不算是了不得的打击，最使先生的老境难堪，觉得像我们这样的常人决受不了的，却是民国三年先生的夫人胡恭人与媳华氏的相继双亡，翌年八月，先生独子的去世，又下一年的十二月，拱宸桥永安里寓所的失慎，越三年，当先生六十七岁时，爱婿的物故等等伤心的惨事。

入民国以后，先生虽则仍旧精神矍铄如从前，兴趣也不衰于往日，但老命迍遭，只身孤苦的际遇，终竟也影响到了先生的出处。历任省长像齐照岩，沈叔詹，夏定候诸前辈，都仰慕先生的高洁，佩服先生的才略，想借重先生，来做一个耆年硕德的名教模楷的；但先生却心早灰了，对于他们各位的敦劝，只承认做一个孔庙的奉祀官（一直任至国民革命军入杭州的那一年为止），与育婴堂的董事，以尽他的暮年卫道，且为浇薄的社会服一点务的初衷。

国民革命军入浙之先，先生为避免兵乱，曾经一度迁住过上海，这一段时期，就是我领先生的教益最多的几年。我们平常人的记忆力,大约总是幼年极强,中年消褪,老年全无的,而先生却独不然,那时候先生已经有七十五岁了,有一次看见我在翻汲古阁本的《三国志》,先生就问我要查哪一个的事实,我就以"庞士元非百里才"的一句话的出处对,先生不假思索,就回答说:

"是鲁肃对先主说的话:'庞士元非百里才也,使处治中别驾之任,始当展其骥足耳。'你且翻开《蜀志》卷七,头一二页上就有了。"

我翻开来一看,真惊异得想叫起来,非但卷数不错,连页数都是对的。就此一点,也可以看出先生平时读书的用心来了;而少年时读在那里的浩漫的经史,直到老年,还记得这样清楚,实在是我生平只见到过的一次的奇迹。

先生的性格,矛盾的地方也很多;生性本来是十分俭约的,但对于居室,先生却总喜欢住高大的房子。寄寓在上海的时候,一个讲究国学的群治大学,来聘先生去教书;先生以这样大的年纪,以素来不善步行的双脚,有时候去上课及回来,总老是不肯乘坐一步人力车。问他何苦如此,先生又微笑着回答说:"只想省下几个车钱来付房租。"对于宗教的迷信,先生是以宋儒一贯的态度来排除的,所以先生所注的佛经,引用的都是儒家之语,但每年阴历正月初一,先生总是五更起来,焚香沐手,要虔虔敬敬的卜一个文王卦来决这一年的休咎;这习惯先生一向没有忘记过,直到先生去世的那一年为止。先生对待坏人,总非常的宽厚,平时老持着一个恕字作根基,每对我说:"宁可天下人负我,我决不可负天下的任何人。"但对于自己的小辈,却又严谨得非常,说:"在家里不吃苦,怕要到社会上去吃苦不好。"

先生的技艺,样样都能和专家比甲乙;自写字,刻金石,仿谜语,唱道情起,一直到缝衣补袜,制印泥,种花木,为小孩子们做玩意儿止,总件件都做得非常出色。我每惊叹他的多艺,私问他的秘诀，先生就以出卖捉臭虫秘方的笑话对我说；"凡事总不外乎一个勤字，不要灰心，不要自弃，什么事情总做得好的。"

国民革命军平定江浙之后，先生又自上海迁回到杭州来住了，所以当先生作故的前一二年，我和他不能够日日的见面。每一次到上海来，住在我们家里，玩两三天，先生就惦记杭州，想回来了！我问他杭州有什么好处，值得这样的怀恋？先生又笑着说："年纪大了一点，就只想和同年辈人谈谈，在上海总觉得找不到这么些个朋友。"

先生在杭州的知友，像杨见心先生，陆佑之先生，陈蝶仙先生父子，孙廑才先生等，我都是由先生之介而认识的！至于比先生早故的吴公衹修，高公白叔等，我却不及见了。从前的人说，看了一个人的朋友，就知道他的为人！先生生前的益友数辈我近来也颇有接谈的机会，一见到他们的那种长者的丰度，我就要想起先生，所以会双重的感到如坐在霁月光风的怀里。

先生的同胞姊妹，都是和先生一样的老而不衰！我每见到先生和杭州适赵的三姑母太太与上海适查的四姑母太太的聚首欢谈，见到他们几位白发盈颠的老兄老妹，还亲爱得像少年时候一样，心里总要生出一种奇异的感觉，觉得高年阅世，确是人生最难得的一种机会！我少年时期的那一种厌世偏向的渐渐减去，所受的也是先生的感化。

闲时我也常问先生以养寿之方，先生于一般人所说的清心寡欲的四字之外，还加了一句说"少怒！"万事逆来顺受，退一步想，不与人争，寿自然是长了。

先生不喜蓄须，头每十日一剃，所以自署作不须老人！他的意思，虽在说妻财子禄，一无须要，但暗射双关，先生对这称号自己也很得意。酒酣耳热，先生就喜欢玩这些小玩意儿；譬如自己刻几个雅号的图章，做些谜语诗，或写一条格言贴在座右之类！

而先生所最擅长的，却是在对对子。有一次我说到了曾在广西肇庆的望江楼上听到过一个对语，叫"望江楼上望江流，江流千古，江楼千古"，前人对的是"朝天寺外朝天子，天子万年，天寺万年"。先生嫌朝天寺拆成天寺还不大好，而且寺与子由杭州人念来，音总还不同楼流一样，就接着说："你们奶奶死，我曾在大佛寺里拜过七日的经忏追荐她，这里倒有一个现成的对子，是'大佛寺中大佛事，佛事当年，佛寺当年。'"还有先生最喜欢向人说的，是高公白叔家有一次喜事，系先生做的媒人。先生在高庄账房里和账房分吃厨房孝敬账房的小菜，依杭州的俗例，这似应叫作小水的！高公见了，就笑对先生说："大宾吃小水，这对子若对得出，请你吃东道。"先生即口回答说："对出了！明天就请我落西湖怎么样？"高公说："算数！"先生说："那么已经对出了。"高公问："对什么？"先生说："岂不是东道落西湖么？"

先生的病是脑溢血！俗称中风的急症。民国二十年辛未的五月里，前几日正为黑龙江主席的母太夫人写成了两篇寿序，接着还在做律诗四首；但做到半夜，人就跌倒了。我和映霞在上海接到电报，赶来的时候，先生还能开口！听到了我们的到，先生还张眼看了我们一眼，读了几首新做的诗给我听。后来笑了一脸，眼睛闭上之后，就一直的长眠了；回想起来，正仿佛还是昨日的事情。

先生殁后，我们翻他的遗箧，连讣闻年谱及遗嘱之类，都井井有条地写好在那里，似乎先生已早就预备好有这么一日的样子。此外连竹头木屑，绳索油纸之类，也一篮篮地收拾得完完整整，纸包上都号有内有纸若干，有绳多少，可作什么用，几时几日包藏等字样；先生的整肃的精神，实在要使人感动得涕泪奔流。

先生的坟在洪春桥里头离茅家埠不远的饮马桥边，我每次过岳坟灵隐，总要中途弯进去上墓门前展拜一回，风摇叶落，宿草颠头，恍惚像是又亲承了先生的謦欬一样。

# 浙江的今古

　　黄梨洲《今水经》述浙江的水源经过说：浙江——其源有二：一出徽州婺源县北七十里浙源山，名浙溪，一名渐溪。东流，经休宁县南，率水入之（率水出休宁县东南四十里率山）。至徽州，名徽溪，扬之水入焉（扬之水出绩溪县东六十里大鄣山，西流至临溪，经歙县界，抵府城西，入徽溪），为滩三百六十，至淳安县南，为新安江；又东，轩驻溪从北来注之（轩驻溪在淳安县东五十里），又东，寿昌溪从南来注之（寿昌溪在寿昌县六十里）。经建德县界，至严州府城南，合衢水。一出衢州，金溪北注，文溪南来（金溪源出开化县马金岭，西北流，绕县治，名金溪。又转而东南流，经常山县，东流，文溪入之。文溪出江山县之石鼓山，东北流，永丰水注之；至江山县南，名文溪；下流合于金溪），会于衢州府城西二里，名信安溪。环城西北，东流入龙游县界，号盈川溪。又东经兰溪县，东阳水入之（东阳江其源出东阳县大盆山，一出处州缙云县，双溪合流，至府城南为谷溪，西流为兰溪，至严州府城东南二里，入于浙）。又东至严州府城南，与歙江合浙水。又东至富春山，为富春江；又东至桐庐，桐江北来注之（桐江源出天目山，经桐庐县北，三里入于富春江）。又东，浦阳江南来注之（浦阳江源出金华府浦江县西六十里深袅山，经浦江县界，北流抵富阳，入于浙江）。又东至杭州府城东三里，为钱塘江；又东,钱清曹娥二江入之(钱清江在绍兴府城西五十五里,曹娥江在绍兴府城东南七十里,钱清曹娥二水入于浙江,三水所会在绍兴府城北三十里,谓之三江海口)。浙水又东,而入于海。

这是黄梨洲时代的浙水,去今三百多年,其间小溪涨塞,或新水冲注,变迁当然是有一点,可是大致总还是不错。我也曾到过徽州婺源休宁等处,看见浙水水源,现在仍在东流。又去闽浙赣边境时,亦曾留意看江山玉山各县的溪流,虽则水名因地不同而屡易,但黄梨洲所说的浙水源一出衢州之说,当然可信。所以现在的浙水经过,以及来源去路,还不难实地查考,而最不易捉摸的,却是古代的浙水水源和经过;因为《禹贡》记水,周而不备,郦道元注《水经》又曲折而多臆说,并且重在饰词,不务实际,是以很难置信。现在但依阮文达公《揅经室集》中的《浙江图考》三卷,略记一记浙水在四千年中的变革经过。

《禹贡》"淮海唯扬州,彭蠡既猪,阳鸟攸居,三江既入,震泽底定"。照阮文达公的考证,则当时的三江,实即岷江之北江中江南江,分歧于彭蠡之东,成三孔而入海者;南江一支,穿震泽(今太湖)西南行至杭州,经会稽山阴,至余姚而入海,就是《禹贡》时的古浙江;后人不察,每以浙江谷水为古浙江,实误。这错误的由来,第一在于古人注三江的不确,如以松江娄江东江为三江,或以松江浙江浦阳江为三江之类。博学多闻如苏东坡,解说三江,尚多歧异,余人可以不必说了。《山海经》谓浙江出三天子都,郭氏注谓"《地理志》浙江出新安黟县南蛮中,东入海,今钱塘浙江是也",系误渐江为浙江之一大原因。出安徽黟县者,为渐江,是合入浙江之一水,非古浙江之本身,阮文达公引经据典,考证最详。至郦道元注《水经》时,自震泽西南曲流之浙江故道,已经淤塞不通,故郦氏所注之浙江,曲折回环,形成与现代之浙江完全不附之江水,且说来说去,完全以渐江为浙江了。郦氏注中,关于谷水亦交代不清,以谷水与浙江至钱塘县而始合并,实不可通。班氏《地理志》,述浙江之交流分聚,较郦氏为更明晰;大约以辞害意,未经实地查考的两件弊病,是《水经注》的最大短处,也难怪钟伯敬要割裂《水经注》拿来当作美文读本用了。

  总之,经阮文达公的考证之后,我们可以知道现代的浙江实即渐水谷水两水的合流,亦即黄梨洲《今水经》所说之浙江的二源。而古代的浙江,乃系岷江之南江,过震泽,经吴江石门,由杭州东面经过,出仁和县临平半山之西南,即今塘栖地,复与渐水谷水会,折而东而北,由余姚北面而入海的。

  桑田沧海,变幻极多,古今来大水小溪的改道换流,也计不胜计。阮文达公为一水名之故,不惜费数年的精力,与数万字的文章,来证明前人之误,以及古代水道的分流通塞,足见往时考据家的用心苦处。而前人田地后人收,我们读到了阮公的《浙江图考》,对于吴越的分疆,历代战局的进退开展,与夫数千年前的地理形势,便了如指掌了;虽则只辨清了水名一字之歧异,然而既生为浙人,则知道知道这一点掌故,也当然是足以自慰的一件快事。

# 记闽中的风雅

到了福州,一眨眼间,已经快两个月了。环境换了一换,耳之所闻,目之所见,果然都是新奇的事物,因而想写点什么的心思,也日日在头脑里转。可是上自十几年不见的旧友起,下至不曾见过面的此间的大学生中学生止,来和我谈谈,问我以印象感想的朋友,一天到晚,总有一二十起。应接尚且不暇,自然更没有坐下来执笔的工夫。可是在半夜里,在侵晨早起的一点两点钟中间,忙里偷闲,也曾为《宇宙风》,《论语》等杂志写过好几次短稿。我常以为写印象记宜于速,要趁它的新鲜味还不曾失去光辉中间;但写介绍,批评,分析的文字,宜于迟,愈观察得透愈有把握。而现在的我的经验哩,却正介在两者之间,所以落笔觉得更加困难了一点。在这里只能在皮相的观察上,加以一味本身的行动,写些似记事又似介绍之类的文字,倒还不觉得费力,所以先从福建的文化谈起。

福建的文化,萌芽于唐,极盛于宋,以后五六百年,就一直的传下来,没有断过。宋史浩帅闽中,铺了仙霞岭的石级,以便行人;于是闽浙的交通便利了,文化也随之而输入。朱熹的父亲朱松,自安徽婺源来闽北作政和县尉,所以朱子就生在松溪。朱松殁,朱子就父执白水刘致中勉之。籍溪胡原仲宪,屏山刘彦冲翚,及延平李文靖愿中等学,后来又在崇安,建阳,以及闽中闽南处讲学多年,因而理学中的闽派,历元明清三代而不衰。前清一代,闽中科甲之盛,敌得过江苏,远超出浙江。所以到了民国廿五年的现代,一般咬文嚼字,之乎者也的风气,也比任何地方还更盛行。风雅文献的远者,上自唐朝林邵州遗集,欧阳詹四门集起,中更西昆,沧浪,后村,至谢皋羽而号极盛;元明作者继起,致诗中有闽派之帜,郑少谷、曹石仓辈,更是一代的作手;清朝像林茂之,黄莘田,朱梅崖,伊墨卿,张亨甫,林颖叔辈,都是驰骋中原,闻名全国的诗人,直到现在,除汉奸郑孝胥不算中国人外,还有一位巍然独存的遗老陈石遗先生。所以到了福建之后,觉得最触目的,是这一派福州风雅的流风余韵。晚上无事,上长街去走走,会看见一批穿短衣衫裤的人,围住了一张四方的灯,仰起了头在那里打灯谜。在报上,在纸店的柜上,更老看见有某某社征诗的规约及命题的广告。而征诗的种类,最普遍的却是嵌字格的十四字诗钟。譬如"微夹""凤顶",就是一个题目,应征者若呈"夹辅可怜工伴食,微臣何敢怨投闲"(系古人成句)的一联,大约就可以入上选了。开卷之日,许大众来听,以福州音唱,榜上仍有状元、榜眼、探花等名目。摇头摆尾,风雅绝伦,实在是一种太平的盛事。福州也有一家小报名《华报》,《华报》同人都是有正当职业的人,盖系行有余力,因以弄文的意思,和上海的有些黄色小报,专以敲竹杠为目的的,有点两样。曾有一次和《华报》同人痛饮了一场之后,命我题诗,我也假冒风雅,呈上了二十八字:

闽中风雅赖扶持,气节应为弱者师,
万一国亡家破后,对花洒泪岂成诗!

这打油诗,虽只等于轻轻的一屁,但在我的心里,却诚诚恳恳地在希望他们能以风雅来维持气节,使郑所南,黄漳浦的一脉正气,得重放一次最后的光芒。

一九三六年三月末日

# 饮食男女在福州

福州的食品,向来就很为外省人所赏识;前十余年在北平,说起私家的厨子,我们总同声一致的赞成刘崧生先生和林宗孟先生家里的蔬菜的可口。当时宣武门外的忠信堂正在流行,而这忠信堂的主人,就系旧日刘家的厨子,曾经做过清室的御厨房的。上海的小有天以及现在早已歇业了的消闲别墅,在粤菜还没有征服上海之先,也曾盛行过一时。面食里的伊府面,听说还是汀州伊墨卿太守的创作;太守住扬州日久,与袁子才也时相往来,可惜他没有像随园老人那么的好事,留下一本食谱来,教给我们以烹调之法;否则,这一个福建萨伐郎(Savarin)的荣誉,也早就可以驰名海外了。

福建菜的所以会这样著名,而实际上却也实在是丰盛不过的原因,第一,当然是由于天然物产的富足。福建全省,东南并海,西北多山,所以山珍海味,一例的都贱如泥沙。听说沿海的居民,不必忧虑饥饿,大海潮回,只消上海滨去走走,就可以拾一篮海货来充作食品。又加以地气温暖,土质腴厚,森林蔬菜,随处都可以培植,随时都可以采撷。一年四季,笋类菜类,常是不断;野菜的味道,吃起来又比别处的来得鲜甜。福建既有了这样丰富的天产,再加上以在外省各地游宦营商者的数目的众多,作料采从本地,烹制学自外方,五味调和,百珍并列,于是乎闽菜之名,就喧传在饕餮家的口上了。清初周亮工著的《闽小纪》两卷，记述食品处独多，按理原也是应该的。

　　福州海味，在春三二月间，最流行而最肥美的，要算来自长乐的蚌肉，与海滨一带多有的蛎房。《闽小纪》里所说的西施舌，不知是否指蚌肉而言；色白而腴，味脆且鲜，以鸡汤煮得适宜，长圆的蚌肉，实在是色香味俱佳的神品。听说从前有一位海军当局者，老母病剧，颇思乡味；远在千里外，欲得一蚌肉，以解死前一刻的渴慕，部长纯孝，就以飞机运蚌肉至都。从这一件轶事看来，也可想见这蚌肉的风味了；我这一回赶上福州，正及蚌肉上市的时候，所以红烧白煮，吃尽了几百个蚌，总算也是此生的豪举，特笔记此，聊志口福。

　　蛎房并不是福州独有的特产，但福建的蛎房，却比江浙沿海一带所产的，特别的肥嫩清洁。正二三月间，沿路的摊头店里，到处都堆满着这淡蓝色的水包肉；价钱的廉，味道的鲜，比到东坡在岭南所贪食的蚝，当然只会得超过。可惜苏公不曾到闽海去谪居，否则，阳羡之田，可以不买，苏氏子孙，或将永寓在三山二塔之下，也说不定。福州人叫蛎房作"地衣"，略带"挨"字的尾声，写起字来，我想只有"蚳"字，可以当得。

　　在清初的时候，江瑶柱似乎还没有现在那么的通行，所以周亮工再三的称道，誉为逸品。在目下的福州，江瑶柱却并没有人提起了，鱼翅席上，缺少不得的，倒是一种类似宁波横脚蟹的蟳蟹，福州人叫作"新恩"，《闽小纪》里所说的虎蟳，大约就是此物。据福州人说，蟳肉最滋补，也最容易消化，所以产妇病人以及体弱的人，往往爱吃。但由对蟹类素无好感的我看来，却仍赞成周亮工之言，终觉得质粗味劣，远不及蚌与蛎房或香螺的来得干脆。

　　福州海味的种类，除上述的三种以外，原也很多很多；但是别地方也有，我们平常在上海也常常吃得到的东西，记下来也没有什么价值，所以不说。至于与海错相对的山珍哩，却更是可以干制，可以输出的东西，益发的没有记述的必要了，所以在这里只想说一说叫作肉燕的那一种奇异的包皮。

初到福州，打从大街小巷里走过，看见好些店家，都有一个大砧头摆在店中；一两位壮强的男子，拿了木锥，只在对着砧上的一大块猪肉，一下一下的死劲地敲。把猪肉这样的乱敲乱打，究竟算什么回事？我每次看见，总觉得奇怪；后来向福州的朋友一打听，才知道这就是制肉燕的原料了。所谓肉燕者，就是将猪肉打得粉烂，和入面粉，然后再制成皮子，如包馄饨的外皮一样，用以来包制菜蔬的东西。听说这物事在福建，也只是福州独有的特产。

福州食品的味道，大抵重糖；有几家真正福州馆子里烧出来的鸡鸭四件，简直是同蜜饯的罐头一样，不杂入一粒盐花。因此福州人的牙齿，十人九坏。有一次去看三赛乐的闽剧，看见台上演戏的人，个个都是满口金黄；回头更向左右的观众一看，妇女子的嘴里也大半镶着全副的金色牙齿。于是天黄黄，地黄黄，弄得我这一向就痛恨金牙齿的偏执狂者，几乎想放声大哭，以为福州人故意在和我捣乱。

将这些脱嫌糖重的食味除起，若论到酒，则福州的那一种土黄酒，也还勉强可以喝得。周亮工所记的玉带春、梨花白、蓝家酒、碧霞酒、莲须白、河清、双夹、西施红、状元红等，我都不曾喝过，所以不敢品评。只有会城各处在卖的鸡老（酪）酒，颜色却和绍酒一样的红似琥珀，味道略苦，喝多了觉得头痛。听说这是以一生鸡，悬之酒中，等鸡肉鸡骨都化了后，然后开坛饮用的酒，自然也是越陈越好。福州酒店外面，都写酒库两字，发卖叫发扛，也是新奇得很的名称。以红糟酿的甜酒，味道有点像上海的甜白酒，不过颜色桃红，当是西施红等名目出处的由来。莆田的荔枝酒，颜色深红带黑，味甘甜如西班牙的宝德红葡萄，虽则名贵，但我却终不喜欢。福州一般宴客，喝的总还是绍兴花雕，价钱极贵，斤量又不足，而酒味也淡似沪杭各地，我觉得建庄终究不及京庄。

福州的水果花木，终年不断；橙柑、福橘、佛手、荔枝、龙眼、甘蔗、香蕉，以及茉莉、兰花、橄榄等等，都是全国闻名的品物；好事者且各有谱谍之著，我在这里，自然可以不说。

闽茶半出武夷，就是不是武夷之产，也往往借这名山为号召。铁罗汉，铁观音的两种，为茶中柳下惠，非红非绿，略带赭色；酒醉之后，喝它三杯两盏，头脑倒真能清醒一下。其他若龙团玉乳，大约名目总也不少，我不恋茶娇，终是俗客，深恐品评失当，贻笑大方，在这里只好轻轻放过。

从《闽小纪》中的记载看来，番薯似乎还是福建人开始从南洋运来的代食品；其后因种植的便利，食味的甘美，就流传到内地去了；这植物传播到中国来的时代，只在三百年前，是明末清初的时候，因亮工所记如此，不晓得究竟是否确实。不过福建的米麦，向来就说不足，现在也须仰给于外省或台湾，但田稻倒又可以一年两植。而福州正式的酒席，大抵总不吃饭散场，因为菜太丰盛了，吃到后来，总已个个饱满，用不着再以饭颗来充腹之故。

饮食处的有名处所，城内为树春园、南轩、河上酒家、可然亭等。味和小吃，亦佳且廉；仓前的鸭面，南门兜的素菜与牛肉馆，鼓楼西的水饺子铺，都是各有长处的小吃处；久吃了自然不对，偶尔去一试，倒也别有风味。城外在南台的西菜馆，有嘉宾、西宴台、法大、西来，以及前临闽江，内设戏台的广聚楼等。洪山桥畔的义心楼，以吃形同比目鱼的贴沙鱼著名；仓前山的快乐林,以吃小盘西洋菜见称,这些当然又是菜馆中的别调。至如我所寄寓的青年会食堂,地方清洁宽广,中西菜也可以吃吃,只是不同耶稣的飨宴十二门徒一样,不许顾客醉饮葡萄酒浆,所以正式请客,大感不便。

此外则福建特有的温泉浴场,如汤门外的百合、福龙泉,飞机场的乐天泉等,也备有饮馔供客;浴客往往在这些浴场里可以鬼混一天,不必出外去买酒买食,却也便利。从前听说更可以在个人池内男女同浴,则饮食男女,就不必分求,一举竟可以两得了。

要说福州的女子,先得说一说福建的人种。大约福建土著的最初老百姓,为南洋近边的海岛人种;所以面貌习俗,与日本的九州一带,有点相像。其后汉族南下,与这些土人杂婚,就成了无诸种族,系在春秋战国,吴越争霸之后。到得唐朝,大兵入境;相传当时曾杀尽了福建的男子,只留下女人,以配光身的兵士;故而直至现在,福州人还呼丈夫为"唐晡人",晡者系日暮袭来的意思,同时女人的"诸娘仔"之名,也出来了。还有现在东门外北门外的许多工女农妇,头上仍带着三把银刀似的簪为饰,俗称他们作三把刀,据说犹是当时的遗制。因为她们的父亲丈夫儿子,都被外来的征服者杀了;她们誓死不肯从敌,故而时时带着三把刀在身边,预备复仇。只今台湾的福建籍妓女,听说也是一样;亡国到了现在,也已经有好多年了,而她们却仍不肯与日本的嫖客同宿。若有人破此旧习,而与日本嫖客同宿一宵者,同人中就视作禽兽,耻不与伍,这又是多么悲壮的一幕惨剧!谁说犹唱后庭花处,商女都不知家国的兴亡哩!试看汉奸到处卖国,而妓女乃不肯辱身,其间相去,又岂只泾渭的不同?这一种古代的人种,与唐人杂婚之后,一部分不完全唐化,仍保留着他们固有的生活习惯,宗教仪式的,就是现在仍旧退居在北门外万山深处的畲民。此外的一族，以水上为家，明清以后，一向被视为贱民，不时受汉人的蹂躏的，相传其祖先系蒙古人。自元亡后，遂贬为疍户，俗呼科蹄。科蹄实为曲蹄之别音，因他们常常曲膝盘坐在船舱之内，两脚弯曲，故有此称。串通倭寇，骚扰沿海一带的居民，古时在泉州叫作泉郎的，就是这一种人种的旁支。

因为福州人种的血统，有这种种的沿革，所以福建人的面貌，和一般中原的汉族，有点两样。大致广颡深眼，鼻子与颧骨高突，两颊深陷成窝，下额部也稍稍尖凸向前。这一种面相，生在男人的身上，倒也并不觉得特别；但一生在女人的身上，高突部为嫩白的皮肉所调和，看起来却个个都是线条刻划分明，像是希腊古代的雕塑人形了。福州女子的另一特点，是在她们的皮色的细白。生长在深闺中的宦家小姐，不见天日，白腻原也应该；最奇怪的，却是那些住在城外的工农佣妇，也一例地有着那种嫩白微红，像刚施过脂粉似的皮肤。大约日夕灌溉的温泉浴是一种关系，吃的闽江江水，总也是一种关系。

我们从前没有居住过福建，心目中总只以为福建人种，是一种蛮族。后来到了那里，和他们的文化一接触，才晓得他们虽则开化得较迟，但进步得却很快；又因为东南是海港的关系，中西文化的交流，也比中原僻地为频繁，所以闽南的有些都市，简直繁华摩登得可以同上海来争甲乙。及至观察稍深，一移目到了福州的女性，更觉得她们的美的水准，比苏杭的女子要高好几倍；而装饰的入时，身体的康健，比到苏州的小型女子，又得高强数倍都不止。

"天生丽质难自弃"，表露欲，装饰欲，原是女性的特嗜；而福州女子所有的这一种显示本能，似乎比什么地方的人还要强一点。因而天晴气爽，或岁时伏腊，有迎神赛会的关头，南大街，仓前山一带，完全是美妇人披露的画廊。眼睛个个是灵敏深黑的，鼻梁个个是细长高突的，皮肤个个是柔嫩雪白的；此外还要加上以最摩登的衣饰，与来自巴黎纽约的化装品的香雾与红霞，你说这幅福州晴天午后的全景，美丽不美丽？迷人不迷人？

亦唯因此之故，所以也影响到了社会，影响到了风俗。国民经济破产，是全国到处都一样的事实；而这些妇女子们，又大半是不生产的中流以下的阶级。衣食不足，礼义廉耻之凋伤，原是自然的结果，故而在福州住不上几月，就时时有暗娼流行的风说，传到耳边上来。都市集中人口以后，这实在也是一种不可避免而急待解决的社会大问题。

说及了娼妓，自然不得不说一说福州的官娼。从前邵武诗人张亨甫，曾著过一部《南浦秋波录》，是专记南台一带的烟花韵事的；现在世业凋零，景气全落，这些乐户人家，完全没有旧日的豪奢影子了。福州最上流的官娼，叫作白面处，是同上海的长三一样的款式。听几位久住福州的朋友说，白面处近来门可罗雀，早已掉在没落的深渊里了；其次还勉强在维持市面的，是以卖嘴不卖身为标榜的清唱堂，无论何人，只须化三元法币，就能进去听三出戏。就是这一时号称极盛的清唱堂，现在也一家一家的废了业，只剩了田墩的三五家人家。自此以下，则完全是惨无人道的下等娼妓，与野鸡款式的无名密贩了，数目之多，求售之切，到了骇人听闻的地步。至于城内的暗娼，包月妇，零售处之类，只听见公安维持者等谈起过几次，报纸上见到过许多回，内容虽则无从调查，但演绎起来，旁证以社会的萧条，产业的不振，国步的艰难，与夫人口的过剩，总也不难举一反三，晓得她们的大概。

总之，福州的饮食男女，虽比别处稍觉得奢侈，而福州的社会状态，比别处也并不见得十分的堕落。说到两性的纵弛，人欲的横流，则与风土气候有关，次热带的境内，自然要比温带寒带为剧烈。而食品的丰富,女子一般姣美与健康,却是我们不曾到过福建的人所意想不到的发见。

一九三六年六月二日

# 日本的文化生活

无论哪一个中国人,初到日本的几个月中间,最感觉到苦痛的,当是饮食起居的不便。

房子是那么矮小的,睡觉是在铺地的席子上睡的,摆在四脚高盘里的菜蔬,不是一块烧鱼,就是几块同木片似的牛蒡。这是二三十年前,我们初去日本念书时的大概情形;大地震以后,都市西洋化了,建筑物当然改了旧观,饮食起居,和从前自然也是两样,可是在饮食浪费过度的中国人的眼里,总觉得日本的一般国民生活,远没有中国那么的舒适。

但是住得再久长一点,把初步的那些困难克服了以后,感觉就马上会大变起来;在中国社会里无论到什么地方去也得不到的那一种安稳之感,会使你把现实的物质上的痛苦忘掉,精神抖擞,心气和平,拼命的只想去搜求些足使智识开展的食粮。

若再在日本久住下去,滞留年限,到了三五年以上,则这岛国的粗茶淡饭,变得件件都足怀恋;生活的刻苦,山水的秀丽,精神的饱满,秩序的整然,回想起来,真觉得在那儿过的,是一段蓬莱岛上的仙境里的生涯,中国的社会,简直是一种乱杂无章,盲目的土拨鼠式的社会。

记得有一年在上海生病,忽而想起了学生时代在日本吃过的早餐酱汤的风味;教医院厨子去做来吃,做了几次,总做不像,后来终于上一位日本友人的家里去要了些来，从此胃口就日渐开了；这虽是我个人的生活的一端，但也可以看出日本的那一种简易生活的耐人寻味的地方。

而且正因为日本一般的国民生活是这么刻苦的结果，所以上下民众，都只向振作的一方面去精进。明治维新，到现在不过七八十年，而整个国家的进步，却尽可以和有千余年文化在后的英法德意比比；生于忧患，死于逸乐，这话确是中日两国一盛一衰的病源脉案。

刻苦精进，原是日本一般国民生活的倾向，但是另一面哩，大和民族，却也并不是不晓得享乐的野蛮原人。不过他们的享乐，他们的文化生活，不喜铺张，无伤大体；能在清淡中出奇趣，简易里寓深意，春花秋月，近水遥山，得天地自然之气独多，这，一半虽则也是奇山异水很多的日本地势使然，但一大半却也可以说是他们那些岛国民族的天性。

先以他们的文学来说吧，最精粹最特殊的古代文学，当然是三十一字母的和歌。写男女的恋情，写思妇怨男的哀慕，或写家国的兴亡，人生的流转，以及世事的无常，风花雪月的迷人等等，只有清清淡淡，疏疏落落的几句，就把乾坤今古的一切情感都包括得纤屑不遗了。至于后来兴起的俳句哩，又专以情韵取长，字句更少——只十七字母——而余韵余情，却似空中的柳浪，池上的微波，不知所自始，也不知其所终，飘飘忽忽，袅袅婷婷；短短的一句，你若细嚼反刍起来，会经年累月的使你如吃橄榄，越吃越有回味。最近有一位俳谐师高滨虚子，曾去欧洲试了一次俳句的行脚，从他的记行文字看来，到处只以和服草履作横行的这一位俳人，在异国的大都会，如伦敦、柏林等处，却也遭见了不少的热心作俳句的欧洲男女。他回国之后，且更闻有西欧数处在计划着出俳句的杂志。

其次，且看看他们的舞乐看！乐器的简单，会使你回想到中国从前唱"南风之熏矣"的上古时代去。一棹七弦或三弦琴，拨起来声音也并不响亮；再配上一个小鼓——是专配三弦琴的，如能乐，歌舞伎，净琉璃等演出的时候——同凤阳花鼓似的一个小鼓，敲起来，也只是冬冬地一种单调的鸣声。但是当能乐演到半酣，或净琉璃唱到吃紧，歌舞伎舞至极顶的关头，你眼看着台上面那种舒徐缓慢的舞态——日本舞的动作并不复杂，并无急调——耳神经听到几声琤琤琤与冬冬笃拍的声音，却自然而然的会得精神振作，全身被乐剧场面的情节吸引过去。以单纯取长，以清淡制胜的原理，你只教到日本的上等能乐舞台或歌舞伎座去一看，就可以体会得到。将这些来和西班牙舞的铜琶铁板，或中国戏的响鼓十番一比，觉得同是精神的娱乐，又何苦嘈嘈杂杂，闹得人头脑昏沉才能得到醍醐灌顶的妙味呢？

还有秦楼楚馆的清歌，和着三味线太鼓的哀音，你若当灯影阑珊的残夜，一个人独卧在"水晶帘卷近秋河"的楼上，远风吹过，听到它一声两声，真像是猿啼雁叫，会动荡你的心腑，不由你不扑簌簌地落下几点泪来；这一种悲凉的情调，也只有在日本，也只有从日本的简单乐器和歌曲里，才感味得到。

此外，还有一种合着琵琶来唱的歌；其源当然出于中国，但悲壮激昂，一经日本人的粗喉来一喝，却觉得中国的黑头二面，决没有那么的威武，与"春雨楼头尺八箫"的尺八，正足以代表两种不同的心境；因为尺八音脆且纤，如怨如慕，如泣如诉，迹近女性的缘故。

日本人一般的好作野外嬉游，也是为我们中国人所不及的地方。春过彼岸，樱花开作红云；京都的岚山丸山，东京的飞鸟上野，以及吉野等处，全国的津津曲曲，道路上差不多全是游春的男女。"家家扶得醉人归"的《春社》之诗，仿佛是为日本人而咏的样子。而祇园的夜樱与都踊，更可以使人魂销魄荡，把一春的尘土，刷落得点滴无余。秋天的枫叶红时，景状也是一样。此外则岁时伏腊，即景言游，凡潮汐干时，蕨薇生日，草菌簇起，以及萤火虫出现的晚上，大家出狩，可以谑浪笑傲，脱去形骸；至于元日的门松，端阳的张鲤祭雏，七夕的拜星，中元的盆踊，以及重九的栗糕等等，所奉行的虽系中国的年中行事，但一到日本，却也变成了很有意义的国民节会，盛大无伦。

日本人的庭园建筑，佛舍浮屠，又是一种精微简洁，能在单纯里装点出趣味来的妙艺。甚至家家户户的厕所旁边，都能装置出一方池水，几树楠天，洗涤得窗明宇洁，使你闻觉不到秽浊的熏蒸。

在日本习俗里最有趣味的一种幽闲雅事，是叫作茶道的那一番礼节；各人长跪在一堂，制茶者用了精致的茶具，规定而熟练的动作，将末茶冲入碗内，顺次递下，各喝取三口又半，直到最后，恰好喝完。进退有节，出入如仪，融融泄泄，真令人会想起唐宋以前，太平盛世的民风。

还有"生花"的插置，在日本也是一种有派别师承的妙技；一只瓦盆，或一个净瓶之内，插上几枝红绿不等的花枝松干，更加以些泥沙岩石的点缀，小小的一穿围里，可以使你看出无穷尽的多样一致的配合来。所费不多，而能使满室生春，这又是何等经济而又美观的家庭装饰！

日本人的和服，穿在男人的身上，倒也并不十分雅观；可是女性的长袖，以及腋下袖口露出来的七色的虹纹，与束腰带的颜色来一辉映，却又似万花缭乱中的蝴蝶的化身了。《蝴蝶夫人》这一出歌剧，能够耸动欧洲人的视听，一直到现在，也还不衰的原因，就在这里。

日本国民的注重清洁，也是值得我们钦佩的一件美德。无论上下中等的男女老幼,大抵总要每天洗一次澡;住在温泉区域以内的人,浴水火热,自地底涌出,不必烧煮,洗澡自然更觉简便;就是没有温泉水脉的通都大邑的居民,因为设备简洁,浴价便宜之故,大家都以洗澡为一天工作完了后的乐事。国民一般轻而易举的享受,第一要算这种价廉物美的公共浴场了,这些地方,中国人真要学学他们才行。

凡上面所说的各点,都是日本固有的文化生活的一小部分。自从欧洲文化输入以后,各都会都摩登化了,跳舞场,酒吧间,西乐会,电影院等等文化设备,几乎欧化到了不能再欧,现在连男女的服装,旧剧的布景说白,都带上了牛酪奶油的气味;银座大街的商店,门面改换了洋楼,名称也唤作了欧语,譬如水果饮食店的叫作 Fruits Parlour,旗亭的叫作 Café Vienna 或 Barcelona 之类,到处都是;这一种摩登文化生活,我想叫上海人说来,也约略可以说得,并不是日本独有的东西,所以此地从略。

末了,还有日本的学校生活,医院生活,图书馆生活,以及海滨的避暑,山间的避寒,公园古迹胜地等处的闲游漫步生活,或日本阿尔泊斯与富士山的攀登,两国大力士的相扑等等,要说着实还可以说说,但天热头昏,挥汗执笔,终于不能详尽,只能等到下次有机会的时候,再来写了。

一九三六年八月在福州

# 鲁迅先生逝世一周年

去年的今日，鲁迅先生病故在上海北四川路底的大陆新村，当时我在福州，骤接讣电，真有点半信半疑。匆忙赶到上海，在万国殡仪馆瞻拜遗容之后，一腔热泪，才流了个痛快。因为当时情绪太紧张，而纪念鲁迅先生的文字也很多，所以一时并没有写什么东西。其后和景宋女士以及几位先生的老友讨论先生身后等问题，头脑现实化了，所以也写不出什么纪念的文字。鲁迅先生的思想、人格、文字，实在太深沉广博了。要想写他的评传，真也有点儿不容易。譬如一座高山，近瞻遥瞩，面面不同，写出了此，就不免遗漏到彼；所以自从先生故后，虽老在打算写点关于他的纪录，但终于不能成功。另外还有一个原因，是我和他相交，前后有二十年之久，有些情形，太习熟了，若想学高尔基记托尔斯泰那么的章法来写，一时又觉琐忆丛集，剔抉为难。因此种种，所以只能把这事情暂时搁起，打算等到我晚年的暇日，再来细细的回忆，慢慢的推敲。

先生逝世一周年日，同人等已于救亡协会成立之时，开过一个小小的纪念会；大家都以为纪念先生最好的方法，莫过于赓续先生的遗志，拼命地去和帝国主义侵略者及黑暗势力奋斗。现在，先生遗志的一部分，已经实现了，就是对侵略者，我们已予以打击；可是黑暗势力所产生的汉奸们，还在我们的后方，跳梁显丑。

纪念先哲,务须达到彻底完成遗志的目的,方能罢手;我们希望在最近的将来,能把暴日各军阀以及汉奸们的头颅,全部割来,摆在先生的坟前,作一次轰轰烈烈的民族的血祭。

廿六年十月十九日

# 平汉陇海津浦的一带

　　为慰劳前线将士并视察战区情形之故,十日前曾到过鲁南的火线之上。我们所见到的台儿庄,利国驿,及黄河南岸的阵地,都坚守稳固,敌人一时决不容易撼动。先从黄河南岸的阵线来说,敌人因欲拼死命打通津浦一线,所以黄河北岸的守兵,大部分已从山西河北河南境内抽调到鲁南去了;沿黄河一带,只有我们的游击队向北渡河活动的可能。实际上,在郑州,曾见到了许多渡河北击的壮士们,奏凯之后,携带回来的战利品,如炮弹,钢盔,日文的信件日记之类。在河北岸平汉沿线的游击战区以内,我们并且还俘获了许多敌人的高大战马;现在因河水高涨,不易南渡之故,这些敌马暂时仍养在北岸的我军阵地之内。

　　据守黄河的将士,日夜只在战壕内严密监视着北岸,敌人一点儿也不敢露些踪影。因为我们南岸的守兵,见了敌人的踪影之后,就可以发炮告知北岸的我军,包围歼灭的缘故。

　　黄河南岸的景色,单调得非凡,春意虽则渐渐浓了,但堤上堤下,总仍是一片的黄色;树林青草的绿阴,终掩不住几百里路的泥沙地壳;所以守河防的将士们,大家都希望我们在后方的执笔者,能多送些士兵的读物,及足以娱乐暇时的图画刊物等印刷品去,藉资消遣。文人在战时所应做的工作,我想当以此事为最重要。或者我们大家来发动一种书的运动,将我们所读过的定期刊物，书报小说之类，统统捐助出来；送上各战区的后方办事处去，请他们转送前线，分给守土的将士们阅读。这岂不是轻而易举的一件事情么？

台儿庄的大捷之后，敌人惊破了胆，不敢再冒昧地来作正面的攻击了；因而最近，敌人只在台儿庄的东北，临枣支线，郯城邳县一带迂回死攻，据说系延翼运动战。但是攻来攻去，敌人增援了数次，我们的阵地，却依旧是稳如铁垒。当然一村一庄的进退，是常有的事，但就是周围不过一二里方的一村一庄，敌人要想伸展一步，也必须付出几百人，甚至几千人的代价。因此，津浦北段正面的韩庄利国驿一阵，倒现出了沉寂的状况。敌我隔运河而相对，两边相去，不过几十丈宽。敌人战坑里的人影，我们可以看得见，看见时就发一枪。有几处狭隘的地方，南面的话声，也都可以听得清楚，可是阵地里的谈话，是士兵们最忌的一种动作，因为继话声之后而来的总是枪声。

我们的机械化部队虽则不多，但是我们的血肉弹丸与精神堡垒，却比敌人的要坚强到三百倍，四百倍。没有到过前线的人，对我中华民族将次复兴的信念，或有点儿疑虑。已经到过前线的人，可就绝对地不信会发生动摇了。最后胜利，必然地是我们的。你不，你就瞧！兵士们的精诚奋勇！老百姓们的扶助协力！反过来，一面却又是敌人们的畏缩与不振！卑劣与残暴！

津浦线是稳定了，在这一月内，我们恐怕更要向南向北，发展我奋勇杀敌的神威！

"五四"纪念日

# 黄河南岸

上月底,为慰劳前方将士之故,我们有许多同事,曾结了队伍,到过徐州。去徐州之先,在郑州向第×战区司令长官献旗致敬之翌日,同人等曾驱车到了黄河南岸。

春浓人醉,黄河遍地的中原土上,也渐渐地涨起新绿的颜色来了,大麦头已经生了须,小麦叶也长及了人的腿。黄土堆里,生得最多的槐树柳树,黄白花刚在破苞,嫩叶也齐在阳光里微微地颤动。

朝晨一早,自郑州出发,汽车在国道上、大堤上跑了两个多钟头,我们才在沙尘影里,到达了黄河铁桥的南岸下车。

长堤上在负枪行走的逻卒;战壕里蜷伏着、在目不转瞬地监视着对岸敌人的哨兵,一个个都像是古代罗马的英雄,从他们的背上,我们却看出了四万万五千万民族的后光。守河防的将士们的那一种庄严、沉默、静肃的形象,到了这一个前控长河、后负大陆的背景里去一看,真会教你掉下感激的泪来。伟大,伟大,伟大,除了这两个字以外,我们觉得更没有第三个字可以加上去。

长桥是拆去了,南岸的桥头,还堆积了许多钢铁的桥栏,在太阳里放灰色的光。工人的搬运者,兵士的休息者,以及旧日在南岸站上充守卫役的路工家属,各在阳光里做买卖,吸着烟,赶作他们与她们,一日的工。远远望过去,只是微黄的一片岸与沙,再远一点,便有些寸长的列树与荠菜似的芦苇,淡淡地粘及了天沿。在这一个和平的野景里,谁想得到过河不到一二里之遥,便是敌人的兽窟,便是被迫到中国来觅死所的倭群的阵地?这几日却因徐州吃紧,他们许久不发炮了。

我们于访问了几家穴居的老百姓之后,便请一位路工带路,爬上五龙顶去,这山虽则不高,但在黄河南岸,要想瞭望一下北岸的动静,却没有比这山头再适当的地点了。走上了五龙顶,太阳也已经到了中天,而从黄河的西岸北岸,却忽而吹来了一阵沙漠里常有的大风,呜——伍——的风声,弥天漫野的沙尘,遮住了我们的望眼,吹乱了我们的头发。

五龙顶殿上的圣帝菩萨,似乎也对我们这一次瞭望的失败,发出了微笑。

大家在山前山后走了一圈,喝了几杯开水,休息了十五分钟,就打算下山去了;可是中间有一位不平分子,却愤愤地说:"我们瞭望不成,总也得留个纪念在这里,好于他年收复北平、重经此地时,做个参证。"迫不得已,我就做了他们的书记,在歪诗写得很多的壁上,留下了猪头似的一团墨迹。

> 千里劳军此一行,戒途计驿慎宵征。
> 春风渐绿中原土,大纛初明细柳营。
> 碛里碉壕连作寨,江东子弟妙知兵。
> 驱车直指彭城道,伫看雄师下两京。

走下山来,重到山脚虞姬庙里去一看,才知道黄河南岸的一个三等邮局,还有一位邮务员在庙内办公。于是乎大家就争买明信片,各写并非必要的信,纷纷闹了一阵,为的是那一个某年某月某日黄河南岸的邮戳,是可以作永久的纪念的。

# 记广洽法师

与广洽法师初次的见面,是在大前年的年底,我从台湾回来,在厦门过年的时候。

那时候,广洽法师在南普陀的学校(佛教会办的,学生都是年青的小和尚们)里教书。这一年的冬天,我们全国上下正为了委员长的西安脱险而充满了欢庆。

我为想和在鼓浪屿日光岩下坐关的弘一法师去一见,曾把当时在《星光日报》当记者的赵家欣君去预探一探弘一法师的意见,第二天,赵家欣君就同广洽法师一道来看我了。

广洽法师俗家在泉州,是弘一法师入室的大弟子。现在中国的法师,严守戒律,注意于"行",就是注意于"律"的和尚,从我所认识的许多出家人中间算起来,总要推弘一法师为第一。而广洽法师的守律,却是和弘一法师一样的,法师的身体不好,行动和言语,洵洵有儒者气;大劫之后,和他在星加坡的再遇,真是如何的一件值得惊喜的事情!

# 欧洲人的生命力

最近,路透社曾有一通电,转述伦敦《每日邮报》记载的新闻一则,说:弗兰克·史威顿咸爵士,在伦敦卡斯顿汤与爱尔兰卫军军官未亡人尼尔古特里夫人结婚。史威顿咸爵士,本年八十余岁,作为新娘的那位军官未亡人,当然总也已有五十岁以上了无疑。以这一件喜事作标准,欧洲人的生命力的旺盛,实在足以令人羡慕。

我们东方人,尤其是居住在热带的东方人,像这种高年矍铄的人瑞,该是不见得多吧?当然,在欧洲,这也已经是并非寻常的事情了。

做一分事业,要一分精力。耆年硕德的老前辈,还有这一种精力,就是这种族,这国家的庆幸。

我们中国人的未老先衰,实在是一种很坏的现象。当此民族复兴,以抗战来奠建国始基的今日,这改良人种,增加种族生命力的问题,应该是大家来留心研究,锐意促进的。

至于令人想到这问题的重要的史威顿咸爵士本人,与马来亚当然更有一段密切的关系,因为他是四十余年前的马来亚护政司,后来也是海峡殖民地的总督。

他对于马来人及马来文的了解,实在是深沉得无以复加,这从他的种种著作中,就可以看得出来;他非但是一位政治家,并且也是一位文学家。

在一八九五年出版的他的《马来亚速写》,及一八九八年出版的《不书受信人名字》的书函集,实在也是很有价值的作品。

当时他所驻扎过的霹雳,是马来话最纯粹,马来气质最浓厚的地方;所以,他在《马来亚速写》的头上说:"对于马来人的内心生活,恐怕是他人再没有比我更了解的",这话当然并不是他的自夸自奖。

他的对马来人的尊敬,对马来人的了解,尤其在他的《不书受信人名字》的书函集的第三篇《东方和西方》一信里,写得更加彻底。

他于某一夜的席上,对坐在他边上的一位女太太说:"西方白种人,没有到过马来亚的,老怀有这一种偏见,以为马来人是黑人,并且又不是基督教徒,所以是野蛮人。可是照马来人看来,我们白种文明国的女人穿的这一种美国化的装束,才是野蛮呢!"

他绝对否认马来民族是野蛮的,因此他就提到一位马来苏丹写给他的最富于友谊和诗意的信;接着,他又介绍了四首马来的情歌。现在我且把这四首情歌译出来,做一个结尾,用以证明这一位史威顿咸爵士的老兴的淋漓。

　　豆苗沿上屋檐前,
　　木槿红花色味偏。(无香也)
　　人人只见火烧屋,
　　不见侬心焚有烟。

　　请郎且看扑灯蛾,
　　飞向头家屋后过。
　　自从天地分时起,

命定鸳鸯可奈何。

此是月中廿一夜,
妇为生儿先物化。
我侬是汝手中禽,
却似黄莺侬膝下。

倘汝远经河上头,
村村寻我莫夷犹。
倘汝竟先侬物化,
天门且为我迟留。(等我同死之意)

# 再见王莹

前天在吉隆坡,就听见人说,王莹女士,也许会在这一两天内到星加坡来。昨晚自马六甲回来,在珍珠巴刹吃过晚饭后,又听一位同事说,王莹女士来了,就住在南天的二楼。

同家人等上南天去一看,王莹女士果然在那里,同时还有许多同业者,也在她的那间房间里访问她。和她又有一年多时间的不见,王莹女士,却又老成了许多。女子的进步,的确比我们男子来得快,尤其是像在王莹女士的那一个年龄的时代。

我在上海,初次见到她的时候,她还是一个十四五岁的小姑娘,以后听见她去日本念了书,回来后,也曾上过银幕,写过剧本,演过话剧。

去年夏天,大家流亡到了武汉,记得她也在孜孜不倦地研究剧艺。思为祖国当这一个危难时期,尽她的一分力量。我在武汉过的五六个月光阴,正像是一场大梦,上战线去跑的时日,比安居在武昌寓里的时间还要多。可是每次从前方回来,渡江到汉口去的时候,总有机会,和王莹女士相见,尤其是在美的咖啡店的冷气装置的客厅里,我们谈的那些,关于文艺,关于祖国前途的话,现在回想起来,真像是隔世的事情。

其后王莹女士,上了前线,我亦转转如蓬,从东战场而出闽粤,再一帆远渡,来到了南洋。在南天旅舍,和她的这一次的忽漫相逢，虽则时间只隔了一年，但因为在这一年之内，国事家事的变化太多了，身世悠悠，真有点"乍见翻疑梦，相悲各问年"的感觉。

王莹女士是长成了，她的政治见解，她的文艺修养，以及她的阅世经验，在这抗战的两年零三个月里，真有了惊人的进步。我不敢再以从前对一位娇羞的小姑娘那样的态度对她了。她在这一个大时代里，已经找出了她自己所应走的路，而且也已经尽了她国民一分子所应尽的责。

她的此来，是为求艺术的深造，一面原为游历，一面也想对她所已得的经验学识，再加以锻炼的。这一种精进不已的精神，在一个青年女子的身上发现的时候，真是如何可以使人兴奋的一件事情。正如一位西洋的记者所说的一样，中国在抗战中，全民族都进了步，尤其是民族中间的一半的女子们。

王莹女士，在马来亚总还有相当时间的停留，她或者将上各处去观光，或者也将和此间的文化人研求现代的剧艺和文学，我正在这里刮目相待，正等着看她的第二次的跃进。

十月一日

# 回忆鲁迅

## 序　言

鲁迅作故的时候，我正飘流在福建。那一天晚上，刚在南台一家饭馆里吃晚饭，同席的有一位日本的新闻记者，一见面就问我，鲁迅逝世的电报，接到了没有？我听了，虽则大吃了一惊，但总以为是同盟社造的谣。因为不久之前，我曾在上海会过他，我们还约好于秋天同去日本看红叶的。后来虽也听到他的病，但平时晓得他老有因为落夜而致伤风的习惯，所以，总觉得这消息是不可靠的误传。因为得了这一个消息之故，那一天晚上，不待终席，我就走了。同时，在那一夜里，福建报上，有一篇演讲稿子，也有改正的必要，所以从南台走回城里的时候，我就直上了报馆。

晚上十点以后，正是报馆里最忙的时候，我一到报馆，与一位负责的编辑，只讲了几句话，就有位专编国内时事的记者，拿了中央社的电稿，来给我看了；电文却与那一位日本记者所说的一样，说是"著作家鲁迅，于昨晚在沪病故"了。

我于惊愕之余，就在那一张破稿纸上，写了几句电文："上海申报转许景宋女士：骤闻鲁迅噩耗，未敢置信，万请节哀，余事面谈"。第二天的早晨,我就踏上了三北公司的靖安轮船,奔回到了上海。

鲁迅的葬事,实在是中国文学史上空前的一座纪念碑,他的葬仪,也可以说是民众对日人的一种示威运动。工人,学生,妇女团体,以前鲁迅生前的知友亲戚,和读他的著作,受他的感化的不相识的男男女女,参加行列的,总有一万人以上。

当时,中国各地的民众正在热叫着对日开战,上海的知识分子,尤其是孙夫人蔡先生等旧日自由大同盟的诸位先进,提倡得更加激烈,而鲁迅适当这一个时候去世了,他平时,也是主张对日抗战的,所以民众对于鲁迅的死,就拿来当作了一个非抗战不可的象征;换句话说,就是在把鲁迅的死,看作了日本侵略中国的具体事件之一。在这个时候,在这一种情绪下的全国民众,对鲁迅的哀悼之情,自然可以不言而喻了;所以当时全国所出的刊物,无论哪一种定期或不定期的印刷品上,都充满了哀吊鲁迅的文字。

但我却偏有一种爱冷不感热的特别脾气,以为鲁迅的崇拜者,友人,同事,既有了这许多追悼他的文字与著作,那我这一个渺乎其小的同时代者,正可以不必马上就去铺张些我与鲁迅的关系。在这一个热闹关头,我就是写十万百万字的哀悼鲁迅的文章,于鲁迅之大,原是不能再加上以毫末,而于我自己之小,反更足以多一个证明。因此,我只在《文学》月刊上,写了几句哀悼的话,此外就一字也不提,一直沉默到了现在。

现在哩!鲁迅的全集,已经出版了;而全国民众,正在一个绝大的危难底下抖擞。在这伟大的民族受难期间,大家似乎对鲁迅个人的伤悼情绪,减少了些了,我却想来利用余闲,写一点关于鲁迅的回忆。若有人因看了这回忆之故,而去多读一次鲁迅的集子,那就是我对于故人的报答,也就是我所以要写这些断片的本望。

廿七年八月十四日在汉寿

和鲁迅第一次的相见，不知是在哪一年哪一月哪一日，——我对于时日地点，以及人的姓名之类的记忆力，异常的薄弱，人非要遇见至五六次以上，才能将一个人的名氏和一个人的面貌连合起来，记在心里——但地方却记得是在北平西城的砖塔儿胡同一间坐南朝北的小四合房子里。因为记得那一天天气很阴沉，所以一定是在我去北平，入北京大学教书的那一年冬天，时间仿佛是在下午的三四点钟。若说起那一年的大事情来，却又有史可稽了，就是曹锟贿选成功，做大总统的那一个冬天。

去看鲁迅，也不知是为了什么事情。他住的那一间房子，我却记得很清楚，是在那两座砖塔的东北面，正当胡同正中的地方，一个三四丈宽的小院子，院子里长着三四株枣树。大门朝北，而住屋——三间上房——却朝正南，是杭州人所说的倒骑龙式的房子。

那时候，鲁迅还在教育部里当佥事，同时也在北京大学里教小说史略。我们谈的话，已经记不起来了，但只记得谈了些北大的教员中间的闲话，和学生的习气之类。

他的脸色很青，胡子是那时候已经有了；衣服穿得很单薄，而身材又矮小，所以看起来像是一个和他的年龄不大相称的样子。

他的绍兴口音，比一般绍兴人所发的来得柔和，笑声非常之清脆，而笑时眼角上的几条小皱纹，却很是可爱。

房间里的陈设，简单得很；散置在桌上，书橱上的书籍，也并不多，但却十分的整洁。桌上没有洋墨水和钢笔，只有一方砚瓦，上面盖着一个红木的盖子。笔筒是没有的，水池却像一个小古董，大约是从头发胡同的小市上买来的无疑。

他送我出门的时候，天色已经晚了，北风吹得很大；门口临别的时候，他不晓说了一句什么笑话，我记得一个人在走回寓舍来的路上，因回忆着他的那一句，满面还带着了笑容。

同一个来访我的学生，谈起了鲁迅。他说："鲁迅虽在冬天，也不穿棉裤，是抑制性欲的意思。他和他的旧式的夫人是不要好的。"因此，我就想起了那天去访问他时，来开门的那一位清秀的中年妇人，她人亦矮小，缠足梳头，完全是一个典型的绍兴太太。

数年前，鲁迅在上海，我和映霞去北戴河避暑回到了北平的时候，映霞曾因好奇之故，硬逼我上鲁迅自己造的那一所西城象鼻胡同后面西三条的小房子里，去看过这中年的妇人。她现在还和鲁迅的老母住在那里，但不知她们在强暴的邻人管制下的生活也过得惯不？

那时候，我住在阜城门内巡捕厅胡同的老宅里。时常来往的，是住在东城禄米仓的张凤举，徐耀辰两位，以及沈尹默，沈兼士，沈士远的三昆仲；不时也常和周作人氏，钱玄同氏，胡适之氏，马幼渔氏等相遇，或在北大的休息室里，或在公共宴会的席上。这些同事们，都是鲁迅的崇拜者，而对于鲁迅的古怪脾气，都当作一件似乎是历史上的轶事在谈论。

在我与鲁迅相见不久之后，周氏兄弟反目的消息，从禄米仓的张、徐二位那里听到了。原因很复杂，而旁人终于也不明白是究竟为了什么。但终鲁迅的一生，他与周作人氏，竟没有和解的机会。

本来，鲁迅与周作人氏哥儿俩，是住在八道湾的那一所大房子里的。这一所大房子，系鲁迅在几年前，将他们绍兴的祖屋卖了，与周作人在八道湾买的；买了之后，加以修缮，他们弟兄和老太太就统在那里住了。俄国的那位盲诗人爱罗先珂寄住的，也就是这一所八道湾的房子。

后来鲁迅和周作人氏闹了,所以他就搬了出来,所住的,大约就是砖塔胡同的那一间小四合了。所以,我见到他的时候,正在他们的口角之后不久的期间。

据凤举他们判断,以为他们弟兄间的不睦,安全是两人的误解,周作人氏的那位日本夫人,甚至说鲁迅对她有失敬之处。但鲁迅有时候对我说:"我对启明,总老规劝他的,教他用钱应该节省一点。我们不得不想想将来,但他对于经济,总是进一个花一个的,尤其是他那一位夫人。"从这些地方,会合起来,大约他们反目的真因,也可以猜度到一二成了。不过凡是认识鲁迅,认识启明及他的夫人的人,都晓得他们三个人,完全是好人;鲁迅虽则也痛骂过正人君子,但据我所知的他们三人来说,则只有他们才是真正的正人君子。现在颇有些人,说周作人已作了汉奸,但我却始终仍是怀疑。所以,全国文艺作者协会致周作人的那一封公开信,最后的决定,也是由我改削过的;我总以为周作人先生,与那些甘心卖国的人,是不能作一样的看法的。

这时候的教育部,薪水只发到二成三成,公事是大家不办的,所以,鲁迅很有功夫教书,编讲义,写文章。他的短文,大抵是由孙伏园氏拿去,在《晨报副刊》上发表;教书是除北大外,还兼任着师大。

有一次,在鲁迅那里闲坐,接到了一个来催开会的通知,我问他忙么?他说,忙倒也不忙,但是同唱戏的一样,每天总得到处去扮一扮。上讲台的时候,就得扮教授,到教育部去也非得扮官不可。

他说虽则这样的说,但做到无论什么事情时,却总肯负完全的责任。

至于说到唱戏呢,在北平虽则住了那么久,可是他终于没有爱听京戏的癖性。他对于唱戏听戏的经验,始终只限于绍兴的社戏，高腔，乱弹，目连戏等，最多也只听到了徽班。阿Q所唱的那句"手执钢鞭将你打"，就是乱弹班《龙虎斗》里的句子，是赵玄坛唱的。

对于目连戏，他却有特别的嗜好，他有好几次同我说，这戏里的穿插，实在有许许多多的幽默味。他曾经举出不少的实例，说到一个借了鞋袜靴子去赴宴会的人，到了人来向他索还，只剩一件大衫在身上的时候，这一位老兄就装作肚皮痛，以两手按着腹部，口叫着我肚皮痛杀哉，将身体伏矮了些，于是长衫就盖到了脚部以遮掩过去的一段，他还照样的做出来给我们看过。说这一段话时，我记得《月夜》的著者，川岛兄也在座上，我们曾经大笑过的。

后来在上海，我有一次谈到了予倩、田汉诸君想改良京剧，来作宣传的话，他根本就不赞成。并且很幽默的说，以京剧来宣传救国，那就是"我们救国啊啊啊啊了，这行么？"

孙伏园氏在晨报社，为了鲁迅的一篇挖苦人的恋爱的诗，与刘勉己氏闹反了脸。鲁迅的学生李小峰就与伏园联合起来，出了《语丝》。投稿者除上述的诸位之外，还有林语堂氏，在国外的刘半农氏，以及徐旭生氏等。但是周氏兄弟，却是《语丝》的中心。而每次语丝社中人叙会吃饭的时候，鲁迅总不出席，因为不愿与周作人氏遇到的缘故。因此，在这一两年中，鲁迅在社交界，始终没有露一露脸。无论什么人请客，他总不肯出席；他自己哩，除了和一二人去小吃之外，也绝对的不大规模（或正式）的请客。这脾气，直到他去厦门大学以后，才稍稍改变了些。

鲁迅的对于后进的提拔，可以说是无微不至。《语丝》发刊以后，有些新人的稿子，差不多都是鲁迅推荐的。他对于高长虹他们的一集团，对于沉钟社的几位，对于未名社的诸子，都一例地在为说项。就是对于沈从文氏，虽则已有人在孙伏园去后的《晨报副刊》上在替吹嘘了，他也时时提到，唯恐诸编辑的埋没了他。还有当时在北大念书的王品青氏，也是他所属望的青年之一。

鲁迅和景宋女士（许广平）的认识，是当他在北京（那时北平还叫做北京）女师大教书的中间，前后经过，《两地书》里已经记载得很详细，此地可以不必说。但他和许女士的进一步的接近，是在"三一八"惨案之前，章士钊做教育总长，使刘百昭去用了老妈子军以暴力解散女师大的时候。

鲁迅是向来喜欢打抱不平的，看了章士钊的横行不法，又兼自己还是这学校的讲师，所以，当教育部下令解散女师大的时候，他就和许季茀，沈兼士，马幼渔等一道起来反对。当时的鲁迅，还是教育部的佥事，故而总长的章士钊也就下令将他撤职。为此，他一面向行政院控告章士钊，提起行政诉讼，一面就在《语丝》上攻击《现代评论》的为虎作伥，尤以对陈源（通伯）教授为最烈。

《现代评论》的一批干部，都是英国留学生；而其中像周鲠生，皮宗石，王世杰等，却是两湖人。他们和章士钊，在同到过英国的一点上，在同是湖南人的一点上，都不得不帮教育部的忙。鲁迅因而攻击绅士态度，攻击《现代评论》的受贿赂，这一时候他的杂文，怕是他一生之中，最含热意的妙笔。在这一个压迫和反抗，正义和暴力的争斗之中，他与许广平便有了更进一步的认识机会。

在这前后，我和他见面的次数并不多，因为我已经离开了北平，上武昌师范大学文科去教书了，可是这一年（民十三？）暑假回北京，看见他的时候，他正在做控告章士钊的状了，而女师大为校长杨荫榆的问题，也正是闹得最厉害的期间。当他告诉我完了这事情的经过之后，他仍旧不改他的幽默态度说：

"人家说我在打落水狗，但我却以为在打枪伤老虎，在扮演周处或武松。"

这句话真说得我高笑了起来。可是他和景宋女士的认识,以及有什么来往,我却还一点儿也不曾晓得。

直到两年(?)之后,他因和林文庆博士闹意见,从厦门大学回上海的那一年暑假,我上旅馆去看他,谈到了中午,就约他及景宋女士与在座的许钦文去吃饭。在吃完饭后,茶房端上咖啡来时,鲁迅却很热情地向正在搅咖啡杯的许女士看了一眼,又用告诫亲属似地热情的口气,对许女士说:

"密斯许,你胃不行,咖啡还是不吃的好,吃些生果吧!"

在这一个极微细的告诫里,我才第一次看出了他和许女士中间的爱情。

从此以后,鲁迅就在上海住下了,是在闸北去窦乐安路不远的景云里内一所三楼朝南的洋式弄堂房子里。他住二层的前楼,许女士是住在三楼的。他们两人间的关系,外人还是一点儿也没有晓得。

有一次,林语堂——当时他住在愚园路,和我静安寺路的寓居很近——和我去看鲁迅,谈了半天出来,林语堂忽然问我:

"鲁迅和许女士,究竟是怎么回事,有没有什么关系的?"

我只笑着摇摇头,回问他说:

"你和他们在厦大同过这么久的事,难道还不晓得么?我可真看不出什么来。"

说起林语堂,实在是一位天性纯厚的真正英美式的绅士,他决不疑心人有意说出的不关紧要的谎。我只举一个例出来,就可以看出他的本性。当他在美国向他的夫人求爱的时候,他第一次捧呈了她一册克莱克夫人著的小说《模范绅士约翰·哈里法克斯》;但第二次他忘记了,又捧呈了她以这册 John Halifax Gentleman。这是林夫人亲口对我说的话,当然是不会错的。从这一点上看来，就可以看出语堂真是如何地忠厚老实的一位模范绅士。他的提倡幽默，挖苦绅士态度，我们都在说，这些都是从他的 Inferiority Complex（不及错觉）心理出发的。

语堂自从那一回经我说过鲁迅和许女士中间大约并没有什么关系之后，一直到海婴（鲁迅的儿子）将要生下来的时候，才兹恍然大悟。我对他说破了，他满脸泛着好好先生的微笑说：

"你这个人真坏！"

鲁迅的烟瘾，一向是很大的；在北京的时候，他吸的，总是哈德门牌的拾枝装包。当他在人前吸烟的时候，他总探手进他那件灰布棉袍的袋里去摸出一枝来吸；他似乎不喜欢将烟包先拿出来，然后再从烟包里抽出一枝，而再将烟包塞回袋里去。他这脾气，一直到了上海，仍没有改过，不晓是为了怕麻烦的原因呢？抑或为了怕人家看见他所吸的烟，是什么牌。

他对于烟酒等刺激品，一向是不十分讲究的；对于酒，他是同烟一样。他的量虽则并不大，但却老爱喝一点。在北平的时候，我曾和他在东安市场的一家小羊肉铺里喝过白干；到了上海之后，所喝的，大抵是黄酒了。但五加皮，白玫瑰，他也喝，啤酒，白兰地他也喝，不过总喝得不多。

爱护他，关心他的健康无微不至的景宋女士，有一次问我："周先生平常喜欢喝一点酒，还是给他喝什么酒好？"我当然答以黄酒第一。但景宋女士却说，他喝黄酒时，老要量喝得很多，所以近来她在给他喝五加皮。并且说，因为五加皮酒性太烈，她所以老把瓶塞在平时拔开，好教消散一点酒气，变得淡些。

在这些地方，本可看出景宋女士的一心为鲁迅牺牲的伟大精神来；仔细一想，真要教人感激得下眼泪的，但我当时却笑了，笑她的太没有对于酒的知识。当然她原也晓得酒精成分多少的科学常识，可是爱人爱得过分时，常识也往往会被热挚的真情，掩蔽下去。我于讲完了量与质的问题,讲完了酒精成分的比较问题之后,就劝她,以后,顶好是给周先生以好的陈黄酒喝,否则还是喝啤酒。

这一段谈话后不久,忽而有一天,鲁迅送了我两瓶十多年陈的绍兴黄酒,说是一位绍兴同乡,带出来送他的。我这才放了心,相信以后他总不再喝五加皮等烈酒了。

我的记忆力很差,尤其是对于时日及名姓等的记忆。有些朋友,当见面时却混得很熟,但竟有一年半载以上,不晓得他的名姓的,因为混熟了,又不好再请教尊姓大名的缘故。像这一种习惯,我想一般人也许都有,可是,在我觉得特别的厉害。而鲁迅呢,却很奇怪,他对于遇见过一次,或和他在文字上有点纠葛过的人,都记得很详细,很永固。

所以,我在前段说起过的,鲁迅到上海的时日,照理应该在十八年的春夏之交;因为他于离开厦门大学之后,是曾上广州中山大学去住过一年的;他的重回上海,是在因和顾颉刚起了冲突,脱离中山大学之后;并且因恐受当局的压迫拘捕,其后亦曾在广州闲住了半年以上的时间。

他对于辞去中山大学教职之后,在广州闲住的半年那一节事情,也解释得非常有趣。他说:

"在这半年中,我譬如是一只雄鸡,在和对方呆斗。这呆斗的方式,并不是两边就咬起来,却是振冠击羽,保持着一段相当距离的对视。因为对方的假君子,背后是有政治力量的,你若一经示弱,对方就会用无论哪一种卑鄙的手段,来加你以压迫。

"因而有一次,大学里来请我讲演,伪君子正在庆幸机会到了,可以罗织成罪我的证据。但我却不忙不迫的讲了些魏晋人的风度之类,而对于时局和政治,一个字也不曾提起。"

在广州闲住了半年之后,对方的注意力有点松懈了,就是对方的雄鸡,坚忍力有点不能支持了;他就迅速地整理行囊,乘其不备,而离开了广州。

人虽则离开了,但对于代表恶势力而和他反对的人,他却始终不会忘记。所以,他的文章里,无论在哪一篇,只教用得上去的话,他总不肯放松一着,老会把这代表恶势力的敌人押解出来示众。

对于这一点,我也曾再三的劝他过,劝他不要上当。因为有许多无理取闹,来攻击他的人,都想利用了他来成名。实际上,这一个文坛登龙术,是屡试屡验的法门;过去曾经有不少的青年,因攻击鲁迅而成了名的。但他的解释,却很彻底。他说:

"他们的目的,我当然明了。但我的反攻,却有两种意思。第一,是正可以因此而成全了他们;第二,是也因为了他们,而真理愈得阐发。他们的成名,是烟火似地一时的现象,但真理却是永久的。"

他在上海住下之后,这些攻击他的青年,愈来愈多了。最初,是高长虹等,其次是太阳社的钱杏邨等,后来则有创造社的叶灵凤等。他对于这些人的攻击,都三倍四倍地给予了反攻,他的杂文的光辉,也正因了这些不断的搏斗而增加了熟练与光辉。他的全集的十分之六七,是这种搏斗的火花,成绩俱在,在这里可以不必再说。

此外还有些并不对他攻击,而亦受了他的笔伐的人,如张若谷、曾今可等;他对于他们,在酒兴浓溢的时候,老笑着对我说:

"我对他们也并没有什么仇。但因为他们是代表恶势力的缘故,所以我就做了堂·克蓄德,而他们却做了活的风车。"

关于堂·克蓄德这一名词,也是钱杏邨他们奉赠给他的。他对这名词并不嫌恶,反而是很喜欢的样子。同样在有一时候,叶灵凤引用了苏俄讥高尔基的画来骂他,说他是"阴阳面的老人",

他也时常笑着说:"他们比得我太大了,我只恐怕承当不起。"

创造社和鲁迅的纠葛,系开始在成仿吾的一篇批评,后来一直地继续到了创造社的被封时为止。

鲁迅对创造社,虽则也时常有讥讽的言语,散发在各杂文里;但根底却并没有恶感。他到广州去之先,就有意和我们结成一条战线,来和反动势力拮抗的;这一段经过,恐怕只有我和鲁迅及景宋女士三人知道。

至于我个人与鲁迅的交谊呢,一则因系同乡,二则因所处的时代,所看的书,和所与交游的友人,都是同一类属的缘故,始终没有和他发生过冲突。

后来,创造社因被王独清挑拨离间,分成了派别,我因一时感情作用,和创造社脱离了关系,在当时,一批幼稚病的创造社同志,都受了王独清等的煽动,与太阳社联合起来攻击鲁迅,但我却始终以为他们的行动是越出了常轨,所以才和他计划出了《奔流》这一个杂志。

《奔流》的出版,并不是想和他们对抗,用意是在想介绍些真正的革命文艺的理论和作品,把那些犯幼稚病的左倾青年,稍稍纠正一点过来。

当编《奔流》的这一段时期,我以为是鲁迅的一生之中,对中国文艺影响最大的一个转变时期。

在这一年当中,鲁迅的介绍左翼文艺的正确理论的一步工作,才开始立下了系统。而他的后半生的工作的纲领,差不多全是在这一个时期里定下来的。

当时在上海负责在做秘密工作的几位同志,大抵都是在我静安寺路的寓居里进出的人;左翼作家联盟,和鲁迅的结合,实际上是我做的媒介。不过,左翼成立之后,我却并不愿意参加,原因是因为我的个性是不适合于这些工作的,我对于我自己,认识得很清，决不愿担负一个空名，而不去做实际的事务；所以，左联成立之后，我就在一月之内，对他们公然的宣布了辞职。

但是暗中站在超然的地位，为左联及各工作者的帮忙，也着实不少。除来不及营救，已被他们杀死的许多青年不计外，在龙华，在租界捕房被拘去的许多作家，或则减刑，或则拒绝引渡，或则当时释放等案件，我现在还记得起来的，当不只十件八件的少数。

鲁迅的热心于提拔青年的一件事情，是大家在说的。但他的因此而受痛苦之深刻，却外边很少有人知道。像有些先受他的提拔，而后来却用攻击的方法以成自己的名的事情，还是彰明显著的事实，而另外还有些"挑了一担同情来到鲁迅那里，强迫他出很高的代价"的故事，外边的人，却大抵都不晓得了。在这里，我只举一个例：

在广州的时候，有一位青年的学生，因平时被鲁迅所感化而跟他到了上海。到了上海之后，鲁迅当然也收留他一道住在景云里那一所三层楼的弄堂房子里。但这一位青年，误解了鲁迅的意思，以为他没有儿子——当时海婴还没有生——所以收留自己和他住下，大约总是想把自己当作他的儿子的意思。后来，他又去找了一位女朋友来同住，意思是为鲁迅当儿媳妇的。可是，两人坐食在鲁迅的家里，零用衣饰之类，鲁迅当然是供给不了的；于是这一位自定的鲁迅的子嗣，就发生了很大的不满，要求鲁迅，一定要为他谋一出路。

鲁迅没法子，就来找我，教我为这青年去谋一职业，如报馆校对，书局伙计之类；假使是真的找不到职业，那么亦必须请一家书店或报馆在名义上用他做事，而每月的薪水三四十元，当由鲁迅自己拿出，由我转交给这书局或报馆，作为月薪来发给。

这事我向当时的现代书局说了，已经说定是每月由书局和鲁迅各拿出一半的钱来，使用这一位青年。但正当说好的时候，这一位青年却和爱人脱离了鲁迅而走了。

这一件事情，我记得章锡琛曾在鲁迅去世的时候写过一段短短的文章；但事实却很复杂，使鲁迅为难了好几个月。从这一回事情之后，鲁迅就爱说"青年是挑了一担同情来的"趣话。不过这仅仅是一例，此外，因同情青年的遭遇，而使他受到痛苦的事实还正多着哩！

民国十八年以后，因国共分家的结果，有许多青年，以及正义的斗士，都无故而被牺牲了。此外，还有许多从事革命运动的青年，在南京，上海，以及长江流域的通都大邑里，被捕的，正不知有多少。在上海专为这些革命志士以及失业工人等救济而设的一个团体，是共济会。但这时候，这救济会已经遭了当局之忌，不能公开工作了；所以弄成请了律师，也不能公然出庭，有了店铺作保，也不能去向法庭请求保释的局面。在这时候，带有国际性的民权保障自由大同盟，才在孙夫人（宋庆龄女士）、蔡先生（孑民）等的领导之下，在上海成立了起来。鲁迅和我，都是这自由大同盟的发起人，后来也连做了几任的干部，一直到南京的通缉令下来，杨杏佛被暗杀的时候为止。

在这自由大同盟活动的期间，对于平常的集会，总不出席的鲁迅，却于每次开会时一定先期而到；并且对于事务是一向不善处置的鲁迅，将分派给他的事务，也总办得井井有条。从这里，我们又可以看出，鲁迅不仅是一个只会舞文弄墨的空头文学家，对于实务，他原是也具有实际干才的。说到了实务，我又不得不想起我们合编的那一个杂志《奔流》——名义上，虽则是我和他合编的刊物，但关于校对，集稿，算发稿费等琐碎的事务，完全是鲁迅一个人效的劳。

他的做事务的精神，也可以从他的整理书斋，和校阅原稿等小事情上看得出来。一般和我们在同时做文字工作的人,在我所认识的中间,大抵十个有九个都是把书斋弄得乱杂无章的。而鲁迅的书斋,却在无论什么时候,都整理得必清必楚。他的校对的稿子,以及他自己的文章,涂改当然是不免,但总缮写得非常的清楚。

直到海婴长大了,有时候老要跑到他的书斋里去翻弄他的书本杂志之类;当这样的时候,我总看见他含着苦笑,对海婴说:"你这小捣乱看好了没有?"海婴含笑走了的时候,他总是一边谈着笑话,一边先把那些搅得零乱的书本子堆叠得好好,然后再来谈天。

记得有一次,海婴已经会得说话的时候了,我到他的书斋去的前一刻,海婴正在那里捣乱,翻看书里的插图。我去的时候,书本子还没有理好。鲁迅一见着我,就大笑着说:"海婴这小捣乱,他问我几时死;他的意思是我死了之后,这些书本都应该归他的。"

鲁迅的开怀大笑,我记得要以这一次为最兴高采烈。听这话的我,一边虽也在高笑,但暗地里一想到了"死"这一个定命,心里总不免有点难过。尤其是像鲁迅这样的人,我平时总不会把死和他联合起来想在一道。就是他自己,以及在旁边也在高笑的景宋女士,在当时当然也对于死这一个观念的极微细的实感都没有的。

这事情,大约是在他去世之前的两三年的时候;到了他死之后,在万国殡仪馆成殓出殡的上午,我一面看到了他的遗容,一面又看见海婴仍是若无其事地在人前穿了小小的丧服在那里快快乐乐地跑,我的心真有点儿绞得难耐。

鲁迅的著作的出版者,谁也知道是北新书局。北新书局的创始人李小峰是北大鲁迅的学生;因为孙伏园从《晨报副刊》出来之后,和鲁迅、启明及语堂等,开始经营《语丝》之发行,当时还没有毕业的李小峰,就做了《语丝》的发行兼管理印刷的出版业者。

北新书局从北平分到上海,大事扩张的时候,所靠的也是鲁迅的几本著作。

后来一年一年的过去,鲁迅的著作也一年一年地多起来了,北新和鲁迅之间的版税交涉,当然成了一个很大的问题。

北新对著作者,平时总只含混地说,每月致送几百元版税,到了三节,便开一清单来报账的。但一则他的每月致送的款项,老要拖欠,再则所报之账,往往不十分清爽。

后来,北新对鲁迅及其他的著作人,简直连月款也不提,节账也不算了。靠版税在上海维持生活的鲁迅,一时当然也破除了情面,请律师和北新提起了清算版税的诉讼。

照北新开给鲁迅的旧账单等来计算,在鲁迅去世的前六七年,早该积欠有两三万元了。这诉讼,当然是鲁迅的胜利,因为欠债还钱,是古今中外一定不易的自然法律。北新看到了这一点,就四出的托人向鲁迅讲情,要请他不必提起诉讼,大家来设法谈判。

当时我在杭州小住,打算把一部不曾写了的《蜃楼》写它完来。但住不上几天,北新就有电报来了,催我速回上海,为这事尽一点力。

后来经过几次的交涉,鲁迅答应把诉讼暂时不提,而北新亦愿意按月摊还积欠两万余元,分十个月还了;新欠则每月致送四百元,决不食言。

这一场事情,总算是这样的解决了;但在事情解决,北新请大家吃饭的那一天晚上,鲁迅和林语堂两人,却因误解而起了正面的冲突。

冲突的原因,是在一个不在场的第三者,也是鲁迅的学生,当时也在经营出版事业的某君。北新方面，满以为这一次鲁迅的提起诉讼，完全系出于这同行第三者的挑拨。而忠厚诚实的林语堂，于席间偶尔提起了这一个人的名字。

鲁迅那时，大约也有了一点酒意，一半也疑心语堂在责备这第三者的话，是对鲁迅的讽刺；所以脸色变青，从坐位里站了起来，大声的说：

"我要声明！我要声明！"

他的声明，大约是声明并非由这第三者的某君挑拨的。语堂当然也要声辩他所讲的话，并非是对鲁迅的讽刺；两人针锋相对，形势真弄得非常的险恶。

在这席间，当然只有我起来做和事老；一面按住鲁迅坐下，一面我就拉了语堂和他的夫人，走下了楼。

这事当然是两方的误解，后来鲁迅原也明白了；他和语堂之间，是有过一次和解的。可是到了他去世之前年，又因为劝语堂多翻译一点西洋古典文学到中国来，而语堂说这是老年人做的工作之故，而各起了反感。但这当然也是误解，当鲁迅去世的消息传到当时寄居在美国的语堂耳里的时候，语堂是曾有极悲痛的唁电发来的。

鲁迅住的景云里那一所房子，是在北四川路尽头的西面，去虹口花园很近的地方。因而去狄思威路北的内山书店亦只有几百步路。

书店主人内山完造，在中国先则卖药，后则经营贩卖书籍，前后总已有了二十几年的历史。他生活很简单，懂得生意经，并且也染上了中国人的习气，喜欢讲交情。因此，我们这一批在日本住久的人在上海，总老喜欢到他店里去坐坐谈谈；鲁迅于在上海住下之后，也就是这内山书店的常客之一。

"一二八"沪战发生，鲁迅住的那一个地方，去天通庵只有一箭之路，交战的第二日，我们就在担心着鲁迅一家的安危。到了第三日，并且谣言更多了，说和鲁迅同住的他三弟巢峰（周建人）被敌宪兵殴伤了；但就在这一个下午，我却在四川路桥南，内山书店的一家分店的楼上，会到了鲁迅。

他那时也听到了这谣传了，并且还在报上看见了我寻他和其他几位住在北四川路的友人的启事。他在这兵荒马乱之间，也依然不消失他那种幽默的微笑；讲到巢峰被殴伤的那一段谣言的时候，还加上了许多我们所不曾听见过的新鲜资料，证明一般空闲人的喜欢造谣生事，乐祸幸灾。

在这中间，我们就开始了向全世界文化人呼吁，出刊物公布暴敌狞恶侵略者面目的工作，鲁迅当然也是签名者之一；他的实际参加联合抗敌的行动，和一班左翼作家的接近，实际上是从这一个时期开始的。

"一二八"战事过后，他从景云里搬了出来，住在内山书店斜对面的一家大厦的三层楼上；租金比较得贵，生活方式也比较得奢侈，因而一般平时要想寻出一点弱点来攻击他的人，就又像是发掘得了至宝。

但他在那里住得也并不久，到了南京的秘密通缉令下来，上海的反动空气很浓厚的时候，他却搬上了内山书店的北面，新造好的大陆新村（四达里对面）的六十几号房屋去住了。在这里，一直住到了他去世的时候为止。

南京的秘密通缉令，列名者共有六十几个，多半与民权保障自由大同盟有关的文化人。而这通缉案的呈请者，却是在杭州的浙江省党部的诸先生。

说起杭州，鲁迅绝端的厌恶；这通缉案的呈请者们，原是使他厌恶的原因之一，而对于山水的爱好，别有见解，也是他厌恶杭州的一个原因。

有一年夏天，他曾同许钦文到杭州去玩过一次；但因湖上的闷热，蚊子的众多，饮水的不洁等关系，他在旅馆里一晚没有睡觉，第二天就逃回上海来了。自从这一回之后，他每听见人提起杭州，就要摇头。

后来，我搬到杭州去住的时候，也曾写过一首诗送我，头一句就是"钱王登遐仍如在"；这诗的意思，他曾同我说过，指的是杭州党政诸人的无理的高压。他从五代时的记录里，曾看到过钱武肃王的时候，浙江老百姓被压榨得连裤子都没有穿，不得不以砖瓦来遮盖下体。这事不知是出在哪一部书里，我到现在也还没有查到，但他的那句诗的原意，却就系此而言。我因不听他的忠告，终于搬到杭州去住了，结果竟不出他之所料，被一位党部的先生，弄得家破人亡；这一位吃党饭出身，积私财至数百万，曾经呈请南京中央党部通缉我们的先生，对我竟做出了比敌人对待我们老百姓还更凶恶的事情，而且还是在这一次的抗战军兴之后。我现在虽则已远离祖国，再也受不到他的奸淫残害的毒爪了；但现在仍还在执掌以礼义廉耻为信条的教育大权的这一位先生，听说近来因天高皇帝远，浑水好捞鱼之故，更加加重了他对老百姓的这一种远溢过钱武肃王的德政。

鲁迅不但对于杭州没有好感，就是对他出身地的绍兴，也似乎并没有什么依依不舍的怀恋。这可从有一次他的谈话里看得出来。是他在上海住下不久的时候，有一回我们谈起了前两天刚见过面的孙伏园。他问我伏园住在哪里，我说，他已经回绍兴去了，大约总不久就会出来的。鲁迅言下就笑着说："伏园的回绍兴，实在也很可观！"他的意思，当然是绍兴又凭什么值得这样的频频回去。

所以从他到上海之后，一直到他去世的时候为止，他只匆匆地上杭州去住了一夜，而绝没有回去过绍兴一次。

预言者每不为其故国所容，我于鲁迅更觉得这一句格言的确凿。各地党部的对待鲁迅，自从浙江党部发动了那大弹劾案之后，似乎态度都是一致的。抗战前一年的冬天，我路过厦门，当时有许多厦大同学曾来看我，谈后就说到了厦大门前，经过南普陀的那一条大道，他们想呈请市政府改名"鲁迅路"以资纪念。并且说，这事已经由鲁迅纪念会（主其事的是厦门星光日报社长胡资周及记者们与厦大学生代表等人）呈请过好几次了，但都被搁置着不批下来。我因为和当时的厦门市长及工务局长等都是朋友，所以就答应他们说这事一定可以办到。但后来去市长那里一查问，才知道又是党部在那里反对，绝对不准人们纪念鲁迅。这事情，后来我又同陈主席说了，陈主席当然是表示赞同的。可是，这事还没有办理完成，而抗战军兴，现在并且连厦门这一块土地，也已经沦陷了一年多了。

自从我搬到杭州去住下之后，和他见面的机会，就少了下去，但每一次我上上海去的中间，无论如何忙，我总抽出一点时间来去和他谈谈，或和他吃一次饭。

而上海的各书店，杂志编辑者，报馆之类，要想拉鲁迅的稿子的时候，也总是要我到上海去和鲁迅交涉的回数多，譬如，黎烈文初编《自由谈》的时候，我就和鲁迅说，我们一定要维持它，因为在中国最老不过的《申报》，也晓得要用新文学了，就是新文学的胜利。所以，鲁迅当时也很起劲，《伪自由书》、《花边文学》集里许多短稿，就是这时候的作品。在起初，他的稿子就是由我转交的。

此外，像良友书店，天马书店，以及生活出的《文学》杂志之类，对鲁迅的稿件，开头大抵都是由我为他们拉拢的。尤其是当鲁迅对编辑者们发脾气的时候。做好做歹，仍复替他们调停和解这一角色，总是由我来担当。所以，在杭州住下的两三年中，光是为了鲁迅之故,而跑上海的事情,前后总也有了好多次。

在他去世的前一年春天,我到了福建,和他见面的机会更加少了。但记得就在他作故的前两个月,我回上海,他曾告诉了我以他的病状,说医生说他的肺不对,他想于秋天到日本去疗养,问我也能够同去不能。我在那时候,也正在想去久别了的日本一次,看看他们最近的社会状态,所以也轻轻谈到了同去岚山看红叶的事。可是从此一别,就再没有和他作长谈的幸运了。

关于鲁迅的回忆,枝枝节节,另外也正还多着,可是他给我的信件之类,有许多已在搬回杭州去之先烧了,有几封在上海北新书局里存着,现在又没有日记在手头,所以就在这里,先暂搁笔,以后若有机会,或许再写也说不定。

# 鲁迅逝世三周年纪念

鲁迅逝世三周年纪念的日子（十月十九），就快到了，同人等正在计划着如何的来纪念这个日子。鲁迅先生的遗教，已汇成了全集，摆在我们面前，所以，有人说，我们日日可以展诵先生的遗著，便日日可以纪念鲁迅，正不必限定这一日逝世之日，来一番热闹，流成事过即忘的、追逐时髦的现象。这话，虽然也有理由，但我们对一位值得崇拜的对象，总想越纪念越好，越是从各方面来怀念他的人格、思想、行动，越可以勉励我们自己，安慰我们自己。假使我们于日日纪念他，学习他之外，更在这一个特定的日子里，再来一次热烈的纪念，那不是更好么？

所以，在这个纪念日里，我们总想好好的，从多方面来纪念一下。现在拟定的节目是，第一，在本刊《晨星》栏里出一纪念专号；第二，和诚心纪念的人连结起来，开一个纪念会；第三，若有其他团体，举行演剧演讲或募捐赠送鲁迅艺术学院等运动时，我们想大家去参加。

前几日的报上，曾经有过一次记载。说本坡爱同学校的校友会，将于这一日开一个纪念会，我们打算参加的，也就是这一个。

总之鲁迅是我们中华民国所产生的最伟大的文人，我们的要纪念鲁迅，和英国人的要纪念莎士比亚，法国人的要纪念服尔德、毛里哀有一样虔诚的心。虽则因目下时局和环境的关系，我们或不必铺张,不必叫嚣,但我们的要热烈纪念他,崇仰他的这一般热忱,想是谁也深深地感到的。

我们先在这里提出这一个建议。希望对鲁迅先生有研究,或生前有交谊的诸君,能多赐关于他的文字。

其次,纪念的具体办法,若经正式决定,我们当更作报告,务期对鲁迅先生抱有仰慕之情的,都得参加。

# 诗人的穷困

最近，在香港十二月九日的《国民日报》上，得读简又文先生一篇介绍葡国民族诗人贾梅士的文章。贾梅士的《葡国魂》，英译本，有坎泰白利诗人全集中之版本，系最价廉而易于购求的。我所读的，就是这丛书中的一本，计时已在二十年前了。这一位诗人，非但在生前，一生坎坷不遇，即在死后，除在欧洲享有盛名外，在东方亦竟默默无闻，无人提过。简先生的这一篇介绍文，实足为生前不遇的这位葡萄牙大诗人吐气不少。

现在先把简先生那篇介绍文的要点缀录一点在下面：

鲁易士·贾梅士为一个"具有天才"而亦不幸为"时运不济，命途多舛"的诗人，于一五二四年生于葡里斯本富贵之家。其祖先亦诗人，屡荷王室恩宠，为"不封爵的贵族"。至诗人幼年，家产荡然，乃往依其叔。叔为有名学者，任告奄巴大学监督。诗人即在大学读书，其时，意大利之文艺复兴运动已到成功时期，影响透入葡国，而大学教授多当代著名学者。故诗人饱受希腊拉丁古典文学教育，后来其诗中充满古典神话，兼影响及葡国文字使其增加丰厚，益臻完善之境，皆源于此时大学之训练也。

一五四二年，诗人十八岁，毕业大学，真渊博的学问，所谓"百科辞典的知识"者是。叔欲其研究神学，献身教会，而彼则大异其趣，另有主见，于是离而他去，自谋独立。于一五四三年抵葡京，为私人教师，渐与高贵人士结交。未久，钟情于一女子名嘉多莲者，女人宫为王后侍从，诗人因亦得出入宫禁。葡王约翰三世，以其身出圣族，且博学能诗有祖父风，及优遇之。惟其赋性"刚直无畏，好高谈雄辩"，且倜傥风流，言行失检，遂为致祸之根矣。

彼与宫女亲昵逾恒，热恋至甚，宫中人忌焉，造谣中伤。王后素性拘谨，深滋不悦，令诗人所撰《施寥古王外传》剧本，词伤及国王，因被禁入宫，寻而爱人亦与断绝关系。诗人向在情感热烈奔放中成诗甚多，文名藉甚，为其一生之光荣时期，至是忽遭失宠与失恋双重苦痛，羞愧，悲哀，嫉妒，失望，悔恨，愤怒，并集于心，遂令其不得不离京而隐居于乡间。诗人于失意之余，愤而赴斐洲从军，时一五四七年事也。尝与摩洛哥人战，伤右目，其铜像眇一目者盖本此。越二年，回葡京，前情未忘，欲再续温柔之梦，结果又失意。同时欲求王念其劳绩及受伤而施以特恩，亦失望。行检益放不羁，与京中恶少年游，一时妇女称之曰："魔鬼"，"无眼的面孔"，卒因当街以剑伤及王宫近臣，被判下狱。释出后，乃再投军赴印度。

诗人之赴印也，乘军舰浮于海上者六阅月，因得习知航行知识，与海洋实景。此皆绝好之诗材，诗人尽量采入其《葡国魂》中，盖昔在葡京时，此杰作已开始写作矣。到印京高亚后，因其勇敢与诗才可得当地达官贵人之欢迎，感垂青眼，所成佳作愈多。复屡之躬预海陆军战争，人谓其"一手仗剑，一手握管"，亦可谓旷代奇才哉！后来立功希腊之英诗人拜伦殆不得专美于史册也。然而诗人以笔得名，不旋踵而又以笔召祸矣。盖葡人当时得领土于印度，所派官吏贪劣腐化，上下交征，一以侵渔享乐为事。总督三年一任，诗人讽语云："一年就职，二年抢劫，三年席卷离任"。贾梅士赋性刚直无畏，具崇高理想，睹此恶象，不能隐忍，遂暴之于诗。写成《竞斗笑谈》及《印度懵话》诸作，对总督多所讥刺，大中其忌，乃于一五五八年被放逐至澳门。

诗人随军至东方，参预占领澳门之役。迨兵役期满，乃居留澳门，膺任失名产业管理员。相传其寓于三灶岛之浪白滘，其地盖当时洋船所停船之处也。诗人流浪多年，至是乃薄有积蓄，身心安谧，且稍得享"幸福与惬意的生活"矣。于是益事吟咏不辍，暇日辄隐身于彼清幽雅胜的岩洞内作诗，卒完成《葡国魂》。讵料横祸飞来，于一五五九年十月忽被澳官控以侵吞公款罪，押赴印京。舟至缅甸海岸，遇险覆没，资财衣物尽丧，诗人一手高举诗稿而以他手泅水登岸，生命与名著两者均幸得全，是亦文学史中之千秋佳话也。

诗人复乘船至马来半岛之马六甲。一五六一年夏，始得回至高亚，即被囚囹圄。至是乃闻其爱人嘉多莲之死耗。适新任总督为其故人，乃得被判无罪而出狱。寻又因债务而再被囚，复得友人助力营救之。其后数年间，屡欲归国，而蹉跎流浪，生活无安静快意之时。卒至一五六九年十一月得友人资助乘船归葡，于翌年四月安抵里斯本。

游子浪迹天涯者十七年于兹矣。归来时，父早去世（在一五五五年），惟母氏犹存，贫苦老弱。适是时葡京大饥，所带回十余年心血所瘁之《葡国魂》诗稿至一五七一年九月，始得出版问世，享有十年版权。新诗一出，传诵一时，朝野上下，交口称颂，遂得盛名。葡新王嘉之，给予年金赏其战功及文学成绩以三年为限。金额虽不巨，足资糊口，由是生活稍得安定。三年期满后，诗人又陷困境。葡王谕令续付赏金，然因司度支者之误会，奖金迁延多时始得领出。时诗人穷愁已至绝境，于友朋资助外，甚至藉赖其忠仆行乞以供养之。二次期满后，王又再给年金。可谓特殊之知遇也。迨王远征斐洲，诗人以体弱不能随征，留居京内。及至王兵败身死之噩耗传至，贾梅士供养之源遂绝，以后又在穷愁潦倒中生活矣。

　　一五八〇年，葡京瘟疫流行，死人无数。贾梅士染疫被送至医院中。于是年六月十日去世，年五十六岁，无妻，无嗣，无产，死后殓葬之衣饰亦有赖于慈善家之施舍。遗骸葬于同时染疫死者之乱坟中，一无碑志，多年之后，始有人在一教堂中立石为其纪念，不幸一七五五年大地震，教堂与石碑同时被毁灭。延至三百年后，一八八〇年六月十日，国人始于公坟中检拾其几茎遗骨，公葬于国葬坟场。穷愁蹇滞毕生坎坷的大诗人，终得名传不朽。

　　简先生全文太长，只能割爱，抄录至此，已可见得诗人不遇的一生了。

　　但诗人虽遭遇了这样的困苦，而他的气骨仍是不凡，绝无悲哀，绝望，怨尤之声，在他的诗里吐露，这才是他之所以得成为葡国民族诗人的最大强点。现在我们也正在深盼中华民族大诗人，和国民诗史的产出。祖国许多直接间接受侵略者蹂躏的诗人的身世，也许有比贾梅士更颠沛万倍者，要紧的，是在这生死关头，忍苦耐劳，杀出一条血路来。天降大任，种种困苦，不过是一个试探而已。诗人未必固穷，穷了也未必一定工诗，不过在艰难奋斗的环境中锻炼出来的文人，总比生长在温暖逸乐的环境中的人，要坚强伟大，却是自然的结果。

# 郭外长经星小叙记

当郭复初大使荣任外交部长的消息在报上发表的时候,我就同总领事说过,假使郭大使回来,倘若是路经星洲的话,我们得好好的叙一下子。因为有十几年不见了,旧雨重逢,久别之情,能在客中倾叙一下,倒也是人生的一大乐事。这一回,郭大使果然是途经星洲了。在星期六(六月十四)的晚上,我们得在总领事馆,长谈了两小时的闲天。

大使此次之来,是经过华盛顿、檀香山、马尼剌的。读报的人,自然是知道得很清楚。不过在大使已经卸任,而部长尚未到任之间,复初先生似乎特别的慎重,行踪不大喜欢教外边人知道。因此,他不但是迎送钱接之类的应酬,能回避的都一概回避,就连有许多因公私事务,想去会见他的人,也大抵是托辞婉谢的居多。总领事打电话给我的时候,也只说是上总领事馆去吃吃便饭,另外并不提什么。但暗暗我却知道,大约总是因为郭大使来了,总领事是想藉此而得使旧友一叙的意思。(因为郭大使的行踪,是曾有一次在《海峡时报》的合众社电报上见过的。)

我到总领事馆的时候,还不到八点,坐了一下,刁公使,黄伯权先生,郑连德先生等也就联翩的到了。我对于应酬是不十分习惯的,所以同大家谈的,总还是不离本行的新闻时事,后来李光前先生参加入了我们的谈话圈里,说到了敌寇南侵的事情,我们的议论，才开始发了火花。可是正谈得起劲的时候，楼下汽车声响，郭大使就和夏晋麟立法委员，高总领事等，一道地走上了楼。

十几年不见，郭大使还是那一种样子。记得曾有一位喜欢说反面话的诗人，有过"天道不公唯白发，贵人头上也逡巡"的翻案诗句，在这里倒真可以引用一下。

大家叙过寒暄，坐定之后，郭大使开口就问我：

"前年年底，你写信到伦敦来，要我写文章，我的回信，你收到的么？"

到这里，我倒反而不好意思起来了，因为去年新年《星洲日报》特刊号的一篇郭大使的文章，却是由我写信去要来的。大使在文章之后，还特别附了一封亲笔写的信在那里。而我呢，于接到了文稿与来信之后，因为人事倥偬，竟忘记了作覆。

这懒于写信的习惯，实在是我的一个大弱点，但是身居热带，头脑糊涂，又兼以一天到晚，事情也实在是真忙，所以经大使一提之后，我倒是感到了万二分的惶恐。

在吃饭之间，我们谈的，都是些不相干的闲话。郭大使向林汉河先生道了这次荣受英皇文官勋章的喜之后，就说起了林姓实在是一大族，敌国的姓林的，当然也是中国人的子孙，我也就打着诨说："岂止敌国的姓林的人，就是美国的林肯大总统，恐怕也是一族吧？"

大家在欢笑的中间，就说起了我们的林主席，或者和林大总统是弟兄之辈。高总领事并且还提起了二位林大总统的生日的相同，也是一件偶合的奇事。

随后大使又说到了中国菜，说：

"吃中国菜，今晚倒还是从檀香山以来的第一次。"

吃完饭后，在剥葡萄，切芒果的中间，大使才开始说到了这一次的战事。他说，英国的民气，真是旺盛。世界上能在这样艰苦中度日，而不稍存灰颓之心的民族，据大使说，是除了中国人之外，恐怕要算盎格罗·萨克逊人了。英国的男女老幼，是没有一个不信任政府，没有一个不相信英国是必会得到最后胜利的。而在危苦之中，仍不忘对我国的同情的那一种义侠之风，尤其是令人佩服。

说到了国际的同情，大使便又谈及了刚在那里住过一些时候的美国，大使说："中英美，实际在精神上，早已就结成了同盟了，唯其是先从精神上的结合，所以比马上就可以因利害冲突而变成一张废纸的什么轴心同盟的签字条约之类，更加巩固，更可宝贵，自今以后，A，B，C的三国同盟，虽则不签什么正式的条约，但在战后的世界改造，保障民主，拱卫自由平等，和扶持正义人道与和平诸大业上，必将永久地携着手而前进。强横霸道的侵略国家，决不能在世界上立得住足的。"

谈锋一转，说到了世界各国对敌国兵力的估计时，郭大使就很幽默的说：

"英美各国，就连轴心的德意以及苏联也在内，对敌人军事力量的估计，决不会过高，也决不会过低，真正是估计得一目了然。因为小小的岛国，实在是只有这么点劲儿。"

大使的说此话，当然并不是看不起敌国，实在是小人国的虾兵蟹将，即使吃饱了泥土，膨胀堆叠起来，恐怕也高不过一只象腿。这一只象，或者说一只睡狮吧，现在是已经被毒蚁疟蚊辈吃血吃得有点在感觉着痛痒了。

我于是又问起了最近在这里流行的一种谣言，说是英美可能出卖中国，或者会在远东再演一次慕尼克悲喜剧的第二幕，大使笑着说：

"这谣言不可信的最确实的证人，就是敌国的少壮派军阀，以及跟这些少壮派军阀走的小胡子官僚。他们中间的老成持重,有远见的政治家、经济家们,原也有不少是想恳求英美出来对中国请和的,但英美到了现在,哪里还会去理他们呢?"

我们谈到了美国对远东的态度的坚决,我们又谈到了美国的实力的实在是雄厚。有人问起了美国是否将完全禁止煤油对敌国的输出,大使说:

"在美国也有大多数主持正义的人士,在督促政府即刻施行这一种政策,这或许马上是会得实现的。敌机的滥炸美国在我国的教堂医院和船只,以及无理而危害剥夺美国在华的权益,将逼使美国不得不向这一条路上走。这与纳粹的不顾人道法理,而击沉美国的商船罗宾摩尔号,将使美国不得不实行以军舰护航,是一个道理。"

在总领事馆的露台上坐着谈着,我们几乎忘记了是身在热带。我忽而记起了报馆找我问大使的几个问题,譬如"你对星加坡的感想如何?印象如何?"或者什么什么等访问记的材料之类,自己倒反而觉得呵呵笑了起来。可是,我虽不这么问,大使后来也说及了这回看了星洲的各处防务之后的印象。大使说:

"星加坡真可不愧被称作东方的直布罗陀。我说这话,是指着'星洲是安如磐石'这一点而说的。中国所说的'泰山磐石'这一个空洞的形容词,我于这次亲自看到了这里的海陆空的防务之后,才得着了具体的说明。这里的军港,实在是伟大,实在是坚固;而各种现代军器的配备装置,也实在是真周到。我虽则不是军事专家,但我可相信,星加坡是最最不容易被攻陷的。"

最后由各人谈各人想对大使谈的话了,伯权先生就说起了侨汇的问题。大使对侨汇的一项,也是和我们的意见是一样的,最好是请当局能将手续弄得更简单,限制放得更宽一点。

大使对林文庆博士,谈起了林可胜先生在中国的救济工作;

对黄兆珪先生问起了他的太太和小姐的近状,黄先生已经做了外祖父了。我因为在吃饭的时候,和黄先生干了几杯"常纳华克",所以也放了胆,托大使去传一句话,给在重庆的我们共通的朋友。我说:"王雪艇先生对我有点误解了,所以要请大使去为我解释解释。"大使于踏进汽车之际,笑着回答我说:

"这当然不成问题,可是同时你也得循规蹈矩的做人!"

这句话说得在车边送他的人大家都高笑了起来;大使是负起了国家民族的重任,在夜阴里轻轻地和我们别去了。他现在已经安稳地抵达了重庆。

# 为郭沫若氏祝五十诞辰

郭沫若兄,今年五十岁了;他过去在新诗上,小说上,戏剧上的伟大成就,想是喜欢读读文艺作品的人所共见的,我在此地可以不必再说。而尤其是难得的,便是抗战事起,他抛弃了日本的妻儿,潜逃回国,参加入抗战阵营的那一回事。

我与沫若兄的交谊,本是二十余年如一日,始终是和学生时代同学时一样的。但因为中间有几次为旁人所挑拨中伤,竟有一位为郭氏作传记者,胆敢说出我仿佛有出卖郭氏的行为,这当是指我和创造社脱离关系以后,和鲁迅去另出一杂志的那一段时间中的事情。

创造社的许多青年,在当时曾经向鲁迅下过总攻击,但沫若兄恐怕是不赞成的。因为郭氏对鲁迅的尊敬,我知道他也并不逊于他人,这只从他称颂鲁迅的"大哉鲁迅"一语中就可以看出。

我对于旁人的攻击,一向是不理会的,因为我想,假若我有错处,应该被攻击的话,那么强辩一番,也没有用处。否则,攻击我的人,迟早总会承认他自己的错误。并且,倘使他自己不承认,则旁人也会看得出来。所以,说我出卖朋友,出卖郭氏等中伤诡计,后来终于被我们的交谊不变所揭穿。在抗战前一年,我到日本去劝他回国,以及我回国后,替他在中央作解除通缉令之运动,更托人向委员长进言,密电去请他回国的种种事实,只有我和他及当时在东京的许俊人大使三个人知道。

他到上海之后,委员长特派何廉氏上船去接他,到了上海,和他在法界大西路一间中法文化基金委员会的住宅里见面的,也只有我和沈尹默等两三人而已。

这些废话,现在说了也属无益,还是按下不提。总之,他今年已经五十岁了,港渝各地的文化界人士,大家在发起替他祝寿;我们在南洋的许多他的友人,如刘海粟大师,胡愈之先生,胡迈先生等,也想同样的举行一个纪念的仪式,为我国文化界的这一位巨人吐一口气。现在此事将如何进行,以及将从哪些方面着手等问题,都还待发起人来开会商量,但我却希望无论和郭氏有没有交情的我们文化工作者,都能够来参加。

# 印光法师塑像小记

卡尔·杜迪希,是维也纳的雕刻家,因为血统的关系,前两年被希脱勒驱逐了出国,和妻女等流到了星洲。他到此地后不久,就到报馆来看我,第一,说是要我为他介绍介绍;第二,他想为委员长塑一个像以致敬,问我有没有委员长的照片。从此之后,我们就渐渐的来往起来了。大约是在星洲住了有一年多的样子,自英德宣战以后,他终于因为国籍的关系,便和其他许多德意籍的犹太人,一道被迁到了英国的另一个自治领,我于是就和他断绝了往来。

是在他将离开星洲的时候,广洽法师有一天来说,他想同我一道去看看这一位薄命的艺术家。我们一去,他和他夫人及小女儿亚娃看见了广洽法师的僧衣,都很喜欢,广洽法师因而就想起了请他为印光法师塑一个像。他对我们东方的宗教艺术,实在是太感到了浓厚的兴趣,所以,经我们一说,他在百忙中也为印光法师塑成了一个泥身。当他动身的前夕,他因这塑像的泥还没有干透,因而就另托了一位英国的朋友,教他去瓦窑里为我烧好,然后再送来给我。这事经过了一年,直到最近,这座印光法师的塑像,方才送到了我的手里。我前天又把他送去给广洽法师。广洽法师就和我谈到了印光法师的圆寂,以及世界战局在最近的变化。我们谈到了最后,就自然而然地达到了"人世无常,艺术永在"的结论。正因为是如此,故而广洽法师,一定要我为他写一点关于这塑像的经过。我也义不容辞,因特为他写下了这一篇小记。

# 为郭沫若氏五十诞辰事

写好了这一个题目，自己一看，却不觉笑了起来，因为"为……事"的语调，是旧日上禀或作诉状时用的老调子。我在这里用这一个题目，分明也在声诉，但这一个声诉，却是对文化界的大众的。

我们为什么要庆祝郭氏的诞辰？这在前些日子里，已经写过一点短文了；在这里，我将先报告如何来庆祝的办法。

第一，为纪念郭氏过去在文化界的功绩，我们打算于十一月十五日的晚上六点，大家来一次聚餐。餐券是每人一元，地点本定在爱华园地，因系雨季，恐有危险，故改在南天四楼。餐券可以向各报馆，各书店及各文化团体去领取。

第二，既然是祝寿的盛筵，当然要一点快乐的余兴，所以，我们想请漳州十属会馆的平剧部诸君及演话剧的几位同志，来替我们表现几出戏剧。

第三，是在十五的那天，各报都出一个专刊。

第四，我们想征集一点寿礼，汇送到香港去，托香港祝郭五十诞辰大会再为转汇，由他们去决定，如何的利用我们的贺仪。譬如作郭沫若文艺奖金的基金也好，或作奖学基金也好。但是文化界的同人，都是清贫的，因而我们想请大家去推动各产业家的对文化有兴趣者，能够多多的送一点厚礼。（这事正在商议计划中。)

上举的四件事情,也许并不是最好的祝寿办法,但从我们的能力来说,则竭尽全力,所能做到的,也只有这个样子了。

其次,是利用这些机会,来使文化界人渐趋团结的一种副作用。中国向来有"文人相轻"的一句成语,所以弄得相轻而至相斗,在中国文化史上,其例着实不少。譬如元祐党人的反对新法,就是最显著的一个证明。王安石的新法,在原则上未始不是一种政治上的大革命;不过因为继王安石而后的那些执政者,为当时的正人君子如司马温公以下的诸人所不满,结果弄得置国家政治于不顾,反以争党派意气为第一义;卒至授人以柄,使异族的金辽入寇中原,国运因而中落。记得苏东坡曾说过一句由衷之言,他说"王安石新法,实我辈激成之。"所以文人的相轻终于不是国家民族的福利。我们要利用这一个敌寇侵凌的时机,来造成一种文人相亲相爱,大家能虚怀团结的空气。

从前有一个诗人,曾有过一句诗说:"不薄今人爱古人",他的意思,总算是已经很谦虚的了。但是我们还以为仅仅不薄,仍是不够,我们不但要不薄今人,并且也要爱敬今人,如同爱敬古人一样。

十五日的日期,已经迫近了;我们的餐券,也已经印好,打算马上就去分发,希望各属侨贤,各文化界的同志,能够多多的参加,能使这一次郭诞,成一个盛大的胜会。

# 敬悼许地山先生

我和许地山先生的交谊并不深,所以想述说一点两人间的往来,材料却是很少。不过许先生的为人,他的治学精神,以及抗战事起后,他的为国家民族尽瘁服役的诸种劳绩,我是无时无地不在佩服的。

我第一次和他见面,是创造社初在上海出刊物的时候,记得是一个秋天的薄暮。

那时候他新从北京(那时还未改北平)南下,似乎是刚在燕大毕业之后。他的一篇小说《命命鸟》,已在《小说月报》上发表了,大家对他都奉呈了最满意的好评。他是寄寓在闸北宝山路,商务印书馆编辑所近旁的郑振铎先生的家里的。

当时,郭沫若、成仿吾两位,和我是住在哈同路,我们和小说月报社在文学的主张上,虽则不合,有时也曾作过笔战,可是我们对他们的交谊,却仍旧是很好的。所以当工作的暇日,我们也时常往来,作些闲谈。

在这一个短短的时期里,我与许先生有了好几次的会晤;但他在那一个时候,还不脱一种孩稚的顽皮气,老是讲不上几句话后,就去找小孩子抛皮球,踢毽子去了。我对他当时的这一种小孩子脾气,觉得很是奇怪;可是后来听老舍他们谈起了他,才知道这一种天真的性格,他就一直保持着不曾改过。

这已经是约近二十年以前的事情了。其后，他去美国，去英国，去印度。回来后，他在燕大，我在北大教书。偶尔在集会上，也时时有了几次见面的机会，不过终于因两校地点的远隔，我和他记不起有什么特殊的同游或会谈的事情。

况且，自民国十四年以后，我就离开了北京，到武昌大学去教书了；虽则在其间也时时回到北京去小住，可是留京的时间总是很短，故而终于也没有和他更接近一步的机会。

其后的十余年，我的生活，因种种环境的关系，陷入了一个绝不规则的历程，和这些旧日的朋友简直是断绝了往来。所以一直到接许先生的讣告为止，我却想不起是在什么地方，和他握过最后的一次手。因为这一次过香港而来星洲时，明明是知道他在港大教书，但因为船期促迫，想去一访而终未果。于是，我就永久失去了和他作深谈的机会了。

对于他的身世，他的学殖，他的为国家尽力之处，论述的人，已经是很多了，我在此地不想再说。我想特别一提的，是对于他的创作天才的敬佩。他的初期的作品，富于浪漫主义的色彩，是大家所熟知的；但到了最近，他的作风，竟一变而为苍劲坚实的写实主义，却很少有人说起。

他的一篇抗战以后所写的小说，叫作《铁鱼的鳃》，实在是这一倾向的代表作品，我在《华侨周报》的初几期上，特地为他转载的原因，就是想对我们散处在南岛的诸位写作者，示以一种模范的意思。像这样坚实细致的小说，不但是在中国的小说界不可多得，就是求之于一九四〇年的英美短篇小说界，也很少有可以和他比并的作品。但可惜他在这一方面的天才，竟为他其他方面的学术所掩蔽，人家知道的不多，而他自己也很少有这一方面的作品。要说到因他之死，而中国文化界所蒙受的损失是很大的话，我想从短少了一位创作天才的一点来说，这损失将更是不容易填补。

　　自己今年的年龄，也并不算老，但是回忆起来，对于追悼作故的友人的事情，似乎也觉得太多了。辈份老一点的，如曾孟朴、鲁迅、蔡孑民、马君武诸先生，稍长于我的，如蒋百里、张季鸾诸先生，同年辈的如徐志摩、滕若渠、蒋光慈的诸位，计算起来，在这十几年的中间，哭过的友人，实在真也不少了。我往往在私自奇怪，近代中国的文人，何以一般总享不到八十以上的高龄？而外国的文人，如英国的哈代、俄国的托尔斯泰、法国的弗朗斯等，享寿都是在八十岁以上，这或者是和社会对文人的待遇有关的吧？我想在这一次追悼许地山先生的大会当中，提出一个口号来，要求一般社会，对文人的待遇，应该提高一点。因为死后的千言万语，总不及生前的一杯咖啡乌来得实际。

　　末了，我想把我的一副挽联，抄在底下：

　　　嗟月旦停评，伯牛有疾如斯，灵雨空山，君自涅槃登彼岸。

　　　问人间何世，胡马窥江未去，明珠漏网，我为家国惜遗才。

# 海上通信

晚秋的太阳,只留下一道金光,浮映在烟雾空漾的西方海角。本来是黄色的海面被这夕照一烘,更加红艳得可怜了。从船尾望去,远远只见一排陆地的平岸,参差隐约的在那里对我点头。这一条陆地岸线之上,排列着许多一二寸长的桅樯细影,绝似画中的远草,依依有惜别的余情。

海上起了微波,一层一层的细浪,受了残阳的返照,一时光辉起来,飒飒的凉意,逼入人的心脾。清淡的天空,好像是离人的泪眼,周围边上,只带着一道红圈。是薄寒浅冷的时候,是泣别伤离的日暮。扬子江头,数声风笛,我又上了这天涯飘泊的轮船。

以我的性情而论,在这样的时候,正好陶醉在惜别的悲哀里,满满的享受一场 Sentimental Sweetness。否则也应该自家制造一种可怜的情调,使我自家感得自家的风尘仆仆,一事无成。若上举两事都办不到的时候,至少也应该看看海上的落日,享受享受那伟大的自然的烟景。但是这三种情怀,我一种也酿造不成,呆呆的立在龌龊杂乱的海轮中层的舱口,我的心里,只充满了一种愤恨,觉得坐也不是,立也不是,硬要想拿一把快刀,杀死几个人,才肯甘休。这愤恨的原因是在什么地方呢? 一是因为上船的时候,海关上的一个下流的外国人,定要把我的书箱打开来检查,检查之后,并且想把我所崇拜的列宁的一册著作拿去。二是因为新开河口的一家卖票房,收了我头等舱的船钱,骗我入了二等的舱位。

啊啊,掠夺欺骗,原是人的本性,若能达观,也不合有这一番气愤,但是我的度量却狭小得同耶稣教的上帝一样,若受着不平,总不能忍气吞声的过去。我的女人曾对我说过几次,说这是我的致命伤,但是无论如何,我总改不过这个恶习惯来。

轮船愈行愈远了,两岸的风景,一步一步的荒凉起来了,天色也垂暮了,我的怨愤,才渐渐的平了下去。

沫若呀,仿吾成均呀,我老实对你们说,自从你们下船上岸之后,我一直到了现在,方想起你们三人的孤凄的影子来。啊啊,我们本来是反逆时代而生者,吃苦原是前生注定的。我此番北行,你们不要以为我是为寻快乐而去,我的前途风波正多得很呀!

天色暗下来了,我想起了家中在楼头凝望着我的女人,我想起了乳母怀中在那里伊吾学语的孩子,我更想起了几位比我们还更苦的朋友,啊啊,大海的波涛,你若能这样的把我吞咽了下去,倒好省却我的一番苦恼。我愿意化成一堆春雪,躺在五月的阳光里,我愿意代替了落花,陷入污泥深处去,我愿意背负了天下青年男女的肺痨恶疾,就在此处消灭了我的残生。

这些感伤的(Sentimental)咏叹,只能博得恶魔的一脸微笑,几个在资本家跟前俯伏的文人,或者将要拿了我这篇文字,去佐他们的淫乐的金樽,我不说了,我不再写了,我等那一点西方海上的红云消尽的时候,且上舱里去喝一杯白兰地吧,这是日本人所说的Yakezake!

(十月五日七时书)

昨天晚上因为多喝了一杯白兰地,并且因为前夜在F.E.饭店里的一夜疲劳,还没有回复,所以一到床上就睡着了。我梦见了

一个十五六的少女和我同舱,我硬要求她和我亲嘴的时候,她回复我说:

"你若要宝石,我可以给你 Rajahs diamond,

你若要王冠,我可以给你世上最大的国家,

但是这绯红的嘴唇,这未开的蔷薇花瓣,

我要保留着等世上最美的人来!"

我用了武力,捉住了她,结果竟做了一个风月宝鉴里的迷梦,所以今天头昏得很,什么也想不出来。但是与海天相对,终觉得无聊,我把佐藤春夫的一篇小说《被剪的花儿》读了。

在日本现代的小说家中,我所最崇拜的是佐藤春夫。他的小说,周作人君也曾译过几篇,但那几篇并不是他的最大的杰作。他的作品中的第一篇当然要推他的出世作《病了的蔷薇》,即《田园的忧郁》了。其他如《指纹》,《李太白》等,都是优美无比的作品。最近发表的小说集《太孤寂了》我还不曾读过,依我看来,这一篇《被剪的花儿》也可说是他近来的最大的收获。书中描写主人公失恋的地方真是无微不至,我每想学到他的地步,但是终于画虎不成。他在日本现代的作家中,并不十分流行。但是读者中间的一小部分,却是对他抱着十二分的好意的。有一次何畏对我说:

"达夫!你在中国的地位,同佐藤在日本的地位一样。但是日本人能了解佐藤的清洁高傲,中国人却不能了解你,所以你想以作家立身是办不到的。"

惭愧惭愧!我何敢望佐藤春夫的肩背!但是在目下的中国,想以作家立身,非但干枯的我没有希望,即使 victo Hugo,Charles Dickens,Gerhart Hauptmann 等来,也是无望的。

沫若!仿吾!我们都是笨人,我们弃去了康庄的大道不走,偏偏要寻到这一条荆棘丛生的死路上来。我们即使在半路上气绝身死,也同野狗的毙于道旁一样,却是我们自家寻得的苦恼,谁也不能来和我们表同情,谁也不能来收拾我们的遗骨的。呵呵!又成了牢骚了,"这是中国文人最丑的恶习,非绝灭它不可的地方",我且收住不说了罢!

单调的海和天,单调的船和我,今日使我的精神萎缩得不堪。十二时中,足破这单调的现像,只有晚来海中的落日之景,我且搁住了笔,去看 The Glorious Sun – Setting 吧!

(十月六日日暮的时候)

这一次的航海,真奇怪得很,一点儿风浪也没有,现在船已到了烟台了。烟台港同长崎门司那些港埠一些儿也没有分别,可惜我没有金钱和时间的余裕,否则上岸去住他一二星期,享受一番异乡的 exotic 情调,倒也很有趣味。烟台的结晶真是东首临海的烟台山。在这座山上,有领事馆,有灯台,有别庄,正同长崎市外的那所检疫所的地点一样。沫若,你不是在去年的夏天有一首在检疫所作的诗么?我现在坐在船上,遥遥的望着这烟台的一带山市,也起了拿破仑在媛来娜岛上之感,啊啊飘流人所见大抵略同,——我们不是英雄,我们且说飘流人罢!

山东是产苦力的地方,烟台是苦力的出口处。船一停锚,抢上来的凶猛的搭客,和售物的强人,真把我骇死,我足足在舱里躲了三个钟头,不敢出来。

到了日暮,船将起锚的时候,那些售物者方散退回去,我也出了舱,上船舷上来看落日。在海船里,除非有衣摆奈此的小说《默示录的四骑士》中所描写的那种同船者的恋爱事体外,另外实没有一件可以慰寂寥的事情,所以我这一次的通信里所写的也只是落日, Sun Setting, Abend Roethe, etc., etc. 请你们不要笑我的重复!

我刚才说过,烟台港和门司长崎一样,是一条狭长的港市,环市的三面,都是浅淡的连山。东面是烟台山,一直西去,当太阳落下去的那一支山脉,不知道是什么名字?但是我想这一支山若要命名,要比"夕阳""落照"等更好的名字,怕没有了。

一带连山,本来有近远深浅的痕迹可以看得出来的,现在当这落照的中间,都只成了淡紫。市上的炊烟,也濛濛的起了,便使我想起故乡城市的日暮的景色来,因为我的故乡,也是依山带水,与这烟台市不相上下的。

日光没了,天上的红云也淡了下去。一阵凉风吹来,使人起一种莫名其妙的哀感。我站在船舷上,看看烟台市中一点两点渐渐增加起来的灯火,看看甲板上几个落了伍急急忙忙赶回家去的卖物的土人,忽而索落索落的滴下了两粒眼泪来。我记得我女人有一次说,小孩子到了日暮,总要哭着寻他的娘抱,因为怕晚上没有睡觉的地方。这时候我的心里,大约也被这一种 Nost algia 笼罩住了吧,否则何以会这样的落寞!这样的伤感!这样的悲愁无着处呢!

这船今晚上是要离开烟台上天津去的,以后是在渤海里行路了。明天晚上可到天津。我这通信,打算一上天津就去投邮。愿你与婀娜和小孩全好,仿吾也好,成均也好,愿你们的精神能够振刷;啊啊,这样在勉励你们的我自家,精神正颓丧得很呀!我还要说什么?我还有说话的资格么?

(十月七日晚八时烟台舱中)

不知在什么时候,我记得你曾说过,沫若,你说:"我们的拿起笔来要写,大约是已经成了习惯了,无论如何,我此后总不能绝对的废除笔墨的。"这一种冯妇之习,不但是你免不了,怕我也一样的吧。现在精神定了一定,我又想写了。

昨天船离了烟台,即起大风,船中的一班苦力,个个头上都淋成五色。这是什么理由呢?因为他们都是连绵席地而卧,所以你枕我的头,我枕你的脚。一人吐了,二人就吐,三人四人,传染过去。挺而走险,急不能择,他们要吐的时候就不问是人头人足,如长江大河的直泻下来。起初吐的是杂物,后来吐黄水,最后就赤化了。我在这一个大吐场里,心里虽则难受,但却没有效他们的颦,大约是曾经沧海的结果,也许是我已经把心肝呕尽,没有吐的材料了。

今天的落日,是在七十二沽的芦草上看的。几堆泥屋,一滩野草,野草里的鸡犬,泥屋前的穿红布衣服的女孩,便是今日的落照里的风景。

船靠岸的时候,已经是夜半了。二哥哥在埠头等我。半年不见,在青白的瓦斯光里他说我又瘦了许多。非关病酒,不是悲秋,我的瘦,却是杜甫之瘦,儒冠之害呀!

从清冷的长街上,在灰暗凉冷的空气里,把身体搬上这家旅店里之后,哥哥才把新总统明晚晋京的话,告诉我听。好一个魏武之子孙,几年来的大愿总算成就了,但是但是只可怜了我们小百姓,有苦说不出来。听说上海又将打电报,抬菩萨,祭旗拜斗的大耍猴子戏。我希望那些有主张的大人先生,要干快干,不要虚张声势的说:"来来来!干干干!"因为调子唱得高的时候,胡琴有脱板的危险,中国的没有真正革命起来的原因,大约是受的"发明电报者"之害哟!

几天不看报,倒觉得清净得很。明天一到北京,怕又不得不目睹那些中国特有的承平新气象,我生在这样的一个太平时节,心里实在是怕看这些黄帝之子孙的文明制度了。

夜也深了,老车站的火车轮声,也渐渐的听不见了,这一间奇形怪状的旅舍里,也只充满了鼾声。窗外没有月亮,冷空气一

阵一阵的来包围我赤裸裸的双脚。我虽则到了天津,心里依然是犹豫不定:

"究竟还是上北京去作流氓去呢?还是到故乡家里去作隐士?"

名义上自然是隐士好听,实际上终究是飘流有趣。等我来问一个诸葛神卦,再决定此后的行止罢!

勒勒勒,弟子郁,……

……

……

(十月八日夜三时书于天津的旅馆内)

# 零余者

Arm am Beutel, krank am Herzen,
Schleppt ich meine langen Tage.
Armut ist die groesste Plage.
Reichtum ist das hoechste Gut.

不晓在什么时候什么地方看见过的这几句诗,轻轻的在口头念着,我两脚合了微吟的拍子,又慢慢的在一条城外的大道上走了。

袋里无钱,心头多恨,
这样无聊的日子,教我捱到何时始尽。
啊啊,贫苦是最大的灾星,
富裕是最上的幸运。

诗的意思,大约不外乎此,实际上人生的一切,我想也尽于此了。"不过令人愁闷的贫苦,何以与我这样的有缘?使人生快乐的富裕,何以总与我绝对的不来接近?"我眼睛呆呆的注视着前面空处,两脚一步一步踏上前去,一面口中虽在微吟,一面于无意中又在作这些牢骚的想头。

是日斜的午后，残冬的日影，大约不久也将收敛光辉了，城外一带的空气，仿佛要凝结拢来的样子。视野中散在那里的灰色的城墙，冰冻的河道，沙土的空地荒田，和几丛枯曲的疏树，都披了淡薄的斜阳，在那里伴人的孤独。一直前面大约在半里多路前的几个行人，因为他们和我中间距离太远了，在我脑里竟不发生什么影响。我觉得他们的几个肉体，和散在道旁的几家泥屋及左面远立着的教会堂，都是一类的东西，散漫零乱，中间没有半点联络，也没有半点生气，当然更没有一些儿的情感了。

"唉嘿，我也不知在这里干什么？"

微吟倦了，我不知不觉便轻轻的长叹了一声。慢慢的走去，脑里的思想，只往昏黑的方面进行；我的头愈俯愈下了。

——实在我的衰退之期，来得太早了。……像这样一个人在郊外独步的时候，若我的身子忽而能同一堆春雪遇着热汤似的消化得干干净净，岂不很好么？……回想起来，又觉得我过去二十余年的生涯是很长的样子，……我什么事情没有做过？……儿子也生了，女人也有了，书也念了，考也考过好几次了，哭也哭过，笑也笑过，嫖赌吃着，心里发怒，受人欺辱，种种事情，种种行为，我都经验过了，我还有什么事情没有做过？等一等，让我再想一想看，究竟有没有什么没有经验过的事情了，……自家死还没有死过；啊，还有还有，我高声骂人的事情还不曾有过，譬如气得不得了的时候，放大了喉咙，把敌人大骂一场的事情。就是复仇复了的时候的快感，我还没有感得过。……啊啊！还有还有，监牢还不曾坐过，……唉，但是假使这些事情，都被我经验过了，也有什么？结果还不是一个空么？……嘿嘿，嗯嗯。——

到了这里，我的思想的连续又断了。

袋里无钱，心头多恨，

> 这样无聊的日子，教我捱到何时始尽。
> 啊啊，贫苦是最大的灾星，
> 富裕是最上的幸运。

　　微微的重新念着前诗，我抬起头来一看，觉得太阳好像往西边又落了一段，倒在右手路上的自己的影子，更长起来了。从后面来的几乘人力车，也慢慢的赶过了我。一边让他们的路，一边我听取了坐车的人和车夫在那里谈话的几句断片。他们的话题，好像是关于女人的事情。啊啊，可羡的你们这几个虚无主义者，你们大约是上前边黄土坑去买快乐去的罢，我见了你们，倒恨起我自家没有以前的生趣来了。

　　一边想一边往西北的走去，不知不觉已走到了京绥铁路的路线上。从此偏东北的再进几步，经过了白房子的地狱，便可顺了通万牲园的大道进西直门去的。苍凉的暮色，从我的灰黄的周围逼近拢来，那倾斜的赤日，也一步一步的低垂下去了。大好的夕阳，留不多时，我自家以为在瞑想里沉没得不久，而四边的急景，却告诉我黄昏将至了。在这荒野里的物体的影子，渐渐的散漫起来。不知从何处吹来的微风，也有些急促的样子，带着一种惨伤的寒意。后面跛跛踱踱的又来了一乘空的运货马车，一个披着光面皮里子的车夫，默默的斜坐在前头车板上吃烟，我忽而感觉得天寒岁暮，好像一个人飘泊在俄国乡下。马车去远了，白房子的门外，有几乘黑旧的人力车停在那里。车夫大约坐在踏脚板上休息，所以看不出他们的影子来。我避过了白房子的地狱，从一块高墈上的地里，打算走上通西直门的大道上去。从这高处向四边一望，见了凋丧零乱排列在灰色幕上的野景，更使我感得了一种日暮的悲哀。

　　——唉唉，人生实在不知究竟是什么一回事？歌歌哭哭，死死生生，……世界社会，兄弟朋友，妻子父母，还有恋爱，啊呀，恋爱，恋爱，恋爱，……还有金钱，……啊啊……

    Armut ist die groesste Plage,
    Reichtum ist das hoechste Gut.

好诗好诗！

    The curfew tolls the knell of parting day,
    The lowing herd winds slowly o'er the lea,
    The ploughman homeward plods his weary way,
    And leaves the world to darkness and to me.

好诗好诗！

    And leaves the world to darkness and to me.

  我的错杂的思想，又这样的弥散开来了。天空高处，寒风乌乌的响了几下，我俯倒了头，尽往东北的走去，天就快黑了。
  远远的城外河边，有几点灯火，看得出来，大约紫蓝的天空里，也有几点疏星放起光来了吧？大道上断续的有几乘空马车来往，车轮的踜踜踜踜的声音，好像是空虚的人生的反响，在灰暗寂寞的空气中散了。我遵了大道，以几点灯火作了目标，将走近西直门的时候，模糊隐约的我的脑里，忽而起了一个霹雳。到这时候止，常在脑里起伏的那些毫无系统的思想，都集中在一个中心点上，成了一个霹雳，显现出来。
  "我是一个真正的零余者！"
  这就是霹雳的核心，另外的许多思想，不过是些附属在这霹霁上的枝节而已。这样的忽而发见了思想的中心点，以后我就用了科学的方法推想起来：

——我的确是一个零余者，所以对于社会人世是完全没有用的。a superfluous man！a useless man！superfluous！superfluous……证据呢？这是很容易证明的……——

这时候，我的两只脚已经在西直门内的大街上运转。四边来往的人类，究竟比城外混杂得多。天也已经昏黑，道旁的几家破店和小摊，都点上灯了。

——第一……我且从远处说起吧……第一，我对于世界是完全没有用的。……我这样生在这里，世界和世界上的人类，也不能受一点益处；反之，我死了，世界社会，也没有一些儿损害，这是千真万真的。……第二，且说中国吧！对于这样混乱的中国，我竟不能制造一个炸弹，杀死一个坏人。中国生我养我，有什么用处呢？……再缩小一点，嗳，再缩小一点，第三，第三且说家庭吧！啊，对于我的家庭，我却是个少不得的人了。在外国念书的时候，已故的祖母听见说我有病，就要哭得两眼红肿。就是半男性的母亲，当我有一次醉死在朋友家里的时候，也急得大哭起来。此外我的女人，我的小孩，当然是少我不得的！哈哈，还好还好，我还是个有用之人。——

想到了这里，我的思想上又起了一个冲突。前刻发现的那个思想上的霹雳，几乎可以取消的样子，但迟疑了一会，我终究解决不了这个问题的矛盾性。抬起头来一看，我才知道我的身体已被我搬在一条比较热闹的长街上行动。街路两旁的灯火很多，来往的车辆也不少，人声也很嘈杂，已经是真正的黄昏时候了。

——像这样的时候，若我的女人在北京，大约我总不会到市上来飘荡的罢！在灯火底下，抱了自家的儿子，一边吻吻他的小嘴，一边和来往厨下忙碌的她问答几句，踱来踱去，踱去踱来，多少快乐啊！啊啊，我对于我的女人，还是一个有用之人哩！不错不错，前一个疑问，还没有解决，我究竟还是一个有用之人么？——

这时候，我意识里的一切周围的印象，又消失了。我还是伏倒了头，慢慢的在解决我的疑问：

——家庭，家庭，……第三，家庭，……让我看，哦，啊，我对于家庭还是一个完全无用之人！……丝毫没有功利主义的存心，完全沉溺于的盲目之爱的我的祖母，已经死了。母亲呢？……啊啊，我读书学术，到了现在，还不能做出一点轰轰烈烈的事业来，就是这几块钱……。——

我那时候两只手却插在大氅的袋内，想到了这里，两只手自然而然的向袋里散放着的几张钞票捏了一捏。

——啊啊，就是这几块钱，还是昨天从母亲那里寄出来的，我对于母亲有什么用处呢？我对于家庭有什么用处呢？我的女人，我不去娶她，总有人会去娶她的；我的小孩，我不生他，也有人会生他的，我完全是一个无用之人呀，我依旧是一个无用之人呀！——

急转直下的想到了这里，我的胸前忽觉得有一块铁板压着似的难过得很。我想放大了喉咙，啊的大叫一声，但是把嘴张了好几次，喉头终放不出音来。没有方法，我只能放大了脚步，向前同跑也似的急进了几步。这样的不知走了几分钟，我看见一乘人力车跑上前来兜我的买卖。我不问皂白，跨上了车就坐定了。车夫问我上什么地方去，我用手向前指指，喉咙只是和被热铁封锁住的一样，一句话也讲不出来。人力车向前面的跑去，我只见许多灯火人类，和许多不能类列的物体，在我的两旁旋转。

"前进！前进！像这样的前进罢！不要休止，不要停下来！"

我心里一边在这样的希望，一边却在恨车夫跑得太慢。

十三年正月十五日

# 给沫若

沫若：

和你分手，是去年十月的初旬，——记不清那一日了，但我却记得是双十节到北京的——接到你从白滨寄出，在春日丸船上写的那封信，是今年四月底边。此后你也没有信来，我也怕写信给你，一直到现在，——今天是七月二十九日——我与你的中间，竟没有书札来往。我怕写信给你的原因第一是：因为我自春天以来，精神物质，两无可观，萎靡颓废，正如半空中的雨滴，只是沉沉落坠。我怕像这样的消息，递传给你，也只能增大你的愁怀，决不能使你盼望我振作的期待，得有些微的满足。第二是：因为我想像你在九洲海岸的生涯，一定比苏武当年，牧羊瀚海的情状，还要孤凄清苦，我若忽从京洛，写一纸长书，将中原扰攘的情形，缕缕奉告，怕你一时又要重新感到离乡去国之悲，那时候，你的日就镇静的心灵，又难免不起掀天的大浪。此外还有几种原因，由主观的说来，便是我天性的疏懒，再由客观的讲时，就是我和你共事以后，无一刻不感到的，一种莫名其妙的总觉得对你不起的深情。记得《两当轩集》里有几句诗说：强半书来有泪痕，不将一语到寒温，久迟作答非忘报，只恐开缄亦断魂，……我现在把它抄在这里，聊当作我两三月来，久迟作答的辩解。

五月初——记不清是那一日了，总之是你离开上海之后，约莫有一个多月的光景——我因为我在北京的生活太干寂了，太可怜了，胸中在酝酿着的闷火，太无喷发的地方了，在一天东风微暖的早上，带了一支铅笔，几册洋书，飘然上了南下的征车，行返上海。当车过崇文门，去北京的内城渐远的时候，我一边从车座里站起来，开窗向后面凝望，一边我心里却切齿的作了底下的一段诅咒："美丽的北京城，繁华的帝皇居，我对你绝无半点的依恋！你是王公贵人的行乐之乡，伟大杰士的成名之地！但是 Sodom 的荣华，Pompey 的淫乐，我想看看你的威武，究竟能持续几何时？问去年的皓雪，而今何处？——But where are the snows of yester‑year?——像我这样的无力的庸奴，我想只要苍天不死，今天在这里很微弱地发出来的这一点仇心，总有借得浓烟硝雾来毁灭你的一日！杀！杀！死！死！毁灭！毁灭！我受你的压榨，欺辱，蹂躏，已经够了，够了！够了！……"那时候因为我坐的一间三等车室内，别无旁客，所以几月来抵死忍着，在人前绝不曾洒过的清泪，得流了一个痛快。沫若，我是一个从来不愿意咒诅任何事物之人，而此次在车中竟起了这样的一段毒念。你说我在这北京过度的这半年余的生活，究竟是痛苦呢还是安乐？具体的话我不说了，这首都里的俊杰如何的欺凌我，生长在这乐土中的异性者，如何的冷遇我等等，你是过来人，大约总能猜测吧！

　　上车的第二天半夜里到了上海，下车后，即跑上民厚里你我同住过的那间牢房里去，楼底下的厨房内，只有几根柴纵横的散在那里。那一天厨房里的那个电灯泡，好像特别的灰暗，冰冷的电光——虽则是春风沉醉的晚上，但我只觉得这屋内的电灯光是冰冷的——同褪剩的洪水似的淡淡地凝结在空洞的厨板上，锅盖上，和几只破残的碗钵上，在这些物事背后拖着的阴影，却是很浓厚的。进了前间起坐室一看，我和你和仿吾婀娜小孩等坐过的几张椅子，都七坍八败的靠叠在墙边，只有你临行时不曾收拾起的许多破书旧籍，这边一堆，那边一捆的占尽了这间纵横不过二丈来方的前室，前楼的两张床上，帐子都已撤去，地板上铺满了些破新闻纸，校稿的无用者和许多信札的废纸废封。光床上堆在那里的是仿吾的不曾拿去洗的旧衣服和破袜汗衫之类。后楼上，你于送你夫人小孩上日本去后，独自一个在那里写成你的《歧路》和《十字架》等篇的后楼上，正如暴风过后的港湾一样，到处只留着些坍败倒坏的痕迹，一阵霉冷的气味，突然侵袭了我的嗅觉，我一个人不知不觉竟在那张破床床沿上失神默坐了几分钟。那一晚仿吾因为等我不到，上别处去消闷去了。空屋里只有N氏一人，睡在那里候我到来。他说，书局要他们搬家，有许多器具，都已搬走了。他又说，仿吾和他，因为料定我一到上海就要找上这里来，所以是死守着不走的。末了他更告诉我说，在这里已经两个礼拜不举火了，他们要吃饭的时候，是锁着门——因为屋内一个底下人也没有了——跑上外边去吃的。

在这间荒废的屋里住了四五天，和仿吾等把周报的结束，与季刊的稿子清整了一下，更在外面与《太平洋》杂志有关的朋友商议了些以后合出周报的事情，我就于全部事务完了的那天早晨坐了沪杭早车回浙江去。

这一回的南下，表面上虽则说是为收拾周报，和商议与《太平洋》杂志合作的事情而去，但我的内心，实际上想上南边去看看，有没有机会，可以使我脱离这万恶贯盈的北京，而别求生路。殊不知到上海一看，我的半年余的出亡，使我的去路，闭塞得比《茑萝行》时代更加绝望。不但如此，且有几个寄生在资本家翼下，一边却在高谈革命建国的文人，和几个痛骂礼拜六派的作品，而自家在趣味比《礼拜六》更低的杂志上大作文章，一面又拉了不愿意的朋友，也在这新礼拜六上作小说的方言学者，正在竭力诋毁我和你和仿吾。我看看这种情形，听了些中国文坛上特有的奇闻逸事，觉得当上车时那样痛恨的北京城，比卑污险恶的上海，还要好些。于是我的不如归去的还乡高卧的心思，又渐渐的抬起头来了。

到家的头两天，总算快乐得很，亲戚朋友，相逢道故，家庭之内，也不少融融之乐。好，到了第三天，事件就发生了。

总之，是我的女人不好。那一天晚上吃夜饭的时候，我在厅前陪母亲多喝了一杯酒，所以母亲与我都是很快乐的在灯前说笑。我的女人在厨下吃完了晚饭，也抱了龙儿——我的三岁的小孩——过来，和我们坐一起。那时候我和母亲手里正捏了一张在北京的我的侄儿的穿洋服的照片在那里看。我的女人看了照片上的侄儿的美丽的小洋服——侄儿也三岁了——赞美得了不得，便顺口对龙儿说了一句笑话说：

"龙！你要不要这样的好洋服穿？"

早熟的龙儿，虽然话也讲不十分清楚，但虚荣心却已经发达，听了他娘的这句话，便连声的嚷要！要！要！我也同他开玩笑，故意的说了一声"没有！"可怜的这小孩，以为我在骂他，就放声大哭起来。我们三人——母亲和我和我的女人——用尽了种种手段，想骗他不哭，但他却不肯听从。平时非常钟爱他的我的老母，到了后来，也生了气，冷视了他一眼说：

"你这孩子真不听话，穿洋服要前世修来的呀，那里恶诈就诈得到的呢？你要哭且向你的爸爸去哭，我是没有钱做洋服给你穿！"

讲完了话，母亲就走开了。我因为这孩子脾气不好，心里早已觉得不耐烦，及听了母亲的话，更觉得十分的羞恼，所以马上就涨红了脸，伸出手去狠命的向他的小颊上批了两下。粉白的小脸上立刻即胀出了几个手指红印来，他的哭声，也一时狂叫了起来。母亲听了他的狂叫的哭声，赶进来的时候，我的女人，已经流了一脸眼泪，伏着背把龙儿搂在怀中，在发着颤声的安抚他说：

"宝，心肝肉，乖宝……不哭吧……娘不好，……噢！娘……娘不好……噢！总是娘说了一声不好……"

我的女人抱他上楼去后半天，他睡着了方才不哭。后来我上楼去睡的时候，我的女人还含了眼泪，呆坐在床沿上，在守着他睡觉。我脱下了夹衫摸进床去，抱他到灯下来看时，见他脸上红肿得比被打的时候更厉害。我叫我的女人拿开香粉盒来，好在他的伤痕上敷上些香粉，她只默默的含着深怨对我看了一眼。我当时因为余怒未息，并且同时心里又起了一种不可名状的后悔，所以就放大了喉音对我女人喝了一声说：

"你怎么不站起来拿！"

手里的龙儿，被我惊醒，又哭了起来。我的女人，急促的闭了一闭眼睛，洒出了两大颗泪滴，马上把香粉盒拿出来放在桌上，从我手里把龙儿夺了过去，而且细声的对我说：

"我抱着，你敷罢！"

这话还没有说完，她又低了头宝宝心肝的叫起来了。我一边替龙儿擦眼泪敷粉，一边心里却在对他央告：

"宝！别哭吧！爸爸不好，爸爸打得太重了，乖宝，别哭吧！总是爸爸不好，没能力挣钱做洋服给你穿。"

这心里的央告，正想以轻微的语言说出来的时候，我的咽喉不知怎么的也梗塞住了，同时鼻子也酸了起来。这事件以后的第三天，上海的某书肆忽而寄来了一封挂号信和一篇小说的原稿，信上说：

"已经答应你的稿费一百元，因为这篇小说描写性欲太精细了。不能登载，只好作为罢论，以后还请先生赐以另外的稿子，本社无任欢迎。"

信上的言语虽然非常恭敬，但我非但替小孩做洋服的钱，和在家里的零用钱落了空，就是想再出去到北京上海来流离的路费也没有了。像这样的情形的故乡，当然不能久住，第二天我把我的女人所有的高价的衣服首饰，全部质入了当铺，得了百余块钱，再出奔至上海。我的女人和龙儿，送我上船的时候，都流着眼泪哭了。但龙儿这一回的哭却不是因为小脸上的痛，虽则他的创痕还没有除去。

重到上海，和仿吾玩了二天，因为他也正在筹划旅费，预备到广东去，所以第二天的晚上我就乘了夜快车回到北京来了。啊啊！万恶的首都，我还是离不了你！离不了你！

这一次到北京之后，已经差不多有两个半月的时间，但这两个半月中间，除为与《太平洋》杂志合作事，少行奔走外，什么事情也不做，什么书也不读，一半大约也因为那拿衣服首饰换来的一百块钱消费得太快，而继续进来的款子没有的原因。啊啊！沫若，再见吧！

一九二四年七月二十九日北京。

# 小春天气

与笔砚疏远以后,好像是经过了不少日数的样子。我近来对于时间的观念,一点儿也没有了。总之案头堆着的从南边来的两三封问我何以老不写信的家信,可以作我久疏笔砚的明证。所以从头计算起来,大约自我发表最后的一篇整个儿的文字到现在,总已有一年以上,而自我的右手五指,抛离纸笔以来,至少也得有两三个月的光景。以天地之悠悠,而来较量这一年或三个月的时间,大约总不过似骆驼身上的半截毫毛;但是由先天不足,后天亏损——这是我们中国医生常说的话,我这样的用在这里,请大家不要笑我——的我说来,渺焉一身,寄住在这北风凉冷的皇城人海中间,受尽了种种欺凌侮辱。竟能安然无事的经过这么长的一段时间,却是一种摩西以后的最大奇迹。

回想起来这一年的岁月,实在是悠长得很呀!绵绵钟鼓初长的秋夜,我当众人睡尽的中宵,一个人在六尺方的卧房里踏来踏去,想想我的女人,想想我的朋友,想想我的黯淡的前途,曾经熏烧了多少枝的短长烟卷?睡不着的时候,我一个人拿了蜡烛幽脚幽手的跑上厨房去烧些风鸡糟鸭来下酒的事情,也不止三次五次。而由现在回顾当时，那时候初到北京后的这种不安焦躁的神情，却只似儿时的一场恶梦，相去好像已经有十几年的样子，你说这一年的岁月对我是长也不长？

这分外的觉得岁月悠长的事情，不仅是意识上的问题，实际上这一年来我的肉体精神两方面都印上了这人家以为很短而在我却是很长的时间的烙印。去年十月在黄浦江头送我上船的几位可怜的朋友，若在今年此刻，和我相遇于途中，大约他们看见了我，总只是轻轻的送我一瞥，必定会仍复不改常态地向前走去。（虽则我的心里在私心默祷，使我遇见了他们，不要也不认识他们！）

这一年的中间，我的衰老的气象，实在是太急速的侵袭到了，急速的，真真是很急速的。"白发三千丈"一流的夸张的比喻，我们暂且不去用它，就减之又减的打一个折扣来说罢，我在这一年中间，至少也的的确确的长了十岁年纪。牙齿也掉了，记忆力也消退了，对镜子剃削胡髭的早晨，每天都要很惊异地往后看一看，以为镜子里反映出来的，是别一个站在我后面的没有到四十岁的半老人。腰间的皮带，尽是一个窟窿一个窟窿的往里缩，后来现成的孔儿不够，却不得不重用钻子来新开，现在已经开到第二个了。最使我伤心的，是当人家欺凌我侮辱我的时节，往日很容易起来的那一种愤激之情，现在怎么也鼓励不起来。非但如此，当我觉得受了最大的侮辱的时候，不晓从何处来的一种滑稽的感想，老要使我作会心的微笑。不消说年青时候的种种妄想，早已消磨得干干净净，现在我连自家的女人小孩的生存，和家中老母的健否等问题都想不起来；有时候上街去雇得着车，坐在车上，只想车夫走往向阳的地方去——因为我现在忽而怕起冷来了——慢一点儿走，好使我饱看些街上来往的行人和组成现代的大同世界的形形色色。看倦了，走倦了，跑回家来，只思弄一点美味的东西吃吃，并且一边吃，一边还要想出如何能够使这些美味的东西吃下去不会饱胀的方法来,因为我的牙齿不好,消化不良,美味的东西,老怕不能一天到晚不间断的吃过去。

## 二

现在我们在这里所享有的,是一年中间最好不过的十月。江北江南,正是小春的时候。况且世界又是大同,东洋车、牛车、马车上,一闪一闪在微风里飘荡的,都是些除五色旗外的世界各国的旗子。天色苍苍,又高又远,不但我们大家酣歌笑舞的声音,达不到天听,就是我们的哀号狂泣,也和耶和华的耳朵,隔着蓬山几千万叠。生逢这样的太平盛世,依理我也应该向长安的落日,遥进一杯祝颂南山的寿酒,但不晓怎么的,我自昨天以来,明镜似的心里,又忽而起了一层翳障。

仰起头来看看青天,空气澄清得怖人;各处散射在那里的阳光,又好像要对我说一句什么可怕的话,但是因为爱我怜我的缘故,不敢马上说出来的样子。脚底下铺着扫不尽的落叶,忽而索落索落的响了一声,待我低下头来向发出声音来的地方望去,又看不出什么动静来了,这大约是我们庭后的那一颗大槐树,又摆脱了一叶负担了吧。正是午前十点钟的光景,家里的人,都出去了,我因为孤零丁一个人在屋里坐不住,所以才踱到院子里来的,然而在院子里站了一忽,也觉得没有什么意思,昨晚来的那一点小小的忧郁,仍复笼罩在我的心上。

当半年前,每天只是忧郁的连续的时候,倒反而有一种余裕来享乐这一种忧郁,现在连快乐也享受不了的我的脆弱的身心,忽而沾染了这一层虽则是很淡很淡,但也好像是很深的隐忧,只觉得坐立都是不安。没有方法,我就把香烟连续的吸了好几枝。

是神明的摄理呢?还是我的星命的佳会?正在这无可奈何的

时候,门铃儿响了。小朋友G君,背了水彩画具架进来说:

"达夫,我想去郊外写生,你也同我去郊外走走吧!"

G君年纪不满二十,是一位很活泼的青年画家,因为我也很喜欢看画,所以他老上我这里来和我讲些关于作画的事情。据他说:"今天天气太好,坐在家里,太对大自然不起,还是出去走走的好。"我换了衣服,一边和他走出门来,一边告诉门房"中饭不来吃,叫大家不要等我"的时候,心里所感得的喜悦,怎么也形容不出来。

## 三

本来是没有一定目的地的我们,到了路上,自然而然的走向西去,出了平则门。阳光不问城内城外,一例的很丰富的洒在那里。城门附近的小摊儿上,在那里摊开花生来的小贩,大约是因为他穿着的那件宽大的夹袄的原因罢,觉得也反映着一味秋气。茶馆里的茶客,和路上来往的行人,在这样和煦的太阳光里,面上总脱不了一副贫陋的颜色;我看看这些人的样子,心里又有点不舒服起来了,所以就叫G君避开城外的大街沿城折往北去。夏天常来的这城下长堤上,今天来往的大车特别的少。道旁的杨柳,颜色也变了,影子也疏了。城河里的浅水,依旧映着晴空,返射着日光,实际上和夏天并没有什么区别,但我觉得总有一种寂寥的感觉,浮在水面。抬头看看对岸,远近一排半凋的林木,纵横交错的列在空中。大地的颜色,也不似夏目的茏葱,地上的浅草都已枯尽,带起浅黄色来了。法国教堂的屋顶,也好像失了势力似的,在半凋的树林中孤立在那里。与夏天一样的,只有一排西山连亘的峰峦。大约是今天空气格外澄鲜的缘故吧,这排明褐色的屏障,觉得是近得多了,的确比平时近得多了。此外弥漫在空际的,只有明蓝澄洁的空气,悠久广大的天空和饱满的阳光,和暖的阳光,隔岸堤上,忽而走出了两个着灰色制服的兵来。他们拖了两个斜短的影子,默默的在向南的行走。我见了他们想起了前几天平则门外的抢劫的事情,所以就对G君说:

"我看这里太辽阔,取不下景来,我们还是进城去吧!上小馆子去吃了午饭再说。"

G君踏来踏去的看了一会,对我笑着说:

"近来不晓怎么的,有一种莫名其妙的神秘的灵感,常常闪现在我的脑里。今天是不成了,没有带颜料和油画的家伙来。"

他说着用手向远处教堂一指,同时又接着说:

"几时我想画画教堂里的宗教画看。"

"那好得很啊!"

猫猫虎虎的这样回答了一句,我就转换方向,慢慢的走回到城里来了。落后了几步,他也背着画具,慢慢的跟我走来。

## 四

喝了两斤黄酒,吃得满满的一腹。我和G君坐在洋车上,被拉往陶然亭去的时候,太阳已经打斜了。本来是有点醉意,又被午后的阳光一烘,我坐在车上,眼睛觉得渐渐的朦胧起来。洋车走尽了粉房琉璃街,过了几处高低不平的新开地,交入南下洼旷野的时候,我向右边一望,只见几列鳞鳞的屋瓦,半隐半现的在西边一带的疏林里跳跃。天色依旧是苍苍无底,旷野里的杂粮,也已割尽,四面望去,只是洪水似的午后的阳光,和远远躺在阳光里的矮小的坛殿城池。我张了一张睡眼,向周围望了一圈,忽笑向G君说:

"'秋气满天地,胡为君远行',这两句唐诗真有意思,要是今天是你去法国的日子,我在这里饯你的行,那么再比这两句诗适当的句子怕是没有了,哈哈……"

只喝了半小杯酒,脸上已涨得潮红的 G 君也笑着对我说:

"唐诗不是这样的两句,你记错了吧!"

两人在车上笑说着,洋车已经走入了陶然亭近边的芦花丛里,一片灰白的毫芒,无风也自己在那里作浪。西边天际有几点青山隐隐,好像在那里笑着对我们点头。下车的时候,我觉得支持不住了,就对 G 君说:

"我想上陶然亭去睡一觉,你在这里画吧!现在总不过两点多钟,我睡醒了再来找你。"

## 五

陶然亭的听差的来摇我醒来的时候,西窗上已经射满了红色的残阳。我洗了手脸,喝了二碗清茶,从东面的台阶上下来,看见陶然亭的黑影,已经越过了东边的道路,遮满了一大块道路东面的芦花水地。往北走去,只见前后左右,尽是茫茫一片白色芦花。西北抱冰堂一角,扩张着阴影,西侧面的高处,满挂了夕阳最后的余光,在那里催促农民的息作。穿过了香冢鹦鹉冢的土堆的东面,在一条浅水和墓地的中间,我远远认出了 G 君的侧面朝着斜阳的影子。从芦花铺满的野路上将走近 G 君背后的时候,我忽而气也吐不出来,向西的瞪目呆住了。这样伟大的,这样迷人的落日的远景,我却从来没有看见过。太阳离山,大约不过盈尺的光景,点点的遥山,淡得比春初的嫩草,还要虚无缥缈。监狱里的一架高亭,突出在许多有谐调的树林的枝干高头。芦根的浅水,满浮着芦花的绒穗,也不像积绒,也不像银河。芦萍开处,忽映出一道细狭而金赤的阳光,高冲牛斗。同是在这返光里飞堕的几簇芦绒，半边是红，半边是白。我向西呆看了几分钟，又回头向东北三面环眺了几分钟，忽而把什么都忘掉了，连我自家的身体都忘掉了。

上前走了几步，在灰暗中我看见G君的两手，正在忙动。我叫了一声，G君头也不朝转来，很急促的对我说：

"你来，你来，来看我的杰作！"

我走近前去一看，他画架上，悬在那里，正在上色的，并不是夕阳，也不是芦花，画的中间，向右斜曲的，却是一条颜色很沉滞的大道。道旁是一处阴森的墓地，墓地的背后，有许多灰黑凋残的古木横叉在空间。枯木林中，半弯下弦的残月，刚升起来，冰冷的月光，模糊隐约的照出了一只停在墓地树枝上的猫头鹰的半身。颜色虽则还没有上全，然而一道逼人的冷气，却从这幅未完的画面直向观者的脸上喷来。我蹙紧了眉峰，对这画面静看了几分钟，抬起头来正想说话的时候，觉得太阳已经完全下山了，四面的薄暮的光景也比一刻前促迫了。尤其是使我惊恐的，是我抬起头来的时候，在我们的西北的墓地里，也有一个很淡很淡的黑影，动了一动。我默默的停了一会，惊心定后，再朝转头来看东边天上的时候，却见了一痕初五六的新月，悬挂在空中。又停了一会，把惊恐之心，按捺了下去，我才慢慢的对G君说：

"这张小画，的确是你的杰作，未完的杰作。太晚了，快快起来，我们走罢！我觉得冷得很。"我话没有讲完，又对他那张画看了一眼，打了一个冷痉，忽而觉得毛发都辣竖了起来；同时自昨天来在我胸中盘踞着的那种莫名其妙的忧郁，又笼罩上我的心来了。

G君含了满足的微笑，尽在那里闭了一只眼睛——这是他的脾气——细看他那未完的杰作。我催了他好几次，他才起来收拾画具。我们二人慢慢的走回家来的时候，他也好像倦了，不愿意讲话，我也为那种忧郁所侵袭，不想开口。两人默默的走到灯火荧荧的民房很多的地方，G君方开口问说：

"这一张画的题目，我想叫它'残秋的日暮'，你说好不好？"

"画上的表现，岂不是半夜的景象么？何以叫日暮呢？"

他听了我这句话，又含了神秘的微笑说：

"这就是今天早晨我和你谈的神秘的灵感哟！我画的画，老喜欢依画画时候的情感节季来命题，画面和画题合不合，我是不管的。"

"那么，'残秋的日暮'也觉得太衰飒了，况且现在已经入了十月，十月小阳春，那里是什么残秋呢？"

"那么我这张画就叫作'小春'吧！"

这时候我们已经走进了一条热闹的横街，两人各雇着洋车，分手回来的时候，上弦的新月，也已起来得很高了。我一个人摇来摇去的被拉回家来，路上经过了许多无人来往的乌黑的僻巷。僻巷的空地道上，纵横倒在那里的，只是些房屋和电杆的黑影。从灯火辉煌的大街，忽而转入这样僻静的地方的时候，谁也会发生一种奇怪的感觉出来，我在这初月微明的天盖下，苍茫四顾，也忽而好像是遇见了什么似的，心里的那一种莫名其妙的忧郁，更深起来了。

十三年旧历十月初七日

# 立秋之夜

黝黑的天空里,明星如棋子似的散布在那里。比较狂猛的大风,在高处呜呜的响。马路上行人不多,但也不断。汽车过处,或天风落下来,阿斯法儿脱的路上,时时转起一阵黄沙。是穿着单衣觉得不热的时候。马路两旁永夜不息的电灯,比前半夜减了光辉,各家店门已关上了。

两人尽默默的在马路上走。后面的一个穿着一套半旧的夏布洋服,前面的穿着不流行的白纺绸长衫。他们两个原是朋友,穿洋服的是在访一个同乡的归途,穿长衫的是从一个将赴美国的同志那里回来,二人系在马路上偶然遇着的。二人都是失业者。

"你上哪里去?"

走了一段,穿洋服的问穿长衫的说。

穿长衫的没有回话,默默的走了一段,头也不朝转来,反问穿洋服的说:

"你上哪里去?"

穿洋服的也不回答,默默的尽沿了电车线路在那里走。二人正走到一处电车停留处,后面一乘回车库去的末次电车来了。穿长衫的立下来停了一停,等后面的穿洋服的。穿洋服的慢慢走到穿长衫的身边的时候,停下的电车又开出去了。

"你为什么不乘了这电车回去?"

穿长衫的问穿洋服的说。穿洋服的不答,却脚也不停慢慢的向前走了,穿长衫的就在后面跟着。

二人走到一处三叉路口了。穿洋服的立下来停了一停。穿长衫的走近了穿洋服的身边,脚也不停下来,仍复慢慢的前进。穿洋服的一边跟着,一边问说:

"你为什么不进这叉路回去?"

二人默默的前去,他们的影子渐渐儿离三叉路口远了下去,小了下去。过了一忽,他们的影子就完全被夜气吞没了。三叉路口,落了天风,转起了一阵黄沙。比较狂猛的风,呜呜的在高处响着。一乘汽车来了,三叉路口又转起了一阵黄沙。这是立秋的晚上。

八月八日夜十二时

# 印人张斯仁先生

篆刻是中国特有的一种艺术，不是懂得中国文字历史意义的人，也不会懂得篆刻的意义。

古今印史中说："夫印者，所以示信传后也；善则传，不善则否。知此，则知所以修身矣。"所以从事篆刻的人，和用印的人，都要有人格作背景，然后其印能传，这印也方有意义；这是和中国的书法是一样的。譬如岳武穆写的字，或用过的章，传到现在，当然是我们的国宝了。倘使是秦桧的书法，或秦桧所刻所用的印章，即使现在还有，我想也是没有一个人肯出重价来购而珍藏的。秦桧的诗词，或者也许有好的；但岳武穆的《满江红》词，却妇孺皆能歌唱。而秦桧的文字，传下来的，只有"莫须有"的一句口语，并且就连这句口语，也是因岳武穆而传的。

援此例而来讲篆刻，我们第一也须问这从事篆刻者的人格；我的想介绍印人张斯仁先生的本意，也就在这里。

梅县张斯仁先生，自幼就喜欢从金石录古名人印谱中摹学篆刻；及长，虽亦从事于商贾，然而其介如石，非义之财，是不屑取的。

抗战军兴，本于艺人有一技之长者，都应报国之义，张先生在荷属各地，曾刻印三千，全数助赈，现在到了新加坡，他也正在作刻印助赈的盛举。

我虽则不懂书法，不懂篆刻，但对于李阳冰所说的："摹印之法有四，功侔造化，冥受鬼神，谓之神；笔墨之外，得微妙法，谓之奇；艺精于一，规方矩圆，谓之工；繁简相参，布置不紊，谓之巧。"这四法，倒也略能领得他的大意。神奇二字，如香象渡河，羚羊挂角，说近玄妙，自是程度的问题；我对张先生所刻的印章，还不敢具体地说，到了怎么样的境界；可是他的工妙，我想是看过他刻印，或见过他所刻的印的人，都应该承认的。

张先生自己也说："每当工作时，犹如身临大敌，觉得一股抑郁不平之气，尽会聚在铁笔的尖锋，凝神运气，愈刻愈觉得有劲儿。"这是力的表现，也就是强敌侵凌我国的这时代精神的反映。

在星洲，讲究篆刻的人，恐怕不多。这一次，或者会负张先生的盛意，在星洲购印助赈者不如荷属各地那样的踊跃，也说不定；但无论如何，张先生的这一点一艺报国的热心，却可不问助赈的成绩如何，而使他不朽的。

在这一次民族解放的大战争中，领导我们作战的首领，与卫国捐躯的大小无名烈士，以及罄其所蓄之几角几分，来捐输国家的一无名苦力，在抗战建国的功勋史上，所占的是同样的地位。张先生的篆刻，是有与此同等的人格，在作他的背景的，他的印的传与不传，就可以从此地来下断语。

在这里过事夸扬的话，我可以不说，我只想把张先生的艺，和他的那一颗赤诚的心，介绍给星洲爱好篆刻的同人。

# "文人"

三月二十日，立委王昆仑氏，在重庆宴苏联作家及中国作家的席上，有人提议，联合起来，写一封信来给我的消息，早在香港报上见过。本坡的《星中报》，亦将此消息转载。诗是四句：莫道流离苦（老舍），天涯一客孤（沫若），举杯祝远道（昆仑），万里四行书（施谊）。施谊当然是孙师毅的另一写法。此外到席者，是苏联的作家费德连克（他也用了中国笔，写了"都问你好"的四字）。及米克拉舍夫斯基（他写的是"知己知彼，百战百胜"的两句孙子兵法）。这两位苏联作家竟能用中国的毛笔，写出这样的字（虽然是像初学会写字的小孩般的笔法）来，倒也真真难得。当日的列席者，还有一时传说已被敌人谋害的陈波儿、方殷、戈宝权、葛一虹、阳翰笙诸君。沫若在诗下，还写有几行短信：

> 达夫：诗上虽说你孤，其实你并不孤。今天在座的，都在思念你，全中国的青年朋友，都在思念你。你知道张资平的消息么？他竟糊涂到底了，可叹！

从这一张同人合写成的信中看来，我们可以知道，张资平在上海被敌人收买的事情，确是事实了。本来，我们是最不愿意听到认识的旧日友人，有这一种丧尽天良的行为的；譬如周作人的附逆，我们在初期，也每以为是不确，是敌人故意放造的谣言；但日久见人心，终于到了现在，也被证实是事实了。文化界而出这一种人，实在是中国人千古洗不掉的羞耻事，以春秋的笔法来下评语，他们该比被收买的土匪和政客，都应罪加一等。时穷节乃见，古人所说的非至岁寒，不能见松柏之坚贞，自是确语。所以，耳未听见过炮声，足未踏入过战地的许多文化人，只站在后方的后方，高喊着前进，或用尽心机，想打倒几个在同一区域中作同事的同人来献身手的，亦当以这些先例为前车之戒。能做一点实际工作，当远胜于专向同事作人身攻击等事，为益多多。

鲁迅也曾说过，既然是人，自然也要性交，若只拿住性交的一点，来攻击个人，则孔夫子有伯鱼。即使是圣到无以复加的圣人，恐怕日常生活，也是和我们这些庸人，相差无几的。

"文人无行"，是中国惯说的一句口头语；但我们应当晓得，无行的就不是文人，能说"失节事大，饿死事小"这话而实际做到的人，才是真正的文人。近则如洪承畴，远则如长乐老，他们何尝是文人，他们都不过是学过写字，读过书的政客罢了。至如远处在离敌人数千里外的异域，只以为月薪比自己多一点，生活比自己宽裕一点的同事，就是阻遏自己加薪前进的障碍，是敌寇，是汉奸，是一手压住世界命的魔鬼；像这样的文人，当然更不是文人了；因为这些人们，敌寇不来则已，敌寇若一到门，则首先去跪接称臣，高呼万岁的，也就是他们了；对这些而也称作文人，岂不是辱没了文人的正气，辱没了谢皋羽的西台。

因听到了故人而竟做了奸逆的丑事，所以一肚皮牢骚，无从发泄，即以我个人的境遇来说，老母在故乡殉国，胞兄在孤岛殉职，他们虽都不是文人，他们也都未曾在副刊上做过慷慨激昂的文章，或任意攻击过什么人，但我却很想以真正的文人来看他们，称他们是我的表率，是我的精神上的指导者。

我们的抗战,是还要继续下去的。这中间,自然更有许多花样出来,可以给我们叹赏,或给我们唾骂。我们只要抱住一点贞心,使用我们的双眼,静静地看,实在地干,到了最后胜利之日,便可以分辨出,究竟是谁强谁弱,谁真谁伪来了,现在所说的一切空话,究竟还都是无凭的呓语。

一九四〇年四月

# 悼诗人冯蕉衣

诗人冯蕉衣,和我本来是不认得的,到了星洲之后,他时常在《晨星》栏投稿,我也觉得他的诗富于热情,不过修辞似乎太过于堆砌。所以他投来的稿,我有时候也为他略改,有时候,就一字不易地为他发表。

经过了几月,他就时时来看我,我曾当面向他指出许多他的缺点。他听了之后,似乎也很能接受,近半年来,他的诗和散文,我觉得已经进步得多了。

在去年,他曾告诉我找到了一个教书的位置,说是待遇虽薄,但生活却安定了一点。过了半年,他又来看我,说是失业了。我也曾为他留过意,介绍过一个地方,但终因环境不佳,那个地方也不曾成功。以后他就一直的过着失业的生活,受尽了社会的虐待,这可从他最近的诗和散文中看出来。

我前月因脚痛不能行走的时候,曾托他为我上报馆来代过几天发稿看大版之劳。前二三月,他也曾和郭女士一道上我寓所来谈过许多闲天。但当双十节的晚上,王修慧君忽于深夜跑到报馆来告我以冯君的死耗的时候,我真疑他是在说谎。

但是十月十一日的早晨,我曾亲自送他入殓,亦曾亲自送他入土,向他棺上抛了最后饯别的一块土。

冯君当然是作故了。他的死,是极不自然的死,是直接受了社会的虐待,间接他系受了敌人侵略而致有此结果的死。

他还是一个纯真的人,没有染上社会腐化的恶习。他若是生在承平之世,富裕之家,是可以成为一个很忠实的抒情诗人的。但是侵略者不许他活,恶社会不许他活;致使这一位二十七岁的青年诗人,不得不饮泣吞声,长怀冤恨于地下。我们若想为冯君出气,若想为和冯君一样的诗人们谋出路,则第一当然要从打倒侵略者,与改良社会的两件工作来下手。

至于冯君的生平行事,和状貌言行,则有其他的许多知道他得更详细的人,在各自的文字里略说了,我可以不赘。

# 紫罗兰女士速写像题记

当国民革命军出师北伐之前，民国十四五年的时候，紫罗兰女士，就在广州登台唱粤曲了；那时候的她，总还不过是八九岁的一个孩子，圆圆的面孔，灵活的眼睛，清脆的喉咙。在当时，她正是革命策源地中一般爱听歌曲者的小偶像，她每每于革命纪念日，或盛大庆祝会开会的时候，登台助兴，唱些有革命性或文艺性的粤曲。在台下听的人，也大抵总是文化机关党政机关，或服役在国民革命军中的人物，如廖夫人何香凝女士，各军军长，黄埔军校的初数期的教官与学生，以及各级党部的青年革命家等，都是她的爱护者。

那时候，我们的几位朋友，也同在广州的中山大学里任教职，于白天教课或开会——当时的会，也实在真多——之余，自然也时时去倾听她的歌唱。虽然，粤语是我们这些外江佬所不懂，而粤曲的咿呀奥唉，也不是我们这些音乐门外汉所了解的。总之，紫罗兰小姐的名字，在当时已经喧传在五羊城里了。

其后的沧桑变革，真像是一部《廿五史》，不知道要从哪里谈起，乱丝一团，愈理只会得愈歧，倒还是不说的好。从那时候起一直到这一次抗日军兴，与这一九四一胜利年的到来，按之时日，这只有仅仅十五六个年头。然而这中间中国的社会与政治的激变，真可以说是从来历史上所罕有。

试想想在这样的一段的年月,与一重变易之后,远在长年如夏的这热带岛上,又忽漫相逢,而重见到了紫罗兰女士。这一位纯粹的艺人,在我们的脑里心里,当起一种怎么样的感觉?

　　紫罗兰女士的思想是前进了,艺术也精练了;无论在声乐方面,舞艺方面,量虽则增加得并不多,然而质却变进了不少。阔度高度,或许比前会减一点,但是深度却深到了不可以测摸。

　　所以在今年元旦的那一天,我们见到了之后,谈了一阵,使我顿生出了一种难言的恶惭,十五六年来,我则仍然是一故我,而她却已变成了一个晓得为国家民族竭尽全力的好国民。这一次她在马来亚各地,为筹赈而卖艺的所得,成绩也已经不少。但她又告诉了我以今后的决心;她说她将牺牲一切,而奉仕艺术。无论银幕也好,歌舞也好,文艺也好,她总想以全身心来体会,来学习;务必使艺术和社会,艺术和国家民族,能发生一同时并进的交关关系。

　　我也告诉了她以在这一时候,艺人报国的最简捷的径路。

　　她所寓的客舍,却巧也就是南侨筹赈总会所请来开画展的艺术大师刘海粟教授的住处,于是乎我就想起了殊途同归的爱国艺术家的总集会,拉了她去拜见海粟。这张速写,就是我请海粟教授随便拿起铅笔(并非画笔),在布纹信纸(也并非画纸)上画下来的几笔黑白的线条。虽则海粟教授因系游戏笔墨,不肯交我发表;但我则以为紫罗兰女士的神情已具。可以不必苛求了,绝代传神的画像,自然只能待诸异日,于抗战胜利,画具全备的时候。

# 刘海粟教授

刘海粟教授，这次自荷印应南侨筹赈总会之聘，来马来亚作筹赈的画展，一切经过情形，以及关于海粟教授过去在国际，在祖国的声誉和功绩等，已在各报副刊及新闻栏登载过多次，想早为读者诸君所洞悉。此地可以不必赘说。但因我和刘教授订交二十余年，略知其生平，故特简述数言，以志景慕。

刘教授于一八九六（光绪丙申）年二月初三，生于江苏武进；父刘家凤，系著名乡绅，母洪氏，实亮吉洪稚存先生之女孙。教授幼年，就喜欢书画，读书绳正书院，天才卓绝，与平常人不同。年十三，母洪氏去世，教授于悲痛之余，就只身走上海，誓与同志等献身艺术，好从艺术方面，来改革社会。

辛亥革命那年，教授才十六岁，于参加推翻清政府的革命工作之后，便与同志等创设上海美术学校。国人之对西洋艺术，渐加以认识，对于我国固有艺术，有力地加以光大与发扬，实皆不得不归功于教授之此举。

教授二十岁时，开个展于上海。陈列人体速写多幅，当时我国风气未开，许多卫道之士，就斥为异端者，而比之于洪水猛兽。"艺术叛徒"之名，自此时起，而郭沫若氏之题此四字相赠，半亦在笑社会之无稽。

当时日本帝国美术院刚始创立，教授被邀，以所作画陈列，日本画家如藤岛武二，桥本关雪辈，交口称誉。

民国十年，教授年二十六岁，应蔡元培氏约，去北京大学讲近代艺术，为一般青年学子所热烈拥护。嗣后再度游北京（民十二），亡命去日本（民十五），更于民国十八年衔国民政府之命赴欧洲考察美术，数度被选入法国秋季沙龙，在欧洲各国首都或讲演，或举行画展，以及数次奉命去德荷英法等国，主办中国画展；教授之名，遂喧传于欧美妇孺之口，而艺术大师之尊称，亦由法国美术批评家中的权威者奉赠过来了。

这是关于刘教授半生生活的极粗略的介绍，虽则挂一漏万，决不能写出教授的伟大于毫末，然即此而断，也就可以看出教授为我国家民族所争得的光荣，尤其是国际的荣誉。

法国诗人有一句豪语，叫作"人生是要死去的，诗王才可以不朽"；艺术家的每一幅艺术作品，其价值自然是可以和不朽的诗歌并存；诗王若是不朽的话，艺术界之王，当然也是不会死的，我在这里谨以"永久的生命"五字，奉赠给刘教授，作为祝教授这次画展开幕的礼品。

## 北国的微音

　　北国的寒宵，实在是沉闷得很，尤其是像我这样的不眠症者，更觉得春夜之长。似水的流年，过去真快，自从海船上别后，匆匆又换了年头。以岁月计算，虽则不过隔了五个足月，然而回想起来，我同你们在上海的历史，好像是隔世的生涯，去今已有几百年的样子。河畔冰开，江南草长，虫鱼鸟兽，各有阳春发动之心，而自称为动物中之灵长，自信为人类中的有思想者的我，依旧是奄奄待毙，没有方法消度今天，更没有雄心欢迎来日。几日前头，有一位日本的新闻记者，来访我的贫居。他问我"为什么要消沉到这个地步？"我问他"你何以不消沉，要从东城跑许多路特来访我？"他说"是为了职务。"我又问他"你的职务，是对谁的？"他说"我的职务，是对国家，对社会的。"我说"那么你就应该知道我的消沉也是对国家，对社会的。现在世上的国家是什么？社会是什么？尤其是我们中国？"他的来访的目的，本来是为问我对于日本对华文化事业的意见如何，中国将来的教育方针如何的，——他之所以来访者，一则因为我在某校里教书，二则因为我在日本住过十多年，或者对于某种事项，略有心得的缘故——后来听了我这一段诡辩，他也把职务丢开，谈了许多无关紧要的闲话走了。他走之后，我一个人衔了纸烟想想，觉得人类社会，毕竟是庸人自扰。什么国富兵强，什么和平共乐，都是一班野兽,于饱食之余,在暖梦里织出来的回文锦字。像我这样的生性,在我这样的境遇下的闲人,更有什么可想,什么可做呢?写到这里我又想起T君批评我的话来了,他说"某书的作者,嘲世骂俗,却落得一个牢骚派的美名。"实在我想T君的话,一点儿也不错。人若把我们的那些浅薄无聊的"徒然草",合在一处,加上一个牢骚派的名目,思欲抹杀而厌鄙之,倒反便宜了我们。因为我们的那些东西,本来是同身上的积垢,口中的吐气一样,不期然而然的发生表现出来的,那里配称作牢骚,更那里配称作派呢?我读到《歧路》,沫若,觉得你对于自家的艺术的虚视——这虚视两字,我也不知道妥当不妥当!或者用怀疑两字!比较得的切吧——也和我一样。不错不错,我这封信,是从友人宴会席上回来,读了《歧路》之后,拿起笔来写的。我写这一封信的动机,原是想和你们谈谈我对于《歧路》的感想的呀!

沫若!我觉得人生一切都是虚幻,真真实在的,只有你说的"凄切的孤单",倒是我们人类从生到死味觉得到的唯一的一道实味。就是京沪报章上,为了金钱或者想建筑自家的名誉的缘故,在那里含了敌意,做文章攻击你的人,我仔细替他们一想,觉得他们也在感着这凄切的孤独。唯其感到孤独,所以他们只好做些文章来卖一点金钱,或者竟牺牲了你来博一点小小的名誉,毕竟他们还是人,还是我们的同类,这"孤单"的感觉,终究是逃不了的,所以他们的文章里最含恶意,攻击你最甚的处所,便是他们的孤独感表现得最切的地方。名利的争夺,欲牺牲他人而建立自己的恶心,——简单点说,就说生存竞争吧——依我看来,都是由这"孤单"的感觉催发出来的。人生的实际,既个外乎这"孤单"的感觉,那么表现人生的艺术,当然也不外乎此,因此我近来对于艺术的意见和评价,都和从前不同了。我觉得艺术并没有十分可以推崇的地方,她和人生的一切,也没有什么特异有区别的地方。努力于艺术，献身于艺术，也不须有特别的表现。牢牢捉住了这"孤单"的感觉，细细地玩味，由他写成诗歌小说也好，制成音乐美术品也好，或者竟不写在纸上，不画在布上壁上，不雕在白石上，不奏在乐器上，什么也不表现出来，只教他能够细细的玩味这"孤单"的感觉，便是绝好的"创造"。

仿吾！这一段无聊的废话，你看对不对？我在写这封信之先，刚从一位朋友处的宴会回来，席上遇见了许多在日本和你同科的自然科学家。他们都已经成了富者，现在是资本家了。我夹在这些衣狐裘者的老同学中间，当然觉得十分的孤独，然而看看他们挟了皮箧，奔走不宁的行动，好像他们也有些在觉得人生的孤寂的样子。我前边不是说过了么？唯其感到孤寂，所以要席不遑暖的去追求名利。然而究竟我不是他们，所以我这主观的推测，也许是错了的。

我现在因为抱有这一种感想，所以什么东西也写不下来，什么东西也不愿意拿来看读。有时候要想玩味这"凄切的孤单"，在日斜的午后，老跑出城外去独步。这里城外多是黄沙的田野，有几处也有清溪断壁，绝似日本郊外未开辟之先的代代木新宿等处。不过这里一堆一堆的黄土小冢，和有钱的人家的白杨松树的坟茔很多，感视少微与日本不同一点。今晚在宴会的席上，在许多鸿儒谈笑的中间，我胸中的感觉，同在这样的白杨衰草的坟地里漫步时一样。不过有一点我觉得比从前进步了。从前我和境遇比我美满的朋友——实际上除你们几个人之外，那一个境遇比我不美满？——相处，老要起一种感伤，有时竟会滴下泪来。现在非但眼泪不会滴下来，并且也能如他们一样的举起箸来取菜，提起杯来喝酒。不过从前的那一种喜欢谈话的冲动，现在没有了。他们入座，我也就坐，他们吃菜，我也吃菜。劝我喝酒，我就喝，干杯就干杯。席散了，我就回来。雇车雇不着，就慢慢的在黄昏的街道上走。同席者的汽车马车,从我身边过去的时候,他们从车中和我点头,我也回点一头。他们不点头,我也让他们的车子过去,横竖是在后头跟走几步,他们的车子就可以老远的上我前头去的,所以无避入叉路上去的必要。还有一点和从前不同的地方,就是我默默的坐在那里,他们来要求我猜拳的时候,我总笑笑,摇摇头,举起杯来喝一杯酒,教他们去要求坐在我下面的一个人猜。近来喝酒也喝不大醉,醉了也不过默默的走回家来坐坐,吸吸烟,倒点茶喝喝。

今晚的宴会,散得很早,我回家来吸吸烟喝喝茶,觉得还睡不着,所以又拿出了周报的《歧路》来看。沫若!大卫生的诗,实在是做得不坏,不过你的几行诗,我也很喜欢念。你的小孩的那个两脚没有的洋囝,我说还是包包好,寄到日本去吧!回头他们去买一个新的时候,怕又要破费几角钱哩。

昨天一个朋友来说他读到《歧路》,真的眼泪出了。我劝他小心些,这句话不要说出来教人家听见,恐怕有人要说他的眼泪不值钱。他说近来他也感染了一种感伤病,不晓得怎么的感情好像回返小孩子时代去了。说到这里,他忽而眼圈又红了起来叫我一声:"达夫!我……我可惜没有钱……"我也对他呆看了半晌,后来他一句话也不说,立起身来就走,我也默默的送他出门去了。(这样的朋友,上我这里来的很多。他们近来知道了我的脾气,来的时候,艺术也不谈了,我的几篇无聊的作品和周报季刊的事情也不提起了。有几次我们真有主客两人相对,默默而过半点钟的时候。像这样的 Pause 的中间,我觉得我的精神上最感得满足。因为有客人在前头,我一时可以不被那一种独坐时常想出来的无聊的空虚思想所侵蚀,而一边这来客又不在言语,我的听取对话和预备回答的那些麻烦注意可以省去。)不过,沫若!我说你那一篇《歧路》写得很可惜,你若不写出来,你至少可以在那一种浓厚的孤独感里浸润好几天。现在写出了之后,我怕你的那一种"凄切的孤单"之感,要减少了吧?

仿吾!我说你还是保守着独身主义,不要想结婚的好!恐怕你若结了婚,一时要失掉你的这孤独之感。而这孤独之感,依我说来,便是艺术的酵素,或者竟可以说是艺术本身。所以你若结了婚,怕一时要与艺术违离。讲到这里我怕你要反问我"那么你们呢?你和沫若呢?"是的,我和沫若是一时与艺术离异过的,不过现在我们已经恢复了原来的孤独罢了。……

嗳!嗳!不知不觉,已经写到午前三点钟了。

仿吾!沫若!要想写的话,是写不完的,我迟早还是弄几个车钱到上海来一次吧!大约我在北京打算只住到六月,暑假以后,我怎么也要设法回浙江去实行我的乡居的宿愿。若在最近的时期中弄不到车钱,不能够到上海来,那么我们等六月里再见吧!

一九二三年,三月七日午前三时

# 读上海一百三十一号的《文学》而作

　　自从去年十月从上海到北京以后，只觉得生趣萧条，麻木性的忧郁症，日甚一日，近来除了和几个知心的朋友，讲几句不相干的笑话时，脸上的筋肉，有些宽弛紧张的变化外，什么感情也没有，什么思想也没有。尤其是天气很热的现在，晚上不能睡觉，白天不能吃饭，天天只是懒惰无为，在树荫下对了一块大冰在这里消磨时日。近几个月来，相识和不相识的朋友给我的信，总有一大堆了，我到今日，还没有写过一封复信。不相识的朋友们，我想一定在那里怨我，说我摆臭架子。不过我说："朋友们，你们别怨我吧！我连自家南方家里的女人小孩，一别数月，到如今还没有给她们只言片语，我实在是因为消沉到了极顶，懒得动手，并不是在摆什么架子呀，请你们恕我，……恕我。"相识的朋友们，我想起来更觉得十分对不起。前几天从上海转来一封老同学的信，信里竟问我究竟是死了呢，还是依然活着。别的人却不必说，就说张资平吧，我同他在日本火车站上吃了一次夜饭别后，到而今将及三载，非但长信不通，就是年头年尾，连一张贺圣诞新年的明片也不曾写过。沫若仿吾去年送我上船到北京来以后，我只发了三四次的信给他们，其中除了一二封专讲金钱琐事的通信之外，好像有一二封信在周报上登载过了。其后沫若去日本，仿吾往广东，我到今日还没有一封信寄给他们。

我做的东西，总是拖泥带水，好像醉汉谈天，弄不明白，实是恨事。在作这篇杂谈之先，本想简单明了的说几句话，但是拿起笔来，又写入了叉路，罪过罪过。

总之，"像这样的坠入了麻木状态中的我，对于近来国内的刊物，什么也不看"的这一句话，是使萌发上面那一段冗长的空话的引力。所以从头说起，再来说一句"……我对于近来国内的刊物，什么也不看。"前几天有几个青年朋友，上我这里来，说到沫若，他们问我："近来文学研究会又在攻击你们，你看见了没有？"我当时只笑了一笑说："他们真有兴致。"他们又问我："你当时的那种勇气，何以没有了呢？"我因为前一晚刚看了《打渔杀家》，所以学了须生的喉音说给他们听说："老夫壮日，听到打架二字，犹如小孩子穿新鞋，如今是老了，不打架了！"惹得他们一场大笑。过了几天，又有一位朋友送了几张上海的《文学》来，我才知道这一次的打架，系自一位姓梁的攻击沫若仿吾之文学，而文后又由《文学》的编者加上了些连讥带讽的按语。若在二三年前，怕我看了这段按语，就要做一篇很刻薄的文章来骂骂这个编者，但是现在心灰意颓，连紧要的书札都不愿意答复，更哪里有心思来做这闹意气的文字。并且近年来因为要吃饭的原因，在社会上混了几年，对于这编者的不得不加这几句按语的苦衷，也很能了解，所以看完之后，也不过点头微笑了一笑。今天又有一位朋友寄了一张一百三十一号的《文学》来给我，我看了沫若的通信和那编者的不晓是按语呢还是宣言（？），一边起了一种对沫若的不可抑遏的怀旧之情，一边我想劝劝《文学》的十二个编者——究竟这十二个编者是谁，我现在也不明白——不必这样的动气。人生五十年，好快活懒惰便落得快活懒惰，天气很热，何必这样的动气呢？沫若是一个正直的人，他素来不喜欢含糊影射，这一点是他在《创造》季刊、周报上屡次说过的。他所揭发的一般编辑者的罪状，并不是专为你们而发，请你们不必那样生气。至于要他举出事实来证明，更是一件不可能的事情。因为人身攻击，举发阴私，是上海的一般新闻记者中的败类想敲人家竹杠时的行为，沫若受过高等教育，并且素以忠厚待人，像这样的新闻记者的败类的行为，他是决不干的。君子爱人以德，你们十二位君子难道一定要沫若把事实举出来，教他变成一个败类么？说到借刀杀人一层，我想这事情的确是有的，打鼓骂曹——我很喜欢听戏，所以不知不觉就要用出戏台上的典故来，请你们不要笑我的趣味粗俗——的那位先生，不是被曹操借刀杀了么？你们辩明说，这一回姓梁的并不是你们借的刀，我也很愿意相信。不过后面你们说姓梁的是仿吾沫若的好友，这未免太可怜了。因为果你们所说，那么姓梁的要变成一个卖朋友的奸人，这事太对姓梁的不起，我不得不为他声明一句。我在上海和沫若仿吾同住的时候，来访我们的青年朋友虽则很多，但从来没有过梁君。梁君也许于我北来之后，去访问过他们，所以我要为梁君说明，沫若仿吾和他的交情有没有原不敢断说，但即使有交情也一定不很深的。《通信》按语的末了一段说的仙人寓言，我非常佩服，实在我们的过失，是自己不知道的居多，譬如沈雁冰君郑振铎君若知道自家的错处，那么就不会印出这许多翻译来了。譬如我若知道自家的错处，那么那些浅薄无聊的，黑幕派不像黑幕派，颓废派不像颓废派的小说也不会做了。我前一月和土剑三君讨论翻译的时候，记得还说过一句话："错误是常事"，我们不是菩萨，谁也免不了过失，不过小心一点，可免掉太逸常轨的过失罢了。但是像我近来的生活状态，若再拖捱下去，恐怕连小小的过失都可以免掉，因为什么文章也不做，什么话也不讲，只是关门坐在家里，除非是天上来的奇祸，可以惹上我的身来，此外恐怕什么过失，都可以减少。

最后我还要劝劝《文学》的十二位编者，不要那么着急，沫若仿吾并不是坏人。啊啊!我在这样的写这篇文字,沫若!不晓得你是睡在箱崎海岸的草舍里呢还是飘泊在东京大阪?仿吾:你总该睡了吧,现在鸡正叫着哩!

七月二十五日午前四时

# 一个人在途上

在东车站的长廊下和女人分开以后,自家又剩了孤零丁的一个。频年飘泊惯的两口儿,这一回的离散,倒也算不得什么特别。可是端午节那天,龙儿刚死,到这时候北京城里虽已起了秋风,但是计算起来,去儿子的死期,究竟还只有一百来天。在车座里,稍稍把意识恢复转来的时候,自家就想起了卢骚晚年的作品《孤独散步者的梦想》头上的几句话:

  自家除了己身以外,已经没有弟兄,没有邻人,没有朋友,没有社会了。自家在这世上,像这样的,已经成了一个孤独者了。……

然而当年的卢骚还有弃养在孤儿院内的五个儿子,而我自己哩,连一个抚育到五岁的儿子都还抓不住!

离家的远别,本来也只为想养活妻儿。去年在某大学的被逐,是万料不到的事情。其后兵乱迭起,交通阻绝,当寒冬的十月,会病倒在沪上,也是谁也料想不到的。今年二月,好容易到得南方,静息了一年之半,谁知这刚养得出趣的龙儿,又会遭此凶疾呢?

龙儿的病报,本是在广州得着,匆促北航,到了上海,接连接了几个北京来的电报。换船到天津，已经是旧历的五月初十。到家之夜，一见了门上的白纸条儿，心里已经是跳得忙乱，从苍茫的暮色里赶到哥哥家中，见了衰病的她，因为在大众之前，勉强将感情压住。草草吃了夜饭，上床就寝，把电灯一灭，两人只有紧抱的痛哭，痛哭，痛哭，只是痛哭，气也换不过来，更哪里有说一句话的余裕？

受苦的时间，的确脱煞过去得太悠徐，今年的夏季，只是悲叹的连续。晚上上床，两口儿，哪敢提一句话？可怜这两个迷散的灵心，在电灯灭黑的黝暗里，所摸走的荒路，每凑集在一条线上，这路的交叉点里，只有一块小小的墓碑，墓碑上只有"龙儿之墓"的四个红字。

妻儿因为在浙江老家内不能和母亲同住，不得已而搬往北京当时我在寄食的哥哥家去，是去年的四月中旬。那时候龙儿正长得肥满可爱，一举一动，处处教人欢喜。到了五月初，从某地回京，觉得哥哥家太狭小，就在什刹海的北岸，租定了一间渺小的住宅。夫妻两个，日日和龙儿伴乐，闲时也常在北海的荷花深处，及门前的杨柳阴中带龙儿去走走。这一年的暑假，总算过得最快乐，最闲适。

秋风吹叶落的时候，别了龙儿和女人，再上某地大学去为朋友帮忙，当时他们俩还往西车站去送我来哩！这是去年秋晚的事情，想起来还同昨日的情形一样。

过了一月，某地的学校里发生事情，又回京了一次，在什刹海小住了两星期，本来打算不再出京了，然碍于朋友的面子，又不得不于一天寒风刺骨的黄昏，上西车站去趁车。这时候因为怕龙儿要哭，自己和女人，吃过晚饭，便只说要往哥哥家里去，只许他送我们到门口，记得那一天晚上他一个人和老妈子立在门口，等我们俩去了好远，还"爸爸！""爸爸！"的叫了好几声。啊啊，这几声的呼唤，便是我在这世上听到的他叫我的最后的声音！

出京之后，到某地住了一宵，就匆促逃往上海。接续便染了病，遇了强盗辈的争夺政权，其后赴南方暂住，一直到今年的五月，才返北京。

想起来，龙儿实在是一个填债的儿子，是当乱离困厄的这几年中间，特来安慰我和他娘的愁闷的使者！

自从他在安庆生落地以来，我自己没有一天脱离过苦闷，没有一处安住到五个月以上。我的女人，也和我分担着十字架的重负，只是东西南北的奔波飘泊。然当日夜难安，悲苦得不了的时候，只教他的笑脸一开，女人和我，就可以把一切穷愁，丢在脑后。而今年五月初十待我赶到北京的时候，他的尸体，早已在妙光阁的广谊园地下躺着了。

他的病，说是脑膜炎。自从得病之日起，一直到旧历端午节的午时绝命的时候止，中间经过有一个多月的光景。平时被我们宠坏了的他，听说此番病里，却乖顺得非常。叫他吃药，他就大口的吃，叫他用冰枕，他就很柔顺的躺上。病后还能说话的时候，只问他的娘："爸爸几时回来？""爸爸在上海为我定做的小皮鞋，已经做好了没有？"我的女人，于惑乱之余，每幽幽的问他："龙！你晓得你这一场病，会不会死的？"他老是很不愿意的回答说："那儿会死的哩？"据女人含泪的告诉我说，他的谈吐，绝不似一个五岁的小儿。

未病之前一个月的时候，有一天午后他在门口玩耍，看见西面来了一乘马车，马车里坐着一个戴灰白色帽子的青年。他远远看见，就急忙丢下了伴侣，跑进屋里去叫他娘出来，说："爸爸回来了，爸爸回来了！"因为我去年离京时所戴的，是一样的一顶白灰呢帽。他娘跟他出来到门前，马车已经过去了，他就死劲的拉住了他娘，哭喊着说："爸爸怎么不家来呀？爸爸怎么不家来呀？"

他娘说慰了半天,他还尽是哭着,这也是他娘含泪和我说的,现在回想起来,自己实在不该抛弃了他们,一个人在外面流荡,致使他那小小的心灵,常有望远思亲之痛。

去年六月,搬往什刹海之后,有一次我们在堤上散步,因为他看见了人家的汽车,硬是哭着要坐,被我痛打了一顿。又有一次,也是因为要穿洋服,受了我的毒打。这实在只能怪我做父亲的没有能力,不能做洋服给他穿,雇汽车给他坐。早知他要这样的早死,我就是典当强劫,也应该去弄一点钱来,满足他的无邪的欲望,到现在追想起来,实在觉得对他不起,实在是我太无容人之量了。

我女人说,濒死的前五天,在病院里,叫了几夜的爸爸!她问他:"叫爸爸干什么?"他又不响了,停一会儿,就又再叫起来,到了旧历五月初三日,他已入了昏迷状态,医师替他抽骨髓,他只会直叫一声"干吗?"喉头的气管,咯咯在抽咽,眼睛只往上吊送,口头流些白沫,然而一口气总不肯断。他娘哭叫几声"龙!龙!"他的眼角上,就会迸流下眼泪出来,后来他娘看他苦得难过,倒对他说:

"龙!你若是没有命的,就好好的去吧!你是不是想等爸爸回来?就是你爸爸回来,也不过是这样的替你医治罢了。龙!你有什么不了的心愿呢?龙!与其这样的抽咽受苦,你还不如快快的去吧!"

他听了这一段话,眼角上的眼泪,更是涌流得厉害。到了旧历端午节的午时,他竟等不着我的回来,终于断气了。

丧葬之后,女人搬往哥哥家里,暂住了几天。我于五月十日晚上,下车赶到什刹海的寓宅,打门打了半天,没有应声。后来抬头一看,才见了一张告示邮差送信的白纸条。

自从龙儿生病以后连日连夜看护久已倦了的她,又那里经得起最后的这一个打击?自己当到京之夜,见了她的衰容,见了她的泪眼,又哪里能够不痛哭呢!

在哥哥家里小住了两三天,我因为想追求龙儿生前的遗迹,一定要女人和我仍复搬回什刹海的住宅去住它一两个月。

搬回去那天,一进上屋的门,就见了一张被他玩破的今年正月里的花灯。听说这张花灯,是南城大姨妈送他的,因为他自家烧破了一个窟窿,他还哭过好几次来的。

其次,便是上房里砖上的几堆烧纸钱的痕迹!系当他下殓时烧的。

院子里有一架葡萄,两棵枣树,去年采取葡萄枣子的时候,他站在树下,兜起了大褂,仰头在看树上的我。我摘取一颗,丢入了他的大褂兜里,他的哄笑声,要继续到三五分钟。今年这两棵枣树,结满了青青的枣子,风起的半夜里,老有熟极的枣子辞枝自落。女人和我,睡在床上,有时候且哭且谈,总要到更深人静,方能入睡。在这样的幽幽的谈话中间,最怕听的,就是这滴答的坠枣之声。

到京的第二日,和女人去看他的坟墓。先在一家南纸铺里买了许多冥府的钞票,预备去烧送给他。直到到了妙光阁的广谊园茔地门前,她方从呜咽里清醒过来,说:"这是钞票,他一个小孩如何用得呢?"就又回车转来,到琉璃厂去买了些有孔的纸钱。她在坟前哭了一阵,把纸钱钞票烧化的时候,却叫着说:

"龙!这一堆是钞票,你收在那里,待长大了的时候再用,要买什么,你先拿这一堆钱去用吧!"

这一天在他的坟上坐着,我们直到午后七点,太阳平西的时候,才回家来。临走的时候,他娘还哭叫着说:

"龙!龙!你一个人在这里不怕冷静的么?龙!龙!人家若来欺你,你晚上来告诉娘吧!你怎么不想回来了呢?你怎么梦也不来托一个呢?"

　　箱子里,还有许多散放着的他的小衣服。今年北京的天气,到七月中旬,已经是很冷了。当微凉的早晚,我们俩都想换上几件夹衣,然而因为怕见到他旧时的夹衣袍袜,我们俩却尽是一天一天的挨着,谁也不说出口来,说"要换上件夹衫"。

　　有一次和女人在那里睡午觉,她骤然从床上坐了起来,鞋也不拖,光着袜子,跑上了上房起坐室里,并且更掀帘跑上外面院子里去。我也莫名其妙跟着她跑到外面的时候,只见她在那里四面找寻什么。找寻不着,呆立了一会,她忽然放声哭了起来,并且抱住了我急急的追问说:"你听不听见?你听不听见?"哭完之后,她才告诉我说,在半醒半睡的中间,她听见"娘!娘!"的叫了两声,的确是龙的声音,她很坚定的说:"的确是龙回来了。"

　　北京的朋友亲戚,为安慰我们起见,今年夏天常请我们俩去吃饭听戏,她老不愿意和我同去,因为去年的六月,我们无论上那里去玩,龙儿是常和我们在一处的。

　　今年的一个暑假,就是这样的,在悲叹和幻梦的中间消逝了。

　　这一回南方来催我就道的信,过于匆促,出发之前,我觉得还有一件大事情没有做了。

　　中秋节前新搬了家,为修理房屋,部署杂事,就忙了一个星期。出发之前,又因了种种琐事,不能抽出空来,再上龙儿的坟地里去探望一回。女人上东车站来送我上车的时候,我心里尽是酸一阵痛一阵的在回念这一件恨事。有好几次想和她说出来,教她于两三日后再往妙光阁去探望一趟,但见了她的憔悴尽的颜色,和苦忍住的凄楚,又终于一句话也没有讲成。

　　现在去北京远了,去龙儿更远了,自家只一个人,只是孤零丁的一个人。在这里继续此生中大约是完不了的飘泊。

一九二六年十月五日在上海旅馆内

# 打听诗人的消息

　　死了的人,总是好人,死者的遗稿,总是杰作。近来上海有许多人,在介绍白采的生平和他的诗歌小说,我也很抱同感,因为白采的死,的确是可怜得很,是值得同情的。同时北京也有许多人,在吊刘梦苇,忆刘梦苇,怀刘梦苇,我也为他伤心,因为他死得太年轻,若是不死,将来的成就,或者是很大很大,可以敌过西欧的许多诗人的。这两位诗人,死是的确死了,哭他们的人,也是无泪不洒了,现在只有一位天台诗人王以仁,出家已及半载,生死未卜,而吊他怀他,打听他消息的人,只有一个许杰。以仁大约是交游不广,习气太深,所以他出门六七个月,社会上仿佛是已经可以不再要他来充四万万数目里边的一个样子。我与他,本来有一面之识,并且和他两位朋友许杰和陈震也很熟悉,所以在此地,很想怀一怀他,来打听他一个下落。据他自己说来,他对于我的文章,颇有嗜痂之癖,现在我这里写文章纪念他,追怀他,由神经过敏的人看来,不免要疑我在自吹自捧,然而实际上,我对于我自家的作品,最不满意。对于模仿我的文章的人,我心里虽是爱护他们,但实际上对于他们的作品,或者比对于自家的,更要不满意一点。这一层心理,请大家翻开英国小说杂论家 H. G. Wells——这一位先生的作品,我是不欢喜的——序 G. Gissing 的崇拜者 Erank Swrnnerton 的小说 *Nocturne* 的一段短文来看的时候,就可以明白。Wells 的作品,我虽则不喜欢,但他做的那一篇序文,却赤裸裸地把老作家导引新进作家的心理写出,当时我读了很觉得感佩。区区小子当然不敢以老作家自居,以年龄和成就的工作说来,我们都还是在门外的学习者,而以仁也不必要我来推荐,他的真价,早已有人认识了,可是在互吹互捧很流行的现在中国文坛上,这一点也不得不预先留意,特地申明。

废话说完了,再来说正经的事情。王以仁的和我相见,是在去年的春季——或者以前也已经见过,但记不清了——他的面孔黄瘦,像一张营养不良的莱叶。头发大约有好几个月不剪了,蓬蓬的乱覆在额前。穿的是一件青洋布半新大褂,样子很落拓,但态度很骄傲。当时我也不晓得他对我有没有敌意,不过一种 Affectation 的气焰,却盛不可当。我平时对人,老有一种自卑狂,心里总在怦怦跳着,所以看了他这一副样子,一时竟面红耳赤,说不出话来。后来谈了半点钟天,他告辞走了,我送他到门前,一看天灰暗,仿佛将要下雨的样子,心里倒为他担忧不少。在此地,我又要申明一句,长虹在《狂飙》上仿佛在说我,说我外恭内倨,这实在是他的偏见。因为我久惯疏懒,见了人之后,每容易忘掉,但在对面的时候,却还有满腔的热情在胸中沸涌,可以肝胆相照,可以忘年忘体,不过这一种热情,在一二日之后,就要消失,所以有许多见过我几次的小朋友,都说我第一个印象很好,以后便愈见愈糟。那一天我送以仁出去,看了暗沉沉的天色,的确为他担忧不少,可是过了几天之后,我老实说,也完全把他丢在脑后,把他忘了。

暑假中,我又因南行之便,在上海住了几天,这时候就遇见了许杰,他把以仁一个月前头,因为失业失恋的结果,穿了一件夏布长衫,拿了两块洋钱,出家匿迹的事情,告诉了我。并且托我到广州以后,也为他留意,打听打听他的消息。我到广州以后,不意中遇见了陈震,他说以仁的确是死了。

这一回回到上海来，又遇见了许杰，并且看见了他在一个小周刊上探访以仁的下落的很 Sentimental 的广告，我一时也觉得心动，颇想帮许杰找找这一位生死未卜的诗人。我记得在北京的时候，曾经在报上看见过一个寻人的广告，词句很短，但很有效力，原文是："三弟！你回来！事情已经解决，娘在哭你，兄××启。"这一个广告，登了两天，就不见了，所以我猜想这一位三弟，一定是见了这广告而回到他的娘身边去了，我想到了这里，就想教许杰到《申报》或《新闻报》去同样的登登广告看，可是事情已经过去了半年，或者以仁不至于天天在看报，并且我和许杰，都是很穷，不能为他出这一笔广告费，所以末了又只好暂且搁起。

现在上海发生了空前的大虐杀，有许多人在路上行走，无缘无故的会被军人一刀劈死。甚而至于三四岁的小孩，因为在街上抢看了一张传单，就会杀头，剪发的女子，一走到中国地界，她们的脖子都会被大刀砍掉。所以报上，又有许多寻人的广告出现了。我看了这些寻人的广告，就又想起了以仁。他的生死，虽则未卜，虽则有人证据确凿的在说他死了，但我们总还想寻寻他看，就譬如有许多住在上海租界的老母贤妻，亲朋戚友，在盼望他们的很柔和而从来没有犯过法的儿子男人朋友的回来一样。听说这一次在上海无故被军人虐杀的二百多平和的市民，都是身首分离，不能分辨的。可是以仁并不在上海，即使死了，也应该有人认得他出来，若有人能够把他的行动或死所，详细的报告报告我，我纵没有几百块的酬金给他，但我想至少至少，有他老母的两滴眼泪和我与许杰的一回很热烈感谢，可以献给这位报告我们的先生，以后永远和他结为朋友。或者以仁，你自家看见了这篇文章的时候，也请你写信来，好教大家放心。你的诗《落花曲》，我在此地为你发表了，你若还没有死，我以后还要请你做稿子哩。

一九二七年二月二十日

# 沪战中的生活

一月二十八日,是阴晴的天气。我因为前夜看书看到了深夜,似乎感受了风寒,所以在那一天,竟在床上睡了一整天没有起来。

晚饭后有友人来谈,便一同出去上一家新故的友人的家里,大家又聚谈到了夜半,其中有一位朋友,是住在江湾的车站近旁的。

谈话的资料,当然是关于日本帝国主义者侵掠中国的问题。大家都以为日本帝国主义的侵掠,在现一阶段里当然只限于与二十一条条件有关的几省,这一次对于上海的威胁最后通牒,总不会发生什么事情的。因为一,南京政府已表示了完全的屈服,条件都已经承认了;二,实际上有许多抗日的机关,和国民党的报纸,都遵命封闭了,相打而没有对手——对手是有的,可只是些没有组织与没有武器的民众——当然是不至于发生冲突的。况且在这一天最后通牒满限的下午,虹口日本人住得最多的一带地域里,日本海军陆战队本部,并已经发出了安民的告示,说中国政府完全承认了最后通牒里所要求的条件,在上海已经不会发生战斗行为了,教居民不要自相惊扰,尽管大着胆,安居乐业好了。

这一晚,大家谈谈说说,竟坐到了十二点钟过后,方才走散。因为各人的住所,都偏近在沪西的一隅,所以在回家来的路上,还没有听到什么枪声。但等我在床上睡定,拿了一册新到的外国杂志，正想打开来在枕上阅读的时候，从窗外面的大道上却传进了许多乱杂的机器脚踏车汽车的轮步声来。这倒也不去管它，到了睡后醒来的午前两三点的时候，情形可不对了，于这些传令兵的机器脚踏车声之外，在暗黑的空中又听出了许多飞机的推进机声来。同在恶梦里似的又昏睡了三四个钟头，早晨起来一看，果然闸北天通庵一带中日两军已经开火了。《时报》上的"我军大胜"的四个红字，竟激动了全市民众的脑筋，仆仆仆仆的机枪声，拍拍拍的来福枪声，更打醒了租界上三百万居民的迷梦。

此后就是飞机炸弹，大炮机枪，火光烟焰，难民兵车的混合场面。谣言蜂起，百事中断，在一夜的中间，上海就变成了被恐怖所压倒的阿鼻地狱。

二十九日，是一天晴天。我也兴奋得什么事情都不能做；从自己的经验想来，高坐在南京的景阳宫里，只在呼喊着镇静镇静的那些王侯将相，大约是因为没有身受着炮火的威胁之故。这一天在巷头街上，都是三五成群的市民的空谈高噪。言语中总脱不了打仗的两字，消息总只是十九路军的英勇和东洋人的惨酷无道，但是关于实际的战争情形，却一点儿也没有确实的报告。只有从接连不断的难民连索中间一人两人的口中所说出的恐怖状态，和飞满在天空的烟焰炮声，总算是唯一的事实断片。这一天，我也在马路上和一位朋友走了一个下午。

我们且走且谈且梦想，下面的许多主张和应有的猜度，仿佛是已经实现了的事实，中国因此一战，仿佛是已经成了世界的最先进最强而有力的社会主义的国家似的：

——十九路军可以直冲到租界上来。

——租界，不平等条约，以及帝国主义者们加在中国人身上的一切枷锁，立时斩断了就对。

——上海的中国住民有三百万，帝国主义者的军队及住民，合计起来,也不上十万,大家拼起命来,还怕什么?

——今晚电灯自来水交通机关、华捕以及在帝国主义者门下服务的中国人,大约总须全体总罢工。租界上一定会先来一个暴动。

——工人及一切无产者的党,一定已经下了动员令了,这样的好机会不利用,还待什么时候起来革命。

——是巴黎公社再现在东方的时期了。

——明朝就是中国×××在上海组织成立的日子。

——先以民众的肉弹来封锁住吴淞口岸,使帝国主义者的军队外不得进,里不得出。

——大家一定要起来,先围缴了巡捕房的械,然后再去夺驻在上海的帝国主义各国的兵士的军器。

——先和帝国主义者们算清了账,打倒了他们,再去肃清南京的帝国主义的走狗政府,是顶容易的一件事情。

——国际关系哩,美国对中国当然是没有领土的野心的。英国哩,有印度在。法国虽可以对日本与以财政上及军械上的资助,然而究竟是缓不济急,赶来不及的。欧洲各国,受着经济恐慌的直接影响,对于东方事情,哪里还能够来顾问。万一德法的法西斯蒂一动,意大利的黑色军队一出发,那么自然是第二次世界大战了,并不是中国一国的事情。况且美国的太平洋舰队,就是对日本的法西斯蒂野心家的一个最大威胁。

这样的兴奋着,高谈着,梦想着,我和那位朋友竟忘记了脚力的疲乏,从沪西一直走到了大马路的外滩,从外滩又走到了法界。在我们的周围前后,不消说是一样地在兴奋,在高谈,在梦想的三五成群的中国民众。两边的商店全罢了市,新闻纸,号外,标语,和不正确的谣言,飞满了全市。此外便是帝国主义或传令的兵车和调防的队伍,与难民的"出埃及"的长蛇大阵。而最奇怪的现象，是在租界的交通大道上，忽而不见了帝国主义者支配下的守卫的岗警；在这一天里，非但白色巡捕的面孔一张也不见，就是印度巡捕的硕大的黑体，也在街头巷尾，失去了踪影。东北的空中只是飞机声，枪声，火光，烟焰与叫号呼唤的声音。

这样的兴奋状态，一连继续了三五天。在头一日所梦想的种种事情，竟一件也没有发生。暴动并不起来，总罢工也没有消息，中国的军队也并没有冲到租界上来。这中间帝国主义者的军队愈来愈多，上海的戒严准备，也布置得水泄不通；虽则日日还听见大炮枪声，夜夜还看见大火满天，但是神经却已经麻木了。头一次的兴奋过后，大而无当的空想幻想，逐渐地消散了开去；我和几位日日来我这里吃饭谈天的从北四川路逃来的朋友，倒想起迫近在身边的实际事情来了，于是就去做了些探访住在战区里的许多不曾见到的朋友的事情。

其后便是在战期里的经济压迫的缓避计划，和一个没落小资产知识阶级所能做到的对于这次帝国主义者来侵的自卫态度和表示等工作了。

这中间有几位朋友便发起了许多反帝抗日的协会联盟等团体，我虽则没有积极去帮忙活动，但是出席的出席，介绍的介绍，总算也尽了一点毫无裨益的义务，而最觉得吃力不讨好的两件事情，便是在这战期里所做的两篇文字。

其一是为一个抗日反帝团体要出周刊之故，勉强写成的一篇不满千字的短文。当时是在美国那位浪漫技师萧脱刚在苏州阵亡之后，我对于他和中国政府的关系等并不明白——因为这是在他死后的第二日，各报并没有详细的记载，而他的究竟死否，也是没有证实——所以只说了些称颂他的义烈，与愤恨中国政府军队的不抵抗和阴谋的废话。并且正当这个时候，日本对十九路军所发的通牒，是在责难该军的不受中央政府的命令，说他们的行动，是等于匪军，日本帝国的军队，系受了中国中央政府之托，来替天行道，代某总司令来做剿匪的事情的。此外我还听到有许多日本的政客告诉我的中国当局者所干的卑劣无耻到极点的消息，故而在那一篇短文里竟没有说到世界的大势，和这一次日本来侵的国际背景与理论。更因为来催索那篇短文的朋友，简直是坐在客室里立等着般地在督促，所以写的时候，也将许多重要的议论抽了，只说了些梦话似的诗语。在这一种情形里写成的这篇短文，不提防竟于一个多月之后，才在那一个刊物的第一期上登了出来。大约是因为登在我那篇短文的前后的，都是些世界的名人如巴比斯、高尔基等的言论之故，故而登出来了以后，听说在该刊的编辑委员们中间，居然惹起了一个绝大的问题。诸位编辑委员先生，仿佛以为我在替某派捧场，所以才写那篇东西的；他们以为我对于世界的情势，简直是完全不懂的样子。他们的意见，我原也明白，可是由我说来，则他们对我那篇短文的解释，却是完全逸出了我的意料之外。我并不是说，这一回日本帝国主义的军队的来侵，完全是由中国的几个军阀所造成的，我不过说这是一个近因而已；至于世界帝国主义和共产主义的冲突，或不可避免的世界第二次大战的情势等抽象理论，则非但我这个从前也看过一点政治经济的书的人该有些一知半解的认识，我想就是××主义的党官，大约也该不会不知道得明明白白。

其二，是在战期里为经济所逼，用了最大的速力写出来的一篇小说《她是一个弱女子》。这小说的题材，我是在好几年前就想好了的，不过有许多细节和近事，是在这一次的沪战中，因为阅旧时的日记，才编好穿插进去，用作点缀的东西。我的意思，是在造出三个意识志趣不同的女性来，如实地描写出她们所走的路径和所有的结果，好叫读者自己去选择应该走哪一条路。三个女性中间，不消说一个是代表土豪资产阶级的堕落的女性，一个是代表小资产阶级的犹豫不决的女性，一个是代表向上的小资产阶级的奋斗的女性。这小说的情节人物，当然是凭空的捏造，实际上既没有这样的人物存在，也并没有这样的事情发生过的。可是当这小说出世不久的现在，我却忽而接到了许多由杭州的读者所寄来的信，问我书中的某某是不是在指实在的某某，因为书中所描写在那里的那一位土豪的女儿，实际上是和实在的某某相像得很；她的容貌言行性格和她所经过的许多情事，以及现在正在进行的那件新的情交，都是实在的事情。其中有一位读者，并且还附寄了一张女扮男装的照相来，问我书中所写的那位男性的女子，是否便是此人。这么一来，倒真使我有点难以应对了。总而言之，我想这些误会的所以发生，大约是因为我这一篇小说的技巧的拙劣之所致。因为急急于在报告事实，而忽略了把这些事实来美化艺术化的工夫，所以使读者读后却只感觉着仿佛是在读报纸上的社会记事，于是就以为这是在写某人，这是在写某事。受了这一回的教训，我下回倒又可以改进一步了，但是这一次的失败，应该要请读者想想我那个不纯的动机，就是急急乎想粗制滥造点东西出来卖钱的那个卑劣心想而加以原谅。

　　在沪战期间，总算只做了这两篇吃力不讨好的文字，感到了许多幻想消灭的悲哀，和买了许多平时所不想买的关于战争及政治的书籍。此外的生活起居，则和平时也没有什么不同的变化；因为我的寓居，是偏在沪西，还没有受到家破人亡的直接影响。但因为要做小说，因为要逃掉上我家里来避难者们的喧扰，一时逃难是也曾逃过的。

一九三二年五月

## 二十二年的旅行

编者出的这一个题目，范围实在大得很。先自室内旅行起，以至世界旅行，星球、月球旅行等，在实际上，在空想上，二十二年中，大约总有许多人试过的无疑。编者把这题目来分给我，想来是因为我在二十二年秋天，上浙东去旅行过一次的缘故；但这一次旅行的结果，已经为杭江铁路局写了两篇旅行记——一名《杭江小历纪程》，一名《浙东景物纪略》——随时在各报上杂志上发表过一次，现在已被收入到该局发行的旅行指南里去了。迫不得已，我只好写点关于旅行一般的空话，以及还有许多在浙东得来的零星印象，来缴卷塞责。

旅行，实在是有闲有钱有健康的人的最好的娱乐。从前中国人视出门为畏途，离家百里，就先要祷告祖宗，辞别亲友，像煞是不容易回来的样子，现在则空有飞机，水有轮船，陆有火车汽车，千里万里，都可以转瞬而至了；所以从前的人所最怕的这旅行，现在的人却可以把它当作娱乐来看。有几个有钱好事的闲人，并且还把它当作了一种学问。

我想旅行的快乐，第一当然是在精神的解放；一个人生在世上，少不得总有种种纠纷和关系缠绕在身边的，富人有富人的忧虑，穷人有穷人的苦恼；一上征途，则同进了病院和监狱一样，什么事情都可以暂时搁起，不管她妈了；——以入病院和进监狱为譬喻，或者是有点语病，但我所注重的，是在对于人世的杂务一方面的话，入了病院，工总可以不做了，进了监狱，债总可以不还了，是这一个意思。

第二，旅行的快乐，大约是在好奇心的满足；有非常美丽的太太随侍在侧的男子，会同臃肿粗大的寝室女仆去亲嘴抱腰的心理，想起来大约也同这旅行者之心一样的在好奇思异。本来有高大的洋房作住宅的先生们，到了乡下，看见一所茅草盖顶，柳树当门的厕所，会得喜欢叫绝的，也就是这一个 Caprice 在那里作怪。

还有些人，觉得平时的生活太舒适了，只想去不会丧命的冒些小险，不会损身的吃些小苦，以打破打破那一条生命之流的单条平滑，旅行却也是最适当的一针吗啡。

唯其是如此，所以中国也有了同 Thos. Cook and son 一样的一个旅行社，萧伯纳也坐飞机飞过了长城，独身者的夺柯勃辣想在北平市里破一破独身之戒。但我的这一次的旅行浙东，原因可有点不同，虽在旅行，实际上却是在替路局办公，是一个行旅的灵魂叫卖者的身分。

浙东一带，所给予我的混合印象，是在山的秀里带雄，水的清能见底，与沿途处处，柏树红叶的美似春花。百姓都很勤俭，所以乡下人家，家家都整洁堂皇，比起杭嘉湖的乡村的坍败衰落来，实在相差得很远。地势极高，山峰绵亘，斜坡上谷底里，竹树最多，间有几棵纤纤的枫树，经霜之后，叶尽红了，微风一动，更能显出万绿丛中红一点的迷人的诗意。中国铁路的两大干线，平汉与津浦，我跑得次数最多，其他的支线若广九，若北宁，若京绥等，也曾去过几次，但以景色的变化多奇，山水的淡浓相称来说，我觉得没有一处，能比得上这杭江铁路三百余里的一段风光；虽则正太铁路如何，我是没有去过，还不敢说。

说到人物，则金华附近的女人，皮色都是很白，相貌也都秀丽，有平湖苏州的女人的美处，而健康高大，则又像是条顿民族的乡间的农妇。

至于物产呢，浙东居民当然是以造纸种田为正业的，间有煤矿铁矿，汤溪也有温泉，但无人开发，富源还睡在地里。因为多山，所以木材也多，居民之从事于烧炭烧窑者，为数也着实不少。其余若畜牧的养猪养鸭养牛，种植的细蔗荞麦黍稷，以及柏子玉蜀黍之类，若能改良照科学的方法做去，则金衢一带的百姓，更可以增加富庶；可惜世乱纷纭，为政者现在还顾不到此。

我的这一次的旅行浙东，主要原因固然是因受了杭江路局之嘱托，但暗地里却也有一点去散散郁闷的下意识在的。上杭州来蛰居了半年，文章也不做，见客也少见，小心翼翼，默学金人，唯恐祸从口出，要惹是生非。但这半年的谨慎的结果，想不到竟引起了几位杭州的文学青年的怨恨，说我架子太大，说我思想落伍，在九月秋高的那一个月里，连接到了几篇痛骂的文章，一封匿名的私信。我虽则还没有自大狂到想比拟卢骚，但途穷日暮，到得前无去所，后无退路的时候，自家想想，却真有点儿和不得不发疯自杀的这位可怜的蒋·捷克相去无几了。当时我正在打算再上上海或北平去过放浪的生活，确好是杭江路局的这一回事情来了，心想不是落水遇救，天无绝人之路么？这一段却是不足为外人道的我侬的私语，附写在此，好做一个 Egotistic, megalomaniac 的 Epilogue，以代牢骚。

一九三三年十二月

# 婿乡年节

一看到了婿乡的两字,或者大家都要联想到淳于髡的卖身投靠上去。我可没有坐吃老婆饭的福分,不过杭州两字实在用腻了,改作婿乡,庶几可以换一换新鲜;所以先要从杭州旧历年底老婆所做的种种事情说起。

第一,是年底的做粽子与枣饼。我说:"这些东西,做它作啥!"老婆说:"横竖是没有钱过年了,要用索性用它一个精光,籴两斗糯米来玩玩,比买航空券总好些。"于是乎就有了粽子与枣饼。

第二,是年三十晚上的请客。我说:"请什么客呢?到杭州来吃他们几顿,不是应该的么?"老婆说:"你以为他们都是你丈母娘——据风雅的先生们说,似乎应该称作泰水的——屋里的人么?礼尚往来,吃人家的吃得那么多,不回请一次,倒好意思?"于是乎就请客。

酒是杭州的来得贱,菜只教自己做做,也不算贵。麻烦的,是客人来之前屋里厨下的那一种兵荒撩乱的样子。

年三十的午后,厨下头刀兵齐举,屋子里火辣烟熏,我一个人坐在客厅上吃闷酒。一位刚从欧洲回来的同乡,从旅舍里来看我,见了我的闷闷的神气,弄得他说话也不敢高声。小孩儿下学回来了,一进门就吵得厉害,我打了他们两个嘴巴。这位刚从文明国里回来的绅士,更看得难受了,临行时便悄悄留下了一封钞票,预备着救一救我当日的急。其实,经济的压迫,倒也并不能够使我发愁,不过近来酒性不好,文章不敢写了以后,喝一点酒,老爱骂人。骂老婆不敢骂,骂用人不忍骂,骂天地不必骂,所以微醉之后,总只以五岁三岁的两个儿子来出气。

天晚了,客人也到齐了,菜还没有做好,于是乎先来一次五百攒。输了不甘心,赢了不肯息,就再来一次再来一次的攒了下去。肚皮饿得精瘪,膀胱胀得蛮大,还要再来一次。结果弄得头鸡叫了,夜饭才兹吃完。有的说,"到灵隐天竺去烧头香去罢,"有的说,"上城隍山去看热闹去罢!"人数多了,意见自然来得杂。谁也不愿意赞成谁,九九归原,还是再来一次。

天白茫茫的亮起来了,门外头爆竹声也没有,锣鼓声也没有,百姓真如丧了考妣。屋里头,只剩了几盏黄黄的电灯,和一排油满了的倦脸。地上面是瓜子壳,橘子皮,香烟头,和散铜板。

人虽则大家都支撑不住了,但因为是元旦,所以连眨着眼睛,连打着呵欠,也还在硬着嘴说要上那儿去,要上那儿去。

客散了,太阳出来了,家里的人都去睡觉了;我因为天亮的时候的酒意未消,想骂人又没有了人骂,所以只轻脚轻手地偷出了大门,偷上了城隍山的极顶。一个人立在那里举目看看钱塘江的水,和隔岸的山,以及穿得红红绿绿的许多默默无言的善男信女,大约是忽而想起了王小二过年的那出滑稽悲剧了罢,肚皮一捧,我竟哈哈,哈哈,哈哈的笑了出来,同时也打了几个大声的喷嚏。

回来的时候,到了城隍山脚下的元宝心,我听见走在我前面的一位乡下老太太,在轻轻地对一位同行的中年妇人说:"今年真倒霉,大年初一,就在城隍山上遇见了一个疯子。"

# 故都的秋

　　秋天，无论在什么地方的秋天，总是好的；可是啊，北国的秋，却特别地来得清，来得静，来得悲凉。我的不远千里，要从杭州赶上青岛，更要从青岛赶上北平来的理由，也不过想饱尝一尝这"秋"，这故都的秋味。

　　江南，秋当然也是有的；但草木凋得慢，空气来得润，天的颜色显得淡，并且又时常多雨而少风；一个人夹在苏州上海杭州，或厦门香港广州的市民中间，浑浑沌沌地过去，只能感到一点点清凉，秋的味，秋的色，秋的意境与姿态，总看不饱，尝不透，赏玩不到十足。秋并不是名花，也并不是美酒，那一种半开，半醉的状态，在领略秋的过程上，是不合式的。

　　不逢北国之秋，已将近十余年了。在南方每年到了秋天，总要想起陶然亭的芦花，钓鱼台的柳影，西山的虫唱，玉泉的夜月，潭柘寺的钟声。在北平即使不出门去罢，就是在皇城人海之中，租人家一椽破屋来住着，早晨起来，泡一碗浓茶，向院子一坐，你也能看得到很高很高的碧绿的天色，听得到青天下驯鸽的飞声。从槐树叶底，朝东细数着一丝一丝漏下来的日光，或在破壁腰中，静对着像喇叭似的牵牛花（朝荣）的蓝朵，自然而然地也能够感觉到十分的秋意。说到了牵牛花，我以为以蓝色或白色者为佳，紫黑色次之，淡红者最下。最好，还要在牵牛花底，教长着几根疏疏落落的尖细且长的秋草，使作陪衬。

北国的槐树，也是一种能使人联想起秋来的点缀。像花而又不是花的那一种落蕊，早晨起来，会铺得满地。脚踏上去，声音也没有，气味也没有，只能感出一点点极微细极柔软的触觉。扫街的在树影下一阵扫后，灰土上留下来的一条条扫帚的丝纹，看起来既觉得细腻，又觉得清闲，潜意识下并且还觉得有点儿落寞，古人所说的梧桐一叶而天下知秋的遥想，大约也就在这些深沉的地方。

秋蝉的衰弱的残声，更是北国的特产；因为北平处处全长着树，屋子又低，所以无论在什么地方，都听得见它们的啼唱。在南方是非要上郊外或山上去才听得到的。这秋蝉的嘶叫，在北平可和蟋蟀耗子一样，简直像是家家户户都养在家里的家虫。

还有秋雨哩，北方的秋雨，也似乎比南方的下得奇，下得有味，下得更像样。

在灰沉沉的天底下，忽而来一阵凉风，便息列索落的下起雨来了。一层雨过，云渐渐地卷向了西去，天又青了，太阳又露出脸来了；着着很厚的青布单衣或夹袄的都市闲人，咬着烟管，在雨后的斜桥影里，上桥头树底去一立，遇见熟人，便会用了缓慢悠闲的声调，微叹着互答着的说：

"唉，天可真凉了——"（这了字念得很高，拖得很长。）

"可不是么？一层秋雨一层凉啦！"

北方人念阵字，总老像是层字，平平仄仄起来，这念错的歧韵，倒来得正好。

北方的果树，到秋来，也是一种奇景。第一是枣子树；屋角，墙头，茅房边上，灶房门口，它都会一株株的长大起来。像橄榄又像鸽蛋似的这枣子颗儿，在小椭圆形的细叶中间，显出淡绿微黄的颜色的时候，正是秋的全盛时期；等枣树叶落，枣子红完，西北风就要起来了,北方便是尘沙灰土的世界,只有这枣子,柿子,葡萄,成熟到八九分的七八月之交,是北国的清秋的佳日,是一年之中最好也没有的 Golden Days。

有些批评家说,中国的文人学士,尤其是诗人,都带着很浓厚的颓废色彩,所以中国的诗文里,颂赞秋的文字特别的多。但外国的诗人,又何尝不然?我虽则外国诗文念得不多,也不想开出账来,做一篇秋的诗歌散文钞,但你若去一翻英德法意等诗人的集子,或各国的诗文的 Anthology 来,总能够看到许多关于秋的歌颂与悲啼。各著名的大诗人的长篇田园诗或四季诗里,也总以关于秋的部分,写得最出色而最有味。足见有感觉的动物,有情趣的人类,对于秋,总是一样的能特别引起深沉,幽远,严厉,萧索的感触来的。不单是诗人,就是被关闭在牢狱里的囚犯,到了秋来,我想也一定会感到一种不能自已的深情;秋之于人,何尝有国别,更何尝有人种阶级的区别呢?不过在中国,文字里有一个"秋士"的成语,读本里又有着很普遍的欧阳子的《秋声》与苏东坡的《赤壁赋》等,就觉得中国的文人,与秋的关系特别深了。可是这秋的深味,尤其是中国的秋的深味,非要在北方,才感受得到的。

南国之秋,当然是也有它的特异的地方的,譬如廿四桥的明月,钱塘江的秋潮,普陀山的凉雾,荔枝湾的残荷等等,可是色彩不浓,回味不永。比起北国的秋来,正像是黄酒之与白干,稀饭之与馍馍,鲈鱼之与大蟹,黄犬之与骆驼。

秋天,这北国的秋天,若留得住的话,我愿意把寿命的三分之二折去,换得一个三分之一的零头。

一九三四年八月,在北平

# 雕刻家刘开渠

我的同刘开渠认识,是在十三四年前头,大约总当民国十一二年的中间。那时候,我初从日本回来,办杂志也办不好,军阀专政,社会黑暗到了百分之百,到处碰壁的结果,自然只好到北京去教书。

在我兼课的学校之中,有一个是京畿道的美术专门学校,这学校仿佛是刚在换校长闹风潮的大难之余,所以上课的时候,学生并不多,而教室里也穷得连煤炉子都生不起。同事中间,有一位法国画家,一位齐老先生,是很负盛名的;此外则已故的陈晓江氏,教美术史的邓叔存以及教日文的钱稻孙氏,比较得和我熟识,往来得也密一点。我们在平时往来的谈话中间,有一次忽而谈到了学生们的勤惰,而刘开渠的埋头苦干,边幅不修的种种情节,却是大家所公认的事实。我因为是风潮之后,新进去教书的人,所以当时还不能指出哪一个是刘开渠来。

过得不久,有一位云南的女学生以及一位四川的青年,同一位身体长得很高,满头长发,脸骨很曲折有点像北方人似的青年来访问我了;介绍之下,我才晓得这一位像北方人似的青年就是刘开渠。

他说话呐呐不大畅达,面上常漾着苦闷的表情,而从他的衣衫的褴褛,面色的青黄上看去,一眼就可以看出他的埋头苦干,边幅不修的精神来。初次见面的时候，我只记得他说的话一共还不上十句。

后来熟了，见面的机会自然也多了起来，我私自猜度猜度他的个性，估量估量他的体格，觉得像他那样的人，学洋画还不如去学雕刻；若教他提锥运凿，大刀阔斧的运用起他的全身体力和脑力来，成就一定还要比捏了彩笔，在画布上涂涂，来得更大。我的这一种茫然的预感，现在却终于成了事实了。

民国十二年以后，我去武昌，回上海，又下广东，与北京就断了缘分。七八年来，东奔西走，在政治局面混乱变更的当中，我一直没和他见面，并且也没有听到他的消息。前年五月，迁来杭州，将近年底的时候，福熙因为生了女儿，在湖滨的一家菜馆，大开汤饼之会；于这一个席上，我又突然遇见了他，才晓得他在西湖的艺专里教雕刻。

他的苦闷的表情，高大的身体，和呐呐不大会说话的特征，还是和十年前初见面时一样，但经了一番巴黎的洗练，衣服修饰，却完美成一个很有身份的绅士了；满头的长发上，不消说是加上了最摩登的保马特。自从这一次见面之后，我因为离群索居，枯守在杭州的缘故，空下来时常去找他；他也因为独身在工房里作工的孤独难耐，有时候也常常来看我。往来两年间的闲谈，使我晓得他跟法国的那位老大家详蒲奢（Jean Boucher）学习雕刻时的苦心孤诣，使我晓得了他对于中国一般艺术政治家的堕落现状所坚持的特立独行。我们谈到了罗丹，谈到了色尚，更谈到了左拉的那册以色尚为主人公的小说 *L'Oeuors*，他自己虽则不说，但我们在深谈之下，自然也看出了他的同那篇小说里的主人公似的抱负。

他的雕刻，完全是他的整个人格的再现；力量是充足的，线条是遒劲的，表情是苦闷的；若硬要指出他的不足之处来，或者是欠缺一点生动吧？但是立体的雕刻和画面不同，德国守旧派的美术批评家所常说的:"静中之动,动中之静(Bewegung in Ruhe, Ruhe in Bewegung)"等套话,在批评雕刻的时候,却不能够直抄的。

他的雕刻的遒劲,猛实,粗枝大叶的趣味,尤其在他的 Designs 里,可以看得出来;疏疏落落的几笔之中,真孕育着多少的力量,多少的生意!

新近,他为八十八师阵亡将士们造的纪念铜像铸成了,比起那些卖野人头的雕塑师的滑技来,相差得实在太远,远得几乎不能以言语来形容。一个是有良心的艺术品,一个是骗小孩们的糖菩萨。这并非是我故意为他捧场的私心话,成绩都在那里,是大家日日看见的东西。铜像下的四块浮雕,又是何等富于实感的创作!

刘开渠的年纪还正轻着(今年只二十九岁),当然将来还有绝大的进步。他虽则在说:"我在中国住,远不如在法国替洋蒲奢做助手时的快活。"可是重重被压迫的中国民众对于表现苦闷的艺术品,对于富有生气和力量的艺术品,也未始不急急在要求。中国或许会亡,但中国的艺术,中国的民众,以及由这些民众之中喊出来的呼声民气,是永不会亡的,刘氏此后,应该常常想到这一点才对。

一九三五年一月廿四日

# 春　愁

　　说秋月不如春月的,毕竟是"只解欢娱不解愁"的女孩子们的感觉,像我们男子,尤其是到了中年的我们这些男子,恐怕到得春来,总不免有许多懊恼与愁思。

　　第一,生理上就有许多不舒服的变化;腰骨会感到酸痛,全体筋络,会觉得疏懒。做起事情来,容易厌倦,容易颠倒。由生理的反射,心理上自然也不得不大受影响。譬如无缘无故会感到不安,恐怖,以及其他的种种心状,若焦躁,烦闷之类。

　　而感觉得最切最普遍的一种春愁,却是"生也有涯"的我们这些人类和周围大自然界的对比。

　　年去年来,花月风云的现象,是一度一番,会重新过去,从前是常常如此,将来也决不会改变的。可是人呢?号为万物之灵的人呢?却一年比一年的老了。由浑噩无知的童年,一进就进入了满贮着性的苦闷,智的苦闷的青春。再不几年,就得渐渐的衰,渐渐的老下去。

　　从前住在上海,春天看不见花草,听不到鸟声,每以为无四季变换的洋场十里,是劳动者们的永久地狱。对于春,非但感到了恐怖,并且也感到了敌意,这当然是春愁。现在住上了杭州,到处可以看湖山,到处可以听黄鸟,但春浓反显得人老,对于春又新起了一番妒意,春愁可更加厚了。

在我个人,并且还有一种每年来复的神经性失眠的症状,是从春暮开始,入夏剧烈,到秋方能痊治的老病。对这死症的恐怖,比病上了身,实际上所受的肉体的苦痛还要厉害。所以春对我,绝对不能融洽,不能忍受。年纪轻一点的时候,每思到一个终年没有春到的地方去做人;在当时单凭这一种幻想,也可以把我的春愁减杀一点,过几刻快活的时间。现在中年了,理智发达,头脑固定,幻想没有了。一遇到春,就只有愁虑,只有恐惧。

去年因为新搬上杭州来过春天,近郊的有许多地方,还不曾去跑过,所以二三四的几个月,就完全花去在闲行跋涉的筋肉劳动之上,觉得身体还勉强对付了过去。今年可不对了,曾经去过的地方,不想再去,而新的可以娱春的方法,又还没有发见。去旅行么?既无同伴,又缺少旅费。读书么?写文章么?未拿起书本,未捏着笔,心里就烦躁得要命。喝酒也岂能长醉,恋爱是尤其没有资格了。

想到了最后,我只好希望着一种不意的大事件的发生,譬如"一二八"那么的飞机炸弹的来临,或大地震大革命的勃发之类,或者可以把我的春愁驱散,或者简直可以把我的躯体毁去;但结果,这当然也不过是一种无望之望的同少年时代一样的一种幻想而已。

一九三五年二月十五日

# 送王余杞去黄山

新凉起来的时候，最容易怀念远地的故人。过了一个夏，犹如做了一世人；凉冷一点，头脑清晰一点了之后，就像隔世重生的样子，会这个那个的想起许多好久不见面的朋友来。

早晨刚发出了一封启明先生的信，问他宋将军回后的北地情形是如何，晚上余杞却从天津来了；在我，正仿佛是诗人但丁，从地狱里出来后，又到了天堂的故人的边上，这当然是心里高兴快活的比喻。

自从去年别后，和余杞又有一整年不见面了；平日懒得写信，所以在这一年之间，几乎只通了一两次短简。这一次他由北宁路局派赴青岛，料理铁道展览会的事务，居岛三月，事务完了，照例是有半月慰劳假给的，他就利用了这两星期的闲暇，一枝手杖，一卷铺盖地来了杭州，打算上黄山去旅行了。

去黄山之约，我已经是失信了好几次的；去年建设厅之约爽了，前天项美丽女士和邵洵美氏并且还来硬拉，一定要我参加他们的旅行团，去一上莲花峰的绝顶；但因本月二十一日有不得已的事故，要回富春江去一行，所以终于辞却了他们的盛意，累得连有交换条件的陈万里先生都无意再和他们同去。现在，余杞又来约了，前后计算来起，约而未去的黄山之行，到今朝，总足足有了四五次之多；其中的原因，机缘的不巧，原是最大的理由，但我自己的内心准备的不足，与近年来身体的衰弱，也是实际的理由的两个。

游高山大水，是要有阔大的胸襟，深远的理想，饱吸的准备，再现的才能，才称合格；此外还须有徐霞客似的一双铁脚，孙行者似的一身本领。前两年血气方刚，自问虽则没有具备着这种种资格，却还抱有着一种不顾前后的勇气；攀高涉险死便埋我，此外就无问题了，所以以渺渺的一身，终也走尽了数万里的远路。现在衰极了，第一眼睛就不行，第二饮食起居都填入一种深沉的轨道，移动不得了。

余杞年纪方青，写大作品的兴致还很热烈，而又值这秋高气爽的年时，得了两星期的例假，青春结伴，自然正好出去漫游；我希望你回来之后，能有三十六峰似的劲笔，将俯视长江，横游云海，摘星斗，涉虬松，过阎王壁，进文殊洞的种种经历，都溶化入你的正在计划写的长篇小说中。我在斗室里，翻着前人的游记，指点着浙江安徽的地图，将一天一天，一步一步，想象你的进境，预祝你的成功。

黄山的地势，我也很熟；黄山的好处，我也约略说得出来；等他年你回了四川，我或者也将去峨嵋，让我们到了长江上游，再来慢慢的谈下游的胜境，过去的回思吧！现在只写这一篇空文，略壮一壮你的行色。

二十四年九月

# 玉皇山

杭州西湖的周围,第一多若是蚊子的话,那第二多当然可以说是寺院里的和尚尼姑等世外之人了。若五台,普陀各佛地灵场,本来为出家人所独占的共和国,情形自然又当别论;可是你若上湖滨去散一回步,注意着试数它一数,大约平均隔五分钟总可以见到一位缁衣秃顶的佛门子弟,漫然阔步在许多摩登士女的中间;这,说是湖山的点缀,当然也可以。

杭州的和尚尼姑,虽则多到了如此,但道士可并不见得比别处更加令人触目,换句话说,就是数目并不比别处特别的多。建炎南渡,推崇道教,甚至官位之中,也有宫观提举的一目;而上皇,太后,宫妃,藩主等退隐之所,大抵都是道观,一脉相沿,按理而讲,杭州是应该成为道教的中心区域的,但事实上却又不然。《西湖游览志》里所说的那些城内外的胜迹道院,现在大都只变了一个地名,院且不存,更哪里来的道士?

西湖边上,住道士的大寺观,为一般人所知道而且有时也去去的,北山只有一个黄龙洞,南山当然要推玉皇山了。

玉皇山屹立在西湖与钱塘江之间,地势和南北高峰堪称鼎足;登高一望,西北看得尽西湖的烟波云影,与夫围绕在湖上的一带山峰;西南是之江,叶叶风帆,有招之即来,挥之便去之势;向东展望海门,一点巽峰,两派潮路,气象更加雄伟;至于隔岸的越山，江边的巨塔，因为是据高临下的关系，俯视下去，倒觉得卑卑不足道了。像这样的一座玉皇山，而又近在城南尺五之间，阖城的人，全湖的眼，天天在看它，照常识来判断，当然应该成为湖上第一个名区的，可是香火却终于没有灵隐三竺那么的兴旺，我在私下，实在有点儿为它抱不平。

　　细想想，玉皇山的所以不能和灵隐三竺一样的兴盛，理由自然是有的，就是因为它的高，它的孤峰独立，不和其他的低峦浅阜联结在一道。特立独行之士，孤高傲物之辈，大抵不为世谅，终不免饮恨而终的事例，就可以以这玉皇山的冷落来做证明。

　　唯其太高，唯其太孤独了，所以玉皇山上自古迄今，终于只有一个冷落的道观；既没有名人雅士的题咏名篇，也没有豪绅富室的捐输施舍，致弄得千余年来，这一座襟长江而带西湖的玉柱高峰，志书也没有一部。光绪年间，听说曾经有一位监院的道士——不知是否月中子？——托人编撰过一册薄薄的《玉皇山志》的，但它的目的，只在搜集公文案牍而已，记兴革，述山川的文字是没有的，与其称它作志，倒还不如说它是契据的好。

　　我闲时上山去，于登眺之余，每想让出几个月的工夫来，为这一座山，为这一座山上的寺观，抄集些像志书材料的东西；可是蓄志多年，看书也看得不少，但所得的结果，也仅仅二三则而已。这山唐时为玉柱峰，建有玉龙道院；宋时为玉龙山，或单称龙山，以与东面的凤凰山相对，使符郭璞"龙飞凤舞到钱塘"之句；入明无为宗师，创建福星观，供奉玉皇上帝，始有玉皇山的这一个名字。清康熙年间，两浙总督李敏达公，信堪舆之说，以为离龙回首，所以城中火患频仍，就在山头开了日月两池，山腰造了七只铁缸，以象北斗七星之像，合之紫阳山上的坎卦石和北城的水星阁，作了一个大大的镇火灾的迷阵，于是玉皇山上的七星缸也就著名了。洪杨时毁后，又由杨昌濬总督重修了一次，现在的道观,却是最近的监院紫东李道士的中兴工业,听说已经花去了十余万金钱,还没有完工哩。这是玉皇山寺观兴废的大略,系道士向我述说的历史;而田汝成的《游览志》里之所记,却又有点不同,他说:"龙山一名卧龙山,又名龙华山,与上下石龙相接。山北有鸿雁池,其东为白塔岭。上有天真禅寺,梁龙德中钱王建寺,今唯一庵存焉。山腰为登云台,又名拜郊台,盖钱王僭郊天地之所也。宋籍田在山麓天龙寺下,中阜规圆,环以沟塍,作八卦状,俗称九宫八卦田,至今不紊。山旁有宋郊坛。"

关于玉皇山的历史,大约尽于此了,至于八封田外的九连塘(或作九莲塘),以及慈云(东面)丁婆(西面)两岭的建筑物古迹等,当然要另外去考;而俗传东面山头的百花公主点将台和海宁陈阁老的祖坟在八卦田下等神话,却又是无稽之谈了。

玉皇山的坏处,实在也就是它的好处。因为平常不大有人去,因为山高难以攀登,所以你若想去一游,不会遇到成千成万的下级游人,如吴山的五狼八豹之类。并且紫来洞新开,东面由长桥而去的一条登山大道新辟,你只教有兴致,有走三里山路的脚力,上去花它一整天的工夫,看看长江,看看湖面,便可以把一切的世俗烦恼,一例都消得干干净净。我平时爱上吴山,可以借登高的远望而消胸中的块磊,可是块磊大了,几杯薄酒和小小的吴山,还消它不得的时候,就只好上玉皇山去。去年秋天,记得曾和增碣他们去过 次,大家都惊叹为杭州的新发现;今年也复去过两回,每次总能够发现一点新的好处,所以我说,玉皇山在杭州,倒像是我的一部秘藏之书;东坡食蚝,还有私意,我在这里倒真吐露了我的肺腑衷情。

廿四年十一月

# 江南的冬景

凡在北国过过冬天的人,总都知道围炉煮茗,或吃涮羊肉,剥花生米,饮白干的滋味。而有地炉,暖炕等设备的人家,不管它们外面是雪深几尺,或风大若雷,而躲在屋里过活的两三个月的生活,却是一年之中最有劲的一段蛰居异境;老年人不必说,就是顶喜欢活动的小孩子们,总也是个个在怀恋的,因为当这中间,有的是萝卜、雅儿梨等水果的闲食,还有大年夜,正月初一元宵等热闹的节期。

但在江南,可又不同;冬至过后,大江以南的树叶,也不至于脱尽。寒风——西北风——间或吹来,至多也不过冷了一日两日。到得灰云扫尽,落叶满街,晨霜白得像黑女脸上的脂粉似的清早,太阳一上屋檐,鸟雀便又在吱叫,泥地里便又放出水蒸气来,老翁小孩就又可以上门前的隙地里去坐着曝背谈天,营屋外的生涯了;这一种江南的冬景,岂不也可爱得很么?

我生长江南,儿时所受的江南冬日的印象,铭刻特深;虽则渐入中年,又爱上了晚秋,以为秋天正是读读书,写写字的人的最惠节季,但对于江南的冬景,总觉得是可以抵得过北方夏夜的一种特殊情调,说得摩登些,便是一种明朗的情调。

我也曾到过闽粤,在那里过冬天,和暖原极和暖,有时候到了阴历的年边,说不定还不得不拿出纱衫来着;走过野人的篱落,更还看得见许多杂七杂八的秋花！一番阵雨雷鸣过后，凉冷一点，至多也只好换上一件夹衣，在闽粤之间，皮袍棉袄是绝对用不着的；这一种极南的气候异状，并不是我所说的江南的冬景，只能叫它作南国的长春，是春或秋的延长。

  江南的地质丰腴而润泽，所以含得住热气，养得住植物；因而长江一带，芦花可以到冬至而不败，红叶亦有时候会保持得三个月以上的生命。像钱塘江两岸的乌桕树，则红叶落后，还有雪白的桕子着在枝头，一点一丛，用照相机照将出来，可以乱梅花之真。草色顶多成了赭色，根边总带点绿意，非但野火烧不尽，就是寒风也吹不倒的。若遇到风和日暖的午后，你一个人肯上冬郊去走走，则青天碧落之下，你不但感不到岁时的肃杀，并且还可以饱觉着一种莫名其妙的含蓄在那里的生气；"若是冬天来了，春天也总马上会来"的诗人的名句，只有在江南的山野里，最容易体会得出。

  说起了寒郊的散步，实在是江南的冬日，所给与江南居住者的一种特异的恩惠；在北方的冰天雪地里生长的人，是终他的一生，也决不会有享受这一种清福的机会的。我不知道德国的冬天，比起我们江浙来如何，但从许多作家的喜欢以 Spaziergang 一字来做他们的创作题目的一点看来，大约是德国南部地方，四季的变迁，总也和我们的江南差仿不多。譬如说十九世纪的那位乡土诗人洛在格（Peter Rosegger 1843—1918）吧，他用这一个"散步"做题目的文章尤其写得多，而所写的情形，却又是大半可以拿到中国江浙的山区地方来适用的。

  江南河港交流，且又地滨大海，湖沼特多，故空气里时含水分；到得冬天，不时也会下着微雨，而这微雨寒村里的冬霖景象，又是一种说不出的悠闲境界。你试想想，秋收过后，河流边三五家人家会聚在一道的一个小村子里，门对长桥，窗临远阜，这中间又多是树枝杈桠的杂木树林;在这一幅冬日农村的图上,再洒上一层细得同粉也似的白雨,加上一层淡得几不成墨的背景,你说还够不够悠闲?若再要点些景致进去,则门前可以泊一只乌篷小船,茅屋里可以添几个喧哗的酒客,天垂暮了,还可以加一味红黄,在茅屋窗中画上一圈暗示着灯光的月晕。人到了这一个境界,自然会得胸襟洒脱起来,终至于得失俱亡,死生不问了;我们总该还记得唐朝那位诗人做的"暮雨潇潇江上村"的一首绝句吧?诗人到此,连对绿林豪客都客气起来了,这不是江南冬景的迷人又是什么?

一提到雨,也就必然的要想到雪;"晚来天欲雪,能饮一杯无?"自然是江南日暮的雪景。"寒沙梅影路,微雪酒香村",则雪月梅的冬宵三友,会合在一道,在调戏酒姑娘了。"柴门村犬吠,风雪夜归人,"是江南雪夜,更深人静后的景况。"前村深雪里,昨夜一枝开"又到了第二天的早晨,和狗一样喜欢弄雪的村童来报告村景了。诗人的诗句,也许不尽是在江南所写,而做这几句诗的诗人,也许不尽是江南人,但假了这几句诗来描写江南的雪景,岂不直截了当,比我这一枝愚劣的笔所写的散文更美丽得多?

有几年,在江南也许会没有雨没有雪的过一个冬,到了春间阴历的正月底或二月初再冷一冷下一点春雪的;去年(一九三四)的冬天是如此,今年的冬天恐怕也不得不然,以节气推算起来,大约大冷的日子,将在一九三六年的二月尽头,最多也总不过是七八天的样子。像这样的冬天,乡下人叫作旱冬,对于麦的收成或者好些,但是人口却要受到损伤;旱得久了,白喉、流行性感冒等疾病自然容易上身,可是想恣意享受江南的冬景的人,在这一种冬天,倒只会得感到快活一点,因为晴和的日子多了,上郊外去闲步逍遥的机会自然也多;日本人叫作 Hiking,德国人叫作 Spaziergang 狂者,所最欢迎的也就是这样的冬天。

窗外的天气晴朗得像晚秋一样；晴空的高爽，日光的洋溢，引诱得使你在房间里坐不住，空言不如实践，这一种无聊的杂文，我也不再想写下去了，还是拿起手杖，搁下纸笔，上湖上去散散步罢！

　　　　　　　　一九三五年十二月一日

# 记富阳周芸皋先生

我小的时候,每在我们弄堂的近边,遇见一位比我要长五六岁年纪,身材生得不矮不高,眉目异常清秀,鼻梁高直,皮肤雪白的女子。那时候,她似乎已经出嫁到了乡下,重新又回到了城里来住下的样子。当她走过背后,旁人自然要说长道短;有几个轻薄少年,说得更加猥亵,有几个年长一点的总老是吓住他们的嘴,说:"八十岁的老婆婆,也笑不得别人的麻子眼睛,你们不要小看了她,她还是我们富阳著名的循吏周道台的曾孙女哩!"

这些老成人的规劝,实在有理之至;名宦的后代之所以不振,就因为他们的做官清正,不晓得贪污,至使子子孙孙有能力受教育之故。我们应该感激古人,同情生者,为他们流涕吊悼之不暇,又哪里可以用了轻薄的口吻,轻薄的行为,来妄肆讥侮的呢!

这一个女人,现在大约总还活着,大约总已经穷到了无路可走的地步。我对她虽则没有抱什么幻想,但后来听到了她们中间的某一房,和我们还有极远的亲戚关系,总老是忘不了她,更忘不了当时那些旁人所说的短和长。

年纪大了一点,读书读得多了,有一次忽然在贺耦耕编的《皇朝经世文编》里看见了几篇《劝襄阳种桑说》,向作者经历栏去一翻,才知道作者周凯字芸皋,系嘉庆十六年辛未的翰林,浙江富阳县人。

后来更在人家的大厅上看见了些芸皋周凯所写的字，又从老前辈的口里听到了些关于芸皋先生的轶事与遗闻，我对他老先生的崇拜热，才高涨到了百度以上的沸点，而对于他的后裔的这位可怜的少女——当时自然还是少女——更同情到了万分。终于在我去国外读书的前一年，将家里的一只破书箱开了；在这破书箱里，我才第一次看到了有富阳周凯著的一行字题着的《内自讼斋文钞》与《诗抄》，是白莲史纸印的八开大版书。当时读了几遍，总也感不到什么浓厚的兴趣，从此一别，就永远的把"内自讼斋"丢向了脑后；二十余年来东飘西泊，我也没有回到故乡去小住的机会，所以那一位芸皋先生的后裔以及芸皋先生的故事等，都已经被遗忘得干干净净；直到这次来了福建，接触到了许多先生的手泽与遗书，在风雨晦暝的高楼旅舍里，方才很热烈地又重燃起了儿时的记忆与对乡前辈的不能自已的追思。

芸皋先生生在乾隆四十四年（公历一七七九年），正是大学士高晋及于敏中公去世的那一年。先生祖籍钱塘（待考，然大致总不错），迁富阳后，历三世而至先生；祖讳丰，考讳濂，祖妣李氏，妣杨氏，都因先生故而受封赠。先生同母兄妹六人，先生居第二。先生幼慧，年十七补博士弟子员，受知于阳湖恽子居大令。时恽正在做富阳知县，因爱先生才，更令请业于武进张皋文先生；在这两位大文学家的领导之下打定的文学根底，想来就是先生后半生的诗文的渊源。十九岁（嘉庆二年）的时候，恽子居调任江山，皋文张惠言编修又因前一年丁艰回里去了，所以先生就改从同邑的高秋水先生读。秋水先生讳傅占，字说岩，本为下高村人，后迁居县城之西门岭，与兄进士公渭占友爱之笃，为全邑人所称颂。先生的得力师友之中，除这三人外，还有阳湖的刘五山氏，光泽的高雨农氏。

这时候，富阳的文风，号称极盛；原因是为了继董文恪公东山之后的董文恭公蔗林在做宰辅；而先生的祖父与文恪公居同里间，且为中表姻亲，所以周董两家，本来就是要好的。十九岁的冬天，先生结婚了；淑人罗氏，是南门头罗家巨观公的长女，年纪比先生要大一岁。

嘉庆五年庚申，先生年二十二岁，乡试荐而不售；越三年，补廪；到了三十岁的嘉庆十三年戊辰，才中了第四十四名的举人，这一年的年底自然要上京去会试了，但是第二年会试的结果仍旧不佳；直到嘉庆十六年辛未，先生三十三岁的时候，方成进士，改授翰林院庶吉士。过了三年，散馆，授编修；翌年，父让溪公殁；嘉庆廿三年戊寅十月，先生的座师兼亲属长辈同里董相国蔗林也去世了。

从四十一岁到四十四岁（道光二年）的中间，先生曾充顺天乡试同考官两次；这一年冬天，才外放做了湖北襄阳府的知府（到任日，是道光三年的二月）。

在襄阳知府任上的三年半，是先生初展大才的发轫时期。劝农桑、设义学、广水利、修道路，以及其他的政绩，举不胜举；先生自述，还说古文的进步得力，也在这个时候；而乡里的遗闻传说，更有一段鞭打王灵官的故事，是我们年轻的时候，大家都喜欢听，喜欢说的。

道光六年，先生年四十八岁，募修襄阳府城的工事未竣，就擢补了汉黄德道；翌年四月，奉檄去京山县勘堤，是年的十月，先生生母杨太恭人以八十岁的高龄去世了。

道光十年庚寅，先生年五十二岁，服阕入都，授福建兴泉永道；自这一年的冬天起，一直到道光十七年丁酉七月三十日，先生在台湾道任上去世之日止，六七年间，是先生第二次的发展文武材具的时期；倘若天假之年，使先生再在台湾经营三年两载，或者这一块东海的大岛，日后不致于会被外人夺去也说不定。

先生在福建的政绩，文的方面，兴书院、敷文教；修厦门、金门的志书，与明代监国鲁王的墓道等等，直到现在，将近百五十年，闽南的百姓，还在思慕先生，说像先生那么的英明果断的人，却是从来所不曾有过的监司。在武的方面呢，先生的成绩更是可观了；第一，消弭泉漳一带百姓的械斗习惯，就是一种绝大的治术。道光十三年先生平台湾嘉义匪徒张丙余孽之大乱，十四年又搜捣晋江之莲埭塔窟白崎诸贼寨，且广收通夷贩卖鸦片之奸匪讼棍等而并戮之。道光十六年调署台湾道后，台凤嘉三邑又因旱灾之故而匪徒纷起，先生南征北伐，终于斩枭凌迟二百八十余犯，乱事以平。

先生生长承平盛世，平时只知读书讲学．不习军旅，但一旦逢着了大难，却能指挥自如，远胜过疆场的宿将，这不是天才又是什么？而且先生的天才不但在政治军事上显了神通，还有先生的绘画，也是清朝一代的名笔。我在杭州，曾从同乡夏定域君处看到过先生在厦门时写的武当纪游二十四图的手卷；笔致的灵奇生动，取景着色的轻巧匀谐，若要到古人中去找比较，恐怕只有把唐宋元明四代的名家山水，打成一图，然后再加以一味天风海涛的阅历进去，才可以说说。

关于乡前辈芸皋先生的遗闻软事，还有许多好记；但因我人在客中，手边没有先生的诗文全集，也没有先生同时代人的记录可以参考，这　次只记这一点大略，错误遗漏之处，当更于第二次来补足订正。

# 福州的西湖

　　天气热了之后，真是热得不可耐，而又不至于热死的时候，我们老会有那一种失神状态出现，就是嗒焉我丧吾的状态。茫茫然，浑浑然，知觉是有的，感觉却迟钝一点；看周围的事物风景，只融成一个很模糊的轮廓，对极熟悉的环境，也会发生奇异的生疏感，仿佛似置身在外国，又仿佛是回到了幼小的时期，总之，是一种半麻木的入梦的状态。

　　与此相反，于烈日行天的中午，你若突然走进一处阴凉的树林；或如烧似煮地热了一天，忽儿向晚起微风，吹尽了空中的热气，使你得在月明星淡的天盖下静躺着细看天河；当这些样的时候，我们也会起一种如梦似的失神状态，仿佛是从恶梦里刚苏醒转来的样子，既不愿意动弹，也不能够把注意力集中，陶然泰然，本不知道有我，更不知道有我以外的一切纠纷。

　　这两种情怀，前一种分明有不快的下意识潜伏在心头，而后一种当然是涅槃的境地。在福州，一交首夏，直到白露为止，差不多每日都可以使你体味到这两种至味。

　　因为福州地处东海之滨，所以夏天的太阳出来得特别的早；可是阳光一普照，空气，地壳，山川草木，就得蒸吐热气。故而自上午八九点钟起，到下午五时前后止，热度，大约总在八十六七至九十一二度的中间。依这一度数看来，福州原也并不比别处特别的热，但是一年到头——十二个月中间，差不多有四五个月，天天都是如此，因而新自外地来的人，总觉得福州这地方比别处却热得不同。在福州热的时间虽则长一点，白天在太阳底下走路的苦楚，虽则觉得难熬一点，但福州的夏夜，实在是富有着异趣，实在真够使人留恋。我假使要模仿《旧约》诸先知的笔调，写起牧歌式的福州夏夜记事来，那开始就得这么的说：

——太阳平西了，海上起了微风。天上的群星放了光，地上的亚当夏娃的子女，成群，结队，都走向西去，同伊色列人的出埃及一样。……

为什么一到晚上，福州的住民大家要走向西去呢？就因为在福州的城西，也有一个西湖，是浮瓜沉李，夏夜乘凉的唯一的好地方。

没有到福州之先，我并不知道福州也有一个西湖。虽则说"天下西湖三十六"，但我们所习知的，总只是与苏东坡有关的几个，河南颖上，广东惠州，与浙江杭州。到了福州之后，住上了年余，闲来无事，到各处去走走，觉得西湖在福州的重要，却也不减似杭州，尤其是在夏天。让我们先来查一查这福州西湖的历史（当然是抄的旧籍），乾隆徐景熹修的《福州府志》里说：西湖在候官县西三里。《三山志》：蓄水成湖，可荫民田。《闽都记》：周回二十里，引西北诸山溪水注于湖，与海通潮汐，所溉田不可胜计。《闽书》：西湖，晋太守严高所凿，蓄泄泽民田，周围十数里；王审知时大之，至四十余里。

自从晋后，这西湖屡塞屡浚，时大时小；最后到了民国，许世英氏在这里做省长的时候，还大大地疏浚了一次，并且还编了一部十二大册的《西湖志》。到得现在，时势变了，东北角城墙拆去，建设厅正在做植树，修堤，筑环湖马路的工作。千余年来西湖的历史，不过如此；但史上西湖的黄金时代，却有先后的两期。

其一,是王审知王闽以后的时期。闽干宫殿,就筑在现在的布使埕威武军门以内;闽王鏻时,朝西筑甬道,可以直达西湖,在湖上并且更筑起了一座水晶的宫殿,居民道上,往往可以听见地下的弦索之音。

闽王后代,不知前王创业的艰难,骄奢淫佚,享尽了人间的艳福;宫婢陈金凤的父子聚麀,湖亭水嬉,高唱棹歌,当然是在这西湖的圈里,这当是西湖的第一个黄金时代。

其次,是宋朝天下太平,风流太守,像曹颖区,程师孟,蔡君谟等管领的时代。诗酒流连,群贤毕至,当时的西湖虽小,而流传的韵事却很多!现在市场上流行的那部民国初年修的《西湖志》里,所记的遗闻轶事,歌赋诗词,亦以这一代的为多,称它为西湖第二期的黄金时代,大约总也不至大错。

其后由元历明,以及清朝的一代,虽然也有许多诗人的传说在西湖;但穷儒的点缀,当然只是修几间茅亭,筑一些坟墓而已,像帝王家,太守府那般的豪举,当然是没有的。

这些都是西湖的家谱,只能供好寻故事的人物参考,现在却不得不说一说西湖的面貌,以尽我介绍这海滨西子之劳;万一这僻处在一方的静女,能多得到几位遥思渴慕的有情人,则我一枝秃笔的功德也可以说是不少。

杭州的西湖,若是一个理想中的粉本,那么可以说颐和园得了她的紧凑,而福州的西湖,独得了她的疏散。各有点相像,各有各的好处,而各在当地的环境里,却又很位置的得当。

总之,是一湖湖水,处在城西。水中间有一堆小山,山旁边有几条堤,几条桥,与许多楼阁与亭台。远一点,是附廊的乡村;再远一点,是四周的山,连续不断的山。并且福州的西湖之与闽江,也却有杭州的西湖与钱塘江那么的关系,所以要说像,正是再像也没有。

但是杭州湖上的山，高低远近，相差不多；由俗眼看来，虽很悦目，一经久视，终觉变化太少，奇趣毫无。而福州的西湖近侧，要说低岗浅阜，有城内的屏山（北）与乌石山（南），城外的大梦山祭酒山（西）。似断若连，似连实断。远处东望鼓山连峰，自莲花山一路东驰，直到海云生处。有时候夕阳西照，有时候明月东升，这一排东头的青嶂，真若在掌股之间；山上的树木危岩，以及树林里的禅房僧舍，都看得清清楚楚；与西湖的距离，并不迫近眉睫，可也不远在千里，正同古人之所说，如硬纸写黄庭，恰到好处的样子。

福州的西湖，因为面积小，所以十景八景的名目，没有杭州那么的有名。并且时过景迁，如大梦松涛的一景，简直已经寻不出一个小浪来了，其他的也就可想而知。但是开化寺前的茶店，开化寺后，从前大约是宛在堂的旧址的那一块小阜，却仍是看晚霞与旭日的好地方。西面一堤，过环桥，就可以走上澄澜堂去，绕一个圈子，可以直绕到北岸的窑角诸娘的家里，这些地方，总仍旧是千余年前的西湖的旧景。并且立在环桥上面，北望诸山腰里的人家，南瞻乌石山头的大石，俯听听桥洞下男男女女的行舟，清风不断，水波也时常散作鳞文，以地点来讲，这桥上当是西湖最好的立脚地。桥头东西，是许世英氏于"五四"那一年立"击楫"碑的地方，此时此景，恰也正配。

福州西湖的游船，有一种像大明湖的方舟，有一种像平常的舢板，设备倒也相当的富丽，但终因为湖面太小了一点，使人鼓不起击楫的勇气；又因为湖水不清，码头太少，四岸没有可以上去游玩的别墅与丛林，所以船家与坐船的人，并没有杭州那么的多。可是年年端午，西湖的里里外外，上上下下，总是人多如鲫，挤得来寸步难移；这时候这些船家，便也可以借吊屈原之名而扬眉吐气，一只船的租金，竟有上二三元一日的；八月半的晚上，当然也是一样。

对于福州的西湖，我初来时觉得她太渺小，现在习熟了，却又觉她的楚楚可怜。在《西湖志》的附录里，曾载有一位湖上的少女，被人买去作妾；后来随那位武弁到了北京，因不容于大妇，发配厮养卒以终。少女多才，赋诗若干绝以自哀，所谓"为问生身亲父母，卖儿还剩几多钱？"以及"嫁得伧父双脚健，报人夫婿早登科"等名句，就是这一位福州冯小青之所作。诗的全部，记得《随园诗话》，和《两般秋雨庵随笔》里都抄登着在。她，这一位可怜的少女，我觉得就是福州西湖的化身；反过来说，或者把西湖当作她的象征，也未始不可。

一九三七年七月，在福州

# 必胜的信念

九月底边,从湘西出来,在粤汉浙赣两路上来回游弋的中间,忽而感到了一个信念,在当时觉得非常之新异;但是说将出来,恐怕大家都要嗤笑,因为这非但并不是惊天动地的新发见,这并且还是妇孺皆知的一句抗战老八股。这八股的起讲,就是:"中国的土地,实在真大不过。"其次的承,转,合,当然也统是个老调子,就是:"中国决不会亡,抗战到底,一定胜利。"

当时日我正在武汉下游二百余华里的周围,作殊死苦战。日机日日在江西湖南境界放黄鼠狼的绝命臭弹。死伤人数,日人与我,是二与一的对比。日日死二三万,我则伤亡日自一万至一万五千不定。长沙,虽则日日被轰炸,可一到下午三时以后,市面就照常的兴旺,依旧的拥挤。走到南昌,则戏园还在开锣,摩登男女,还在百花洲、公园里嬉笑偕行,决不像是百公里外的修水以北,炮火连天,正在作你死我活的争夺战的样子。

至于车路上哩,当然有补充兵的列车与伤兵车的来回上落;但是沿岸的秩序,两旁的居民,车上的旅客等等,都和平时一样,绝没有慌张绝望的神情。这些现象,是在说些什么话呢?不是在说:日我相持愈久,我愈对日人有自信,而相反的,侵略者则对我愈会感到焦躁困难么?并且在战线的前后左右,进出的次数愈频繁,感到的日并不足畏,我终有法能制胜的信念,自然也愈有确证。老实地说吧,我来到鲁南战地去之先,对于最后胜利必属我的这句口号,是有七八分怀疑的。在徐州住上半月,这怀疑便减少了四分,上湘西各地去一看,这怀疑又减少了二分,等在武汉外围的左右翼走了一圈之后,这怀疑却完全去尽了。现在的我,当然是百分之百的必胜论者。谁有悲观,就请谁去上战线前后的各地一走就对。不亲历其境,不用自己的两眼和一身去视察体验,真情是不会得明白的。

所以我们的胜利,是决无问题的了;这反证,更可以在敌人的屡次提出求和条件,和再三再四的发表什么宣言上看得明白。唯其有了这一个信心,唯其有了这信念的确证,我现在跑来跑去,并不觉得是战时的行役。我只觉得是在作一对犯罪者予以正当惩处时的助手。这犯奸犯杀的大罪人,这搅乱世界和平的大罪人,不予以正当的惩罚之前,我总觉得是不能平心静气地在一处安住下来。

为视察备战的情形,为加强抗战的力量,我跑到了东战场;更由东战场转到了国防第一线的福建的省会。金门,厦门,虽则放弃了,但我们八闽的健儿,磨拳擦掌,准备为自己的父母兄弟姊妹妻子复仇的志士,数目仍在五百万以上。此外则老弱妇孺,也在准备,准备于万一的时候,作最后的牺牲。福建的一隅,日人决不能轻易来进犯,这从我两个月的视察经验上讲来,是可以对大家保证的。

这一次路过厦门,船在死市外半里海中,停泊了一日之久。太阳虽则朗朗地照在市上,但是死市毕竟是一死市;思明路,海岸边,以及各重要码头上,绝对看不见一个中华民国的国民,在那里行走。那些汉奸狗鼠,大约也是不敢在青天白日下露脸的缘故,我于停泊在厦门的一日中,始终没有看见一个。看了这寂寞的死市,我心里虽则也感到了一味慰安,但触景生情,到了日暮船行之际，也不觉暗暗地滴下了几点伤心之泪。先知亚利米亚的哀歌，所吊的虽则是古代的郇市，但这鹭岛的女王，现在也岂不是同郇市一样地，蒙了不洁了么！

　　第二天到了香港。香港是正在忙于过新年，一九三八年，只剩了七八日了，明年当是中国胜利获得的最可纪念的一年。我虽则不是预言家，但我也敢断定，日本的总崩溃，将在一九三九年的七月。我们的抗战，以后只须支持七个月，就可以得到报酬了。这七个月的支持，只教有英美的金元，和苏联的机械热血，难道还会发生什么问题么？

　　所可虑者，是日人政治手腕的运用，和我们中国的一般悲观主义者的得势。悲观者是容易被日人所威胁与利诱的，但愿我们中华民族的全民，没有一个悲观主义者出现！

　　一九三八年十二月廿三日在惊涛骇浪中写

# 与悲鸿的再遇

十几年前,大约是一九二七年冬后吧,我正住在上海。那时候,党禁很严,我也受了嫌疑,除在上海的各新闻杂志上,写些牢骚文字外,一步也不敢向中国内地去走。

有一天冬天的午后,田汉忽而到我的寓居里来了,坐了一会,就同他一道出去,走上了法界霞飞路的一家老去的咖啡馆内。坐坐谈谈,天色已经向晚,田汉就约我上他家去吃晚饭。当时他住在法界一条新辟的大路旁边,租的是一所三楼三底的大厦。同时,他还在附近的一所艺术大学里当校长。

到了他的家里,一进门,他就给我介绍了刚自法国回国来不久,这一天也仍在孜孜作画的徐悲鸿先生,原来徐先生是和他同住的。看了壁上的几张已经画好,及画架上的一张未画好的画后,我马上就晓得悲鸿先生是真正在巴黎用过苦功,具有实在根底的一位画家。

我对于西洋画,本来也是门外汉,国际的大作,绝没有观摩的机会,至于自家来买来藏呢,更加谈不上了。一知半解的一点对于洋画的知识,大半还是初学英文,读拉斯金的那几部巨著的时候剩下来的一些渣滓。只记得当时读到他赞美 Turner 的时候,也曾经滴下过同情的感泪。但当我那时候见到了悲鸿先生的几张画后,我就感到了他的笔触的沉着,色调的谐和,与夫轮廓的匀称，是我们的同时代的有许多画家所不及的。这时候，上海原也有许多以西洋画而成名的画家在那里。

其后，人事匆匆，我也因避嫌疑而东逃西躲，一直到了这一次抗战事起，而到了武汉，在武汉的政治部里，又与十余年前的许多老友遇见了，有许多是剧人，有许多是画家。从叶浅予，倪贻德的几位先生的口里，我才听到了悲鸿先生的也将由广西而来武汉的消息。

但是到武汉不久，就有了专往各区战线视察之命，我在武汉住下的日子，名义上虽则有九个月，但实际算起来，恐怕只有三四十天的样子；所以在去年，本是可以与悲鸿先生见一次面的，但结果，却终失之交臂，直到今年到了海外，才有了这重叙十年多久别的机会。

悲鸿先生，在这十多年中间的行动与成绩，已在略历里简单叙述过了；我只想说一说他这一回的来星洲，是系去印度应诗人泰戈儿之招的路过。老诗人泰戈儿的如何同情于我们中国的这一次抗战，就在他答日本一军阀走狗诗人的野口米次郎的信里，可以看得出来。他的招悲鸿先生的去印度开展览会，亦是他的这一点同情于弱小民族的义愤心的证明。

悲鸿先生，在广西住得久了，见了那些被敌机滥施轰炸后的无告的寡妇与孤儿，以及在疆场上杀敌成仁的志士的遗族们，实在抱有着绝大的酸楚与同情。他的欲以艺术报国的苦心，一半也就在这里；他的展览会所得的义捐金全部，或者将很有效用地，用上这些地方去。

十年不见，悲鸿先生的丰采，还觉得没有什么改变，只是颜面上多了几条线纹；但精神焕发，勇往直前的热情气概，还依旧和往年一样。

他的名字，已经与世界各国的大画师共垂宇宙，他的成绩也最具体地摆在我们的面前,所以,不必要的奖誉和夸张,我在这里想一概地略去;只提一提,他的国画,是如何地生动与逼真,画后的思想,又如何地深沉而有力,我想也就够了。

他的中西画的作品,将于本月内在中华总商会举行展览,像《田横五百士图》,像《此去》,像《徯我后》等,都是气魄雄伟,没有人看了不会赞赏的逸品。我们于在这里介绍之余,更希望有巨眼的识者,于参观展览会后,再赐以鸿文,指出悲鸿先生的画品的伟大。

# 归 航

微寒刺骨的初冬晚上，若在清冷同中世似的故乡小市镇中，吃了晚饭，于未敲二更之先，便与家中的老幼上了楼，将你的身体躺入温暖的被里，呆呆的隔着帐子，注视着你的低小的木桌上的灯光，你必要因听了窗外冷清的街上过路人的歌音和足声而泪落。你因了这灰暗的街上的行人，必要追想到你孩提时候的景象上去。这微寒静寂的晚间的空气，这幽闲落寞的夜行者的哀歌，与你儿童时代所经历的一样，但是睡在楼上薄棉被里，听这哀歌的人的变化却如何了？一想到这里谁能不生起伤感的情来呢？——但是我此言，是为像我一样的无能力的将近中年的人而说的——

我在日本的郊外夕阳晼晚的山野田间散步的时候，也忽而起了一种同这情怀相像的怀乡的悲感，看看几个日夕谈心的朋友，一个一个的减少下去的时候，我也想把我的迷游生活（Wandering Life）结束了。

十年久住的这海东的岛国，把我那同玫瑰露似的青春消磨了的这异乡的天地，我虽受了她的凌辱不少，我虽不愿第二次再使她来吻我的脚底，但是因为这厌恶的情太深了，到了将离的时候，我倒反而生起一种不忍与她诀别的心来。啊啊，这柔情一脉，便是千古的伤心种子，人生的悲剧，可能是发芽在此地的么？

我于未去日本之先，我的高等学校时代的生活背景，也想再去探看一回。我于永久离开这强暴的小国之先，我的迭次失败了的浪漫史的血迹，也想再去揩拭一回。

"轻薄淫荡的异性者呀，你们用了种种柔术想把来弄杀了的他，现在已经化作了仙人，想回到他的须弥故国去了。请你们尽在这里试用你们的手段吧，他将要骑了白鹤，回到他的母亲怀里去了。他回去之后，定将拥挟了霓裳仙子，舞几夜通宵的歌舞，他是再也不来向你们乞怜的了。"

我也想用了微笑，代替了这一段言语，向那些愚弄过我的妇人，告个长别，用以泄泄我的一段幽恨。为了这种种琐碎的原因，我的回国日期竟一天一天的延长了许多时日。

从家里寄来的款也到了，几个留在东京过夏的朋友为我饯行的席也设了，想去的地方，也差不多去过了，几册爱读的书也买好了，但是要上船的第一天（七月的十五）我又忽而跑上日本邮船公司去，把我的船票改迟了一班，我虽知道在黄海的这面有几个——我只说几个——与我意气相合的朋友在那里等我，但是我这莫名其妙的离情，我这像将死时一样的哀感，究竟教我如何处置呢？我到七月十九的晚上，喝醉了酒，才上了东京的火车，上神户去趁翌日出发的归舟。

二十的早晨从车上走下来的时候，赤色的太阳光线已经将神户市的一大半房屋烧热了。神户市的附近，须磨是风光明媚的海滨村，是三伏中地上避暑的快乐园，当前年须磨寺大祭的晚上，是我与一个不相识的妇人共宿过的地方。依我目下的情怀说来，是不得不再去留一宵宿，叹几声别的，但是回故国的轮船将于午前十点钟开行，我只能在海上与她遥别了。

"妇人呀妇人，但愿你健在，但愿你荣华，我今天是不能来看你了。再会——不……不……永别了……"

须磨的西边是明石，紫式部的同画卷似的文章，蓝苍的海浪，洁白的沙滨，参差雅淡的别庄，别庄内的美人，美人的幽梦，……

"明石呀明石！我只能在游仙枕上，远梦到你的青松影里，再来和你的儿女谈多情的韵事了。"

八点半钟上了船，照管行李，整理舱位，足足忙了两个钟头；船的前后铁索响的时候，铜锣报知将开船的时候，我的十年中积下来的对日本的愤恨与悲哀，不由得化作了数行冰冷的清泪，把海湾一带的风景，染成了模糊像梦里的江山。

"啊啊，日本呀！世界一等强国的日本呀！国民比我们矮小，野心比我们强烈的日本呀！我去之后，你的海岸大约依旧是风光明媚，你的儿女大约依旧是荒淫无忌地过去的。天色的苍茫，海洋的浩荡，大约总不至因我之去而稍生变更的。我的同胞的青年，大约仍旧要上你这里来，继续了我的运命，受你的欺辱的。但是我的青春，我的在你这无情的地上化费了的青春！啊啊，枯死的青春呀，你大约总再也不能回复到我的身上来了吧！"

二十一日的早晨，我还在三等舱里做梦的时候，同舱的鲁君就跳到我的枕边上来说："到了到了！到门司了！你起来同我们上门司去吧！"

我乘的这只船，是经过门司不经过长崎的，所以门司，便是中途停泊的最后的海港；我的从昨日酝酿成的那种伤感的情怀，听了门司两字，又在我的胸中复活了起来。一只手擦着眼睛，一只手捏了牙刷，我就跟了鲁君走出舱来。淡蓝的天色，已经被赤热的太阳光线笼罩了东方半角。平静无波的海上，贯流着一种夏天早晨特有的清新的空气。船的左右岸有几堆同青螺似的小岛，受了朝阳的照耀，映出了一种浓润的绿色。前面去左船舷不远的地方有一条翠绿的横山，山上有两株无线电报的电杆，突出在碧落的背景里；这电杆下就是门司港市了。船又行进了三五十分钟，回到那横山正面的时候，我只见无数的人家，无数的工厂烟囱，无数的船舶和桅杆，纵横错落的浮映在天水中间的太阳光线里，船已经到了门司了。

门司是此次我的脚所践踏的最后的日本土地，上海虽然有日本的居民，天津汉口杭州虽然有日本的租界，但是日本的本土，怕今后与我便无缘分了。因为日本是我所最厌恶的土地，所以今后大约我总不至于再来的。因为我是无产阶级的一介分子，所以将来大约我总不至坐在赴美国的船上，再向神户横滨来泊船的。所以我可以说门司便是此次我的脚所践踏的最后的日本土地了。

我因为想深深的尝一尝这最后的伤感的离情，所以衣服也不换，面也不洗，等船一停下，便一个人跳上了一只来迎德国人的小汽船，跑上岸上去了。小汽船的速力，在海上振动了周围清新的空气，我立在船头上觉得一种微风同妇人的气息似的吹上了我的面来。蓝碧的海面上，被那小汽船冲起了一层波浪，汽船过处，现出了一片银白的浪花，在那里返射着朝日。

在门司海关码头上岸之后，我觉得射在灰白干燥的陆地路上的阳光，几乎要使我头晕；在海上不感得的一种闷人的热气，一步一步的逼上我的面来，我觉得我的鼻上有几颗珍珠似的汗珠滚出来了；我穿过了门司车站的前庭，便走进狭小的锦町街上去。我想永久将去日本之先，不得不买一点什么东西，作作纪念，所以在街上走了一回，我就踏进了一家书店。新刊的杂志有许多陈列在那里，我因为不想买日本诸作家的作品，来培养我的创作能力，所以便走近里面的洋书架去。小泉八云 Lafcadio Hearn 的著作，Modern Library 的丛书占了书架的一大部分，我细细的看了一遍，觉得与我这时候的心境最适合的书还是去年新出版的 John Paris 的那本 *Kimono*（日本衣服之名）。

我将要去日本了,我在沦亡的故国山中,万一同老人追怀及少年时代的情人一般,有追思到日本的风物的时候,那时候我就可拿出几本描写日本的风俗人情的书来赏玩。这书若是日本人所著,他的描写,必至过于真确,那时候我的追寻远地的梦幻心境,倒反要被那真实粗暴的形相所打破。我在那时候若要在沙上建筑蜃楼,若要从梦里追寻生活,非要读读朦胧奇特、富有异国情调的,那些描写月下的江山,追怀远地的情事的书类不可;从此看来,这 Kimono 便是与这境状最适合的书了,我心里想了一遍,就把 Kimono 买了。从书店出来又在狭小的街上的暑热的太阳光里走了一段,我就忍了热从锦町三丁目走上幸町的通里山的街上去。幸町是三弦酒肉的巢窟,是红粉胭脂的堆栈,今天正好像是大扫除的日子,那些调和性欲,忠诚于她们的天职的妓女,都裸了雪样的洁白,风样的柔嫩的身体,在那里打扫,啊啊,这日本的最美的春景,我今天看后,怕也不能多看了。

我在一家姓安东的妓家门前站了一忽,同饥狼似的饱看了一回烂熟的肉体,便又走下幸町的街路,折回到了港口。路上的灰尘和太阳的光线,逼迫我的身体,致我不得不向咖啡店去休息一场;我在去码头不远的一家下等的酒店坐下的时候,身体也真疲劳极了。

喝了一大瓶啤酒,吃了几碗日本固有的菜,我觉得我的消沉的心里,也生了一点兴致出来,便想尽我所有的金钱,上妓家去瞎闹一场;但拿出表来一看,已经过十二点了,船是午后二点钟就要拔锚的。

我出了酒店,手里拿了一本 Kimono,在街上走了两步,就把游荡的邪心改过,到浴场去洗了一个澡,因以涤尽了十几年来,堆叠在我这微躯上的日本的灰尘与恶土。

上船的时候,已经是午后一点半了。三十分后开船的时候,我和许多去日本的中国人和日本人立在三等舱外甲板上的太阳影里看最后的日本的陆地。门司的人家远去了，工场的烟囱也看不清楚了，近海岸的无人绿岛也一个一个的少下去了，我正在出神的时候，忽听一等舱的船楼上有清脆的妇人声在那里说话；我抬起头来一看，见有一个年约十八九的中西杂种的少女，立在船楼的栏杆边上，在那里和一个红脸肥胖的下劣西洋人说话。那少女皮肤带着浅黑色，眼睛凹在鼻梁的两边，鼻尖高得很，瞳人带些微黄，但仍是黑色；头发用烙铁烫过，有一圈珍珠，带在蓬蓬的发下。她穿的是黄白薄绸的一件西洋的夏天女服，双袖短得很，她若把手与肩胛平张起来，你从袖口能看得出她腋下的黑影，和胸前的乳头来。她的颈项下的前后又裸着两块可爱的黄黑色的肥肉。下面穿的是一条短短的围裙，她的瘦长的两条脚露出在鱼白的湖绉裙下。从玄色的丝袜里蒸发出来的她的下体的香味，我好像也闻得出来的样子。看看她那微笑的短短的面貌，和一排洁白的牙齿，我恨不得拿出一把手枪来，把那同禽兽似的西洋人击杀了。

"年轻的少女呀，我的半同胞呀！你母亲已经为他们异类的禽兽玷污了，你切不可再与他们接近才好呢！我并不想你，我并不在这里贪你的姿色；但是，但是像你这样的美人，万一被他们同野兽一样的西洋人蹂躏了去，教我如何能堪呢！你那柔软黄黑的肉体被那肥胖和雄猪似的洋人压着的光景，我便在想象的时候，也觉得眼睛里要喷出火来。少女呀少女！我并不要你爱我，我并不要你和我同梦。我只求你别把你的身体送给异类的外人去享乐就对了。我们中国也有美男子，我们中国也有同黑人一样强壮的伟男子，我们中国也有几千万几万万家财的富翁，你何必要接近外国人呢！啊啊，中国可亡，但是中国的女子是不可被他们外国人强奸去的。少女呀少女！你听了我的这哀愿吧！"

我的眼睛呆呆的在那里看守她那颧骨微突嘴巴狭小的面貌，我的心里同跪在圣女马琍亚像前面的旧教徒一样，尽在那里念这些祈祷。感伤的情怀，一时征服了我的全体，我觉得眼睛里酸热起来，她的面貌，就好像有一层 veil 罩着的样子，也渐渐的朦胧起来了。

海上的景物也变了。近处的小岛完全失去了影子，空旷的海面上，映着了夕照，远远里浮出了几处同眉黛似的青山；我在甲板上立得不耐烦起来，就一声也不响，低了头，回到了舱里。

太阳在西方海面上沉没了下去，灰黑的夜阴从大海的四角里聚集了拢来，我吃完了晚饭，仍复回到甲板上来，立在那少女立过的楼底直下。我仰起头来看看她立过的地方，心里就觉得悲哀起来，前次的纯洁的心情，早已不复在了，我心里只暗暗地想：

"我的头上那一块板，就是她曾经立过的地方。啊啊，要是她能爱我，就教我用无论什么方法去使她快乐，我也愿意的。啊啊，所罗门当日的荣华，比到纯洁的少女的爱情，只值得什么？事也不难，她立在我头上板上的时候，我只须用一点奇术，把我的头一寸一寸的伸长起来，钻过船板去就对了。"

想到了这里，我倒感着了一种滑稽的快感；但看看船外灰黑的夜阴，我觉得我的心境也同白日的光明一样，一点一点被黑暗腐蚀了。

我今后的黑暗的前程，也想起来了。我的先辈回国之后，受了故国社会的虐待，投海自尽的一段哀史，也想起来了。

"我在那无情的岛国上，受了十几年的苦，若回到故国之后，仍不得不受社会的虐待，教我如何是好呢！日本的少女轻侮我，欺骗我时，我还可以说'我是为人在客'，若故国的少女，也同日本妇人一样的欺辱我的时候，我更有什么话说呢！你看那 euroasian 不是已在那里轻侮我了么？她不是已经不承认我的存在了么？唉，唉，唉，唉，我错了，我错了。我是不该回国来的。一样的被人虐待，与其受故国同胞的欺辱，倒还不如受他国人的欺辱更好自家宽慰些。"

我走近船舷，向后面我所别来的国土一看，只见得一条黑线，隐隐的浮在东方的苍茫夜色里。我心里只叫着说：

"日本呀日本，我去了。我死了也不再回到你这里来了。但是，但是我受了故国社会的压迫，不得不自杀的时候，最后浮上我的脑子里来的，怕就是你这岛国哩！Ave Japon！我的前途正黑暗得很呀！"

一九二二，七月二十六日，上海。

# 诗人的末路

司考脱兰特的耕农词客彭思（Burns, the Ploughman Bard）在故乡穷得不了，想飘流到谢马衣加（Jamaica）去的时候，有一天叹着对他的将痕说：

"将痕呀，百年之后，他们大约能知道我的真价吧！"

"Jean, one hundred years hence, they'll think main me than they do now."

在生前被一般势利的盲目批评家骂得可怜，终于抑郁而死的薄命诗人克子（Keats），只剩了一句豪语说：

"我想我死后总能入英国诗人之列。"

"I think I shall be among the English Poets after my death."

但他的墓铭，仍是一句：

"此间埋着的可怜虫，他的名字是写在水上的！"

"Here lies one whose name was write in water."

深自谦抑的伤心之语。

穷途潦倒，死在施医院里的鬼才汤梦生（Francis Thomason）对他心爱之人说：

"……你跟我来哟！

千秋万岁，我将护你前行，

你和我将入不朽之域。"

"……Come with me:

I will escort thee down the years,

With me thou walk'st immortality."

啊啊！古今来的薄命词人，到了途穷日暮谁不是这样的想，但无情岁月，怕已吞没了许多才人的名姓了的吧！我为彭思克子汤梦生泣，我更不得不为我所不知道的许多薄命诗人泣！

一九二三年八月十二日

# 一封信

M君，F君：

　　到北京后，已经有两个月了。我记得从天津的旅馆里发出那封通信之后，还没有和你们通过一封信；临行时答应你们做的稿子，不消说是没有做过一篇。什么"对不起呀"，"原谅我呀"的那些空文，我在此地不愿意和你们说，实际上即使说了也是没有丝毫裨益的。这两个月中间的时间，对于我是如何的悠长？日夜只呆坐着的我的脑里，起了一种怎么样的波涛？我对于过去，对于将来，抱了怎么样的一个念望？这些事情，大约是你们所不知道的罢；你们若知道了，我想你们一定要跑上北京来赶我回去，或者宽纵一点，至少也许要派一个人或打一个电报，来催我仍复回到你们日夜在谋脱离而又脱离不了的樊笼里去。我的情感，意识，欲望和其他的一切，现在是完全停止了呀，M！我的生的执念和死的追求现在也完全消失了呀！F！啊啊，以我现在的心理状态讲来，就是这一封信也是多写的，我……我还要希望什么？啊啊，我还要希望什么呢？上北京来本来是一条死路，北京空气的如何腐劣，都城人士的如何险恶，我本来是知道的。不过当时同死水似的一天一天腐烂下去的我，老住在上海，任我的精神肉体，同时崩溃，也不是道理，所以两个月前我下了决心，决定离开了本来不应该分散而实际上不分散也没有方法的你们，而独自一个跑到这风雪弥漫的死都中来。当时决定起行的时候,我心里本来也没有什么远大的希望,但是在无望之中,漠然的我总觉有一个"转换转换空气,振作振作精神"的念头。啊啊,我当时若连这一个念头也不起,现在的心境,或者也许能平静安逸,不至有这样的苦闷的!欺人的"无望之望"哟,我诅咒你,我诅咒你!……拿起笔来,顺了我苦闷的心状,写了这么半天,我也不知道说了些什么。像这样的写下去,我也不知道怎么才能把我胸中压住的一块铅铁吐露得出来。啊啊,M,F,我还是不写了罢,我还是不写的好……不过……不过这样的沉默过去,我怕今晚上就要发狂,睡是横竖睡不着了,难道竟这样呆呆的坐到天明么?这绵绵的长夜,又如何减缩得来呢?M,F!我的头昏痛得很,我仍复写下去罢,写得纠缠不清的时候,请你们以自己的经验来补我笔的不足。

"到北京之后,竟完全一刻清新的时间也没有过,从下车之日起,一直到现在此刻止,竟完全是同半空间的雨滴一样,只是沉沉落下。"这一句话,也是假的。若求证据,我到京之第二日,剃了数月来未曾梳理的长发短胡,换了一件新制的夹衣,捧了讲义,欣欣然上学校去和我教的那班学生相见,便是一个明证。并且在这样消沉中的我,有时候也拿起纸笔来想写些什么东西。前几天我还有一段不曾做了的断片,被 M 报拿了去补纪念刊的余白哩,……所以说我近来"竟完全同半空间的雨滴一样,只是沉沉落下。"也是假的,但是像这样的瞬间的发作,最多不过几个钟头。这几个钟头过后,剩下来的就是无穷限的无聊和无穷限的苦闷。并且像这样的瞬间的发作,至多一个月也不过一次,以后我觉得好像要变成一年一次几年一次的样子,那是一定的,那是一定的呀!

那么除了这样的几个钟头的瞬间发作之外,剩下来的无穷的苦闷的本体,究竟是什么呢?M!F!请你们不要笑我罢!实际上我自家也说不出所以然来。我不晓得为什么我会这样的苦闷，这样的无聊！

难道是失业的结果么？……现在我名义上总算已经得了一个职业，若要拼命干去，这几点钟学校的讲义也尽够我日夜的工作了。但是我一拿到讲义稿，或看到第二天不得不去上课的时间表的时候，胸里忽而会咽上一口气来，正如酒醉的人，打转饱嗝来的样子。我的职业，觉得完全没有一点吸收我心意的魔力，对此我怎么也感不出趣味来。讲到职业的问题，我觉得倒不如从前失业时候的自在了。

难道是失恋的结果么？……噢噢，再不要提起这一个怕人的名词。我自见天日以来，从来没有晓得过什么叫做恋爱。运命的使者，把我从母体里分割出来以后，就交给了道路之神，使我东流西荡，一直飘泊到了今朝，其间虽也曾遇着几个异性的两足走兽，但她们和我的中间，本只是一种金钱的契约，没有所谓"恋"，也没有所谓"爱"的。本来是无一物的我，有什么失不失，得不得呢？你们若问起我的女人和小孩如何，那么我老实对你们说罢，我的亲爱她的和她的心情，也不过和我亲爱你们的心情一样。这一种亲爱，究竟可不可以说是恋爱，暂且不管它，总之我想念我女人和小孩的情绪，只有同月明之夜在白雪晶莹的地上，当一只孤雁飞过时落下来的影子那么浓厚。我想这胸中的苦闷，和日夜纠缠着我的无聊，大约定是一种遗传的疾病。但这一种遗传，不晓得是始于何时，也不知将伊于何底，更不知它是否限于我们中国的民族的？

我近来对于几年前那样热爱过的艺术，也抱起疑念来了。呀，M，F！我觉得艺术中间，不使人怀着恶感，对之能直接得到一种快乐的，只有几张伟大的绘画，和几段奔放的音乐，除此之外，如诗，文，小说，戏剧，和其他的一切艺术作品，都觉得肉麻得很。你看哥德的诗多肉麻啊，什么"紫罗兰呀，玫瑰呀，十五六的少女呀"，那些东西究竟有什么用处呢？垂死的时候，能把它们拿来作药饵么？美莱迭斯的小说，也是如此的啊，并不存在的人物事实，他偏要说得原原本本，把威尼斯的夕照和伦敦市的夜景，一场一场的安插到里头去，枉费了造纸者和排字者的许多辛苦，创造者的他自家所得的结果，也不过一个永久的死灭罢了，那些空中的楼阁，究竟建设在什么地方呢？像微虫似的我辈，讲起来更可羞了。我近来对北京的朋友，新订了一个规约，请他们见面时绝对不要讲关于文学上的话，对于我自家的几篇无聊的作品，更请求他们不要提起。因为一提起来，我自家更羞惭得窜身无地，我的苦闷，也更要增加。但是到我这里来的青年朋友，多半是以文学为生命的人。我们虽则初见面时有那种规约，到后来三言两语，终不得不讲到文学上去。这样的讲一场之后，我的苦闷，一定不得不增加一倍。

为消减这一种内心苦闷的缘故，我却想了种种奇特的方法出来。有时候我送朋友出门之后，马上就跑到房里来把我所最爱的东西，故意毁成灰烬，使我心里不得不起一种惋惜悔恼的幽情，因为这种幽情起来之后，我的苦闷，暂时可以忘了。到北京之后的第二个礼拜天的晚上，正当我这种苦闷情怀头次起来的时候，我把颜面伏在桌子上动也不动的坐了一点多钟。后来我偶尔把头抬起，向桌子上摆着的一面蛋形镜子一照，只见镜子里映出了一个瘦黄奇丑的面形，和倒覆在额上的许多三寸余长、乱蓬蓬的黑发来。我顺手拿起那面镜子向地上一掷，拍的响了一声，镜子竟化成了许多粉末。看看一粒一粒地上散溅着的玻璃的残骸，我方想起了这镜子和我的历史。因为这镜子是我结婚之后，我女人送给我的两件纪念品中的最后的一件。她和这镜子同时给我的一个钻石指环，被我在外国念书的时候质在当铺里，早已满期流卖了，目下只剩了这一面意大利制的四圈有象牙螺钿镶着的镜子,我于东西流转之际,每与我所最爱的书籍收拾在一起,随身带着的这镜子,现在竟化成一颗颗的细粒和碎片,溅散在地上。我呆呆的看了一忽,心里忽起了一种惋惜之情,几刻钟前,那样难过的苦闷,一时竟忘掉了。自从这一回后,我每于感到苦闷的时候,辄用这一种饮鸩止渴的手段来图一时的解放,所以我的几本爱读的书籍和几件爱穿的洋服,被我烧了的烧了,剪破的剪破,现在行箧里,几乎没有半点值钱的物事了。

有钱的时候,我的解闷的方法又是不同。但我到北京之后,从没有五块以上的金钱和我同过一夜,所以用这方法的时候,比较的不多。前月中旬,天津的二哥哥,寄了五块钱来给我,我因为这五块钱若拿去用的时候,终经不起一次的消费,所以老是不用,藏在身边。过了几天,我的遗传的疾病又发作了,苦闷了半天,我才把这五元钱想了出来。慢慢的上一家卖香烟的店里尽这五元钱买了一大包最贱的香烟,我回家来一时的把这一大包香烟塞在白炉子里燃烧起来。我那时候独坐在恶毒的烟雾里,觉得头脑有些昏乱,且同时眼睛里,也流出了许多眼泪,当时内心的苦闷,因为受了这肉体上的刺激,竟大大的轻减了。

一般人所认为排忧解闷的手段,一时我也曾用过的手段,如醇酒妇人之类,对于现在的我,竟完全失了它们的效力。我想到了一年半年之后若现在正在应用的这些方法,也和从前的醇酒妇人一样,变成无效的时候,心里又不得不更加上一层烦恼。啊啊,我若是一个妇人,我真想放大了喉咙,高声痛哭一场!

前几个月在上海做的那一篇春夜的幻影,你们还记得么?我现在回想起来,觉得近来于无聊之极,写出来的几篇感想不像感想小说不像小说的东西里,还是这篇夏夜的幻想有些意义。不过当时的苦闷,没有现在那么强烈,所以还能用些心思在修辞结构上面。我现在才知道了,真真苦闷的时候,连叹苦的文字也做不出来的。

夜已经深了。口外的火车,远远绕越西城的车轮声,渐渐的传了过来。我想这时候你们总应该睡了罢?若还没有睡,啊啊,若还没有睡,而我们还住在一起,恐怕又要上酒馆去打门了呢!我一想起当时的豪气,反而只能发生出一种羡慕之心,当时的那种悲愤,完全没有了。人生到了这一个境地,还有什么希望?还有什么希望呢?

# 给一位文学青年的公开状

今天的风沙实在太大了,中午吃饭之后,我因为还要去教书,所以没有许多工夫和你谈天。我坐在车上,一路的向北走去,沙石飞进了我的眼睛。一直到午后四点钟止,我的眼睛四周的红圈,还没有退尽。恐怕同学们见了要笑说我,所以于上课堂之先,我从高窗口在日光大风里把一双眼睛曝晒了许多时。我今天上你那公寓里来看了你那一副样子,觉得什么话也说不出来。现在我想趁着这大家已经睡寂了的几点钟工夫,把我要说的话,写一点在纸上。

平素不认识的可怜的朋友,或是写信来,或是亲自上我这里来的,很多很多。我因为想报答两位也是我素不认识而对于我却有十二分的同情过的朋友的厚恩起见,总尽我的力量帮助他们。可是我的力量太薄弱了,可怜的朋友太多了,所以结果近来弄得我自家连一条棉裤也没有。这几天来天气变得很冷,我老想买一件外套,但终于没有买成。尤其是使我羞恼的,因为恰逢此刻,我和同学们所读的书里,正有一篇俄国郭哥儿著的嘲弄像我们一类人的小说《外套》。现在我的经济状态,比从前并没有什么宽裕,从数目上讲起来,反而比从前要少——因为现在我不能向家里去要钱化,每月的教书钱,额面上虽则有五十三加六十四合一百十七块,但实际上拿得到的只有三十三四块——而我的嗜好日深,每月光是烟酒的账,也要开销二十多块。我曾经立过几次对天的深誓,想把这一笔糜费戒省下来,但愈是没有钱的时候,愈想喝酒吸烟。向你讲这一番苦话,并不是因为怕你要来问我借钱,先事预防,我不过欲以我的身体来做一个证据,证明目下的中国社会的不合理,以大学校毕业的资格来糊口的你那种见解的错误罢了。

引诱你到北京来的,是一个国立大学毕业的头衔;你告诉我说你的心里,总想在国立大学弄到毕业,毕业以后至少生计问题总可以解决。现在学校都已考完,你一个国立大学也进不去,接济你的资斧的人,又因他自家的地位摇动,无钱寄你;你去投奔你同县而且带有亲属的大慈善家H,H又不纳。穷极无路,只好写封信给一个和你素不相识而你也明明知道是和你一样穷的我,在这时候这样的状态之下,你还要口口声声的说什么"大学教育","念书",我真佩服你的坚忍不拔的雄心。不过佩服虽可佩服,但是你的思想的简单愚直,也却是一样的可惊可异。现在你已经是变成了中性,——半去势的文人了,有许多事情,譬如说高尚一点的,去当土匪,卑微一点的,去拉洋车等事情,你已经是干不了的了,难道你还嫌不足,还要想穿几年长袍,做几篇白话诗,短篇小说,达到你的全去势的目的么?大学毕业,大学毕业以后就可以有饭吃,你这一种定理,是那一本书上翻来的?

像你这样一个白脸长身,一无依靠的文学青年,即使将面包和泪吃,勤勤恳恳的在大学窗下住它五六年,难道你拿毕业文凭的那一天,天上就忽而会下起珍珠白米的雨来的么?

现在不要说中国全国,就是在北京的一区里头,你且去站在十字街头,看见穿长袍黑马褂或哔叽旧洋服的人,你且试对他们行一个礼,问他们一个人要一个名片来看看;我恐怕你不上大半,就可以积起一大堆的什么学士,什么博士来,你若再行一个礼,问一问他们的职业，我恐怕他们都要红红脸说："兄弟是在这里找事情的。"他们是什么？他们都是大学毕业生呀，你能和他一样的有钱读书么？你能和他们一样的有钱买长袍黑马褂哔叽洋服么？即使你也和他们一样的有了读书买衣服的钱，你能保得住你毕业的时候，事情会来找你么？

大学毕业生坐汽车，吸大烟，一攫千金的人原是有的。然而他们都是为新上台的大老经手减价卖职的人，都是有大刀枪在后面援助的人，都是有几个什么长在他们父兄身上的人，再粗一点说，他们至少也都是会爬乌龟钻狗洞的人，你要有他们那么的后援，或他们那么的乌龟本领，狗本领，那么你就是大学不毕业，何尝不可以吃饭？

我说了这半天，不过想把你的求学读书，大学毕业的迷梦打破而已。现在为你计，最上的上策，是去找一点事情干干。然而土匪你是当不了的，洋车你也拉不了的，报馆的校对，图书馆的拿书者，家庭教师，看护男，门房，旅馆火车菜馆的伙计，因为没有人可以介绍，你也是当不了的，——我当然是没有能力替你介绍，——所以最上的上策，于你是不成功的了。其次你就去革命去吧，去制造炸弹去吧！但是革命是不是同割枯草一样，用了你那裁纸的小刀，就可以革得成的呢？炸弹是不是可以用了你头发上的灰垢和半年不换的袜底里的腐泥来调合的呢？这些事情，你去问上帝去吧！我也不知道。

比较上可以做得到，并且也不失为中策的，我看还是弄几个旅费，回到湖南你的故土，去找出四五年你不曾见过的老母和你的小妹妹来，第一天相持对哭一天；第二天因为哭了伤心，可以在床上你的草窠里睡去一天；既可以休养，又可以省几粒米下来熬稀粥，第三天以后，你和你的母亲妹妹，若没有衣服穿，不妨三人紧紧的挤在一处，体热互助的结果，同冬天雪夜的群羊一样，倒可以使你的老母，不至冻伤，若没有米吃，你在日中天暖一点的时候，不妨把年老的母亲交付给你妹妹的身体烘着，你自己可以上村前村后去掘一点草根树根来煮汤吃。草根树根里也有淀粉，我的祖母未死的时候，常把洪杨乱日，她老人家尝过的这滋味说给我所，我所以知道，现在我既没有余钱，可以赠你，就把这秘方相传，作个我们两位穷汉，在京华尘土里相遇的纪念吧！若说草根树根，也被你们的督军省长师长议员知事掘完，你无论走往何处再也找不出一块一截来的时候，那么你且咽着自家的口水，同唱戏似的把北京的豪富人家的蔬菜，有色有香的说给你的老母亲小妹妹听听；至少在未死前的一刻半刻钟中间，你们三个昏乱的脑子里，总可以大事铺张的享乐一回。

但是我听你说，你的故乡连年兵燹，房屋田产都已毁尽，老母弱妹，也不知是生是死，五年来音信不通；并且现在回湖南的火车不开，就是有路费也回去不得，何况没有路费呢？

上策不行，次之中策也不行，现在我为你实在是没有什么法子好想了。不得已我就把两个下策来对你讲吧！

第一，现在听说天桥又在招兵，并且听说取得极宽，上自五十岁的老人起，下至十六七岁的少年止，一律都收；你若应募之后，马上开赴前敌，打死在租界以外的中国地界，虽然不能说是为国效忠，也可以算得是为招你的那个同胞效了命，岂不是比饿死冻死在你那公寓的斗室里，好得多么？况且万一不开往前敌，或虽开往前敌而不打死的时候，只教你能保持你现在的这种纯洁的精神，只教你能有如现在想进大学读书一样的精神来宣传你的理想，难保你所属的一师一旅，不为你所感化。这是下策的第一个。

第二，这才是真真的下策了！你现在不是只愁没有地方住没有地方吃饭而又苦于没有勇气自杀么？你的没有能力做土匪，没有能力拉洋车,是我今天早晨在你公寓里第一眼看见你的时候,已经晓得。但是有一件事情,我想你还能胜任的,要干的时候一定是干得到的。这是什么事情呢?啊啊,我真不愿意说出来——我并不是怕人家对我提起诉讼,说我在嗾使你做贼,啊呀,不愿意说倒说出来了,做贼,做贼,不错,我所说的这件事情,就是叫你去偷窃呀!

无论什么人的无论什么东西,只教你偷得着,尽管偷吧!偷到了,不被发觉,那么就可以把这你偷自他,他抢自第三人的,在现在的社会里称为赃物,在将来进步了的社会里,当然是要分归你有的东西,拿到当铺——我虽然不能为你介绍职业,但是像这样的当铺,却可以为你介绍几家——里去换钱用。万一发觉了呢?也没有什么。第一你坐坐监牢,房钱总可以不付了。第二监狱里的饭,虽然没有今天中午我请你的那家馆子里的那么好,但是饭钱是可以不付的。第三或者什么什么司令,以军法从事,把你枭首示众的时候,那么你的无勇气的自杀,总算是他来代你执行了,也是你的一件快心的事情,因为这样的活在世上,实在是没有什么意思。

我写到这里,觉得没有话再可以和你说了,最后我且来告诉你一种实习的方法吧!

你若要实行上举的第二下策,最好是从亲近的熟人方面做起。譬如你那位同乡的亲戚老 H 家里,你可以先去试一试看。因为他的那些堆积在那里的富财,不过是方法手段不同罢了,实际上也是和你一样的偷来抢来的。再若你慑于他的慈和的笑里的尖刀,不敢去向他先试,那么不妨上我这里来作个破题儿试试,我晚上卧房的门常是不关,进出很便。不过有一件缺点,就是我这里没有什么值钱的物事。但是我有几本旧书,却很可以卖几个钱。你若来时,最好是预先通知我一下,我好多服一剂催眠药,早些睡下，因为近来身体不好，晚上老要失眠，怕与你的行动不便；还有一句话——你若来时，心肠应该要练得硬一点，不要因为是我的书的原因，致使你没有偷成，就放声大哭起来——

一九二四年十一月十三日午前二时

# 骸骨迷恋者的独语

　　文明大约是好事情,进化大约是好现象,不过时代错误者的我,老想回到古时候还没有皇帝政府的时代——结绳代字的时代——去做人。生在乱世,本来是不大快乐的,但是我每自伤悼,恨我自家即使要生在乱世,何以不生在晋的时候。我虽没有资格加入竹林七贤——他们是贤是愚,暂且不管,世人在这样的称呼他们,我也没有别的新名词来替代——之列,但我想我若生在那时候,至少也可听听阮籍的哭声。或者再迟一点,于风和日朗的春天,长街上跟在陶潜的后头,看看他那副讨饭的样子,也是非常有趣。即使不要讲得那么远,我想我若能生于明朝末年,就是被李自成来砍几刀,也比现在所受的军阀官僚的毒害,还有价值。因为那时候还有几个东林复社的少年公子和秦淮水榭的侠妓名娟,听听他们中间的奇行异迹,已尽够使我们把现实的悲苦忘掉,何况更有柳敬亭的如神的说书呢?不晓是什么人的诗,好像有一句"并世颇嫌才士少",——下句大约是"著书常恨古人多"吧?——我也常作这样的想头,不过这位诗人好像在说"除我而外,同时者没有一个才士",而我的意思是"同时者若有许多才士,那么听听这些才士的逸事,也可以快快乐乐过一生。"这是诗人与我见解不同的地方。
　　讲到了诗,我又想起我的旧式的想头来了。目下在流行着的新诗,果然很好,但是像我这样懒惰无聊,又常想发牢骚的无能力者,性情最适宜的,还是旧诗;你弄到了五个字,或者七个字,就可以把牢骚发尽,多么简便啊。我记得前年生病的时候,有一诗给我女人说:

> 生死中年两不堪,生非容易死非甘,
> 剧怜病骨如秋鹤,犹吐青丝学晚蚕,
> 一样伤心悲薄命,几人愤世作清谈,
> 何当放桴江湖去,浅水芦花共结庵。

若用新诗来写,怕非要写几十行字不能说出呢!不过像那些老文丐的什么诗选,什么派别,我是大不喜欢的,因为他们的成见太深,弄不出真真的艺术作品来。

近来国学昌明,旧书铺的黄纸大字本的木版书,同中头彩的彩票一样,骤涨了市价,却是一件可贺的喜事,不过我想这一种骸骨的迷恋,和我的骸骨迷恋,是居于相反的地位。我只怕现代的国故整理者太把近代人的"易厌"的"好奇"的心理看重了。但愿他们不要把当初建设下来的注音字母打破,能根本的作他的整理国故的事业才好。

喜新厌旧,原是人之常情;不过我们黄色同胞的喜新厌旧,未免是过激了,今日之新,一变即成为明日之旧,前日之旧,一变而又为后日之新,扇子的忽而行长忽而行短,鞋头的忽而行尖忽而行圆,便是一种国民性的表现,我只希望新文学和国故,不要成为长柄短柄的扇子,尖头圆头的靴鞋。

前天在小馆子里吃饭,看见壁上有一张"莫谈国事"的揭示,我就叫伙计过来,问他我们应该谈什么,他听不懂我的话,就报了许多炒羊肉,炸鲤鱼等等的菜名出来。往后我用手指了那张红

条问他从什么时候起的,他笑了一笑说:

"嘿,这是古得很咧!"

我觉得这一个骸骨迷恋,却很有意思。

近来头脑昏乱,读书也不能读,做稿子也做不出,只想回到小时候吃饭不管事的时代去。有时候一个人于将晚的时候在街上独步,看看同时代的人的忙碌,又每想振作一番,做点事业出来。当这一种思想起来的时候,我若不是怨父母不好,不留许多遗产给我,便自家骂自家说:

"你这骸骨迷恋!你该死!你该死!"

十四年一月在北京

# 灯蛾埋葬之夜

神经衰弱症，大约是因无聊的闲日子过了太多而起的。

对于"生"的厌倦，确是促生这时髦病的一个病根，或者反过来说，如同发烧过后的人在嘴里所感味到的一种空淡，对人生的这一种空淡之感，就是神经衰弱的征候，也是一样。

总之，入夏以来，这症状似乎一天在比一天加重，迁居之后，这病症当然也和我一道地搬了家。

虽然是说不上什么转地疗养，但新搬的这一间小屋，真也有一点田园的野趣。节季是交秋了，往后的这小屋的附近，这文明和蛮荒接界的区间，该是最有声色的时候了。声是秋声，色当然也是秋色。

先让我来说所以要搬到这里来的原委。

不晓在什么时候，被印上了"该隐的印号"之后，平时进出的社会里绝迹不敢去了。当然社会是有许多层的，但那"印号"的解释，似乎也有许多样。

最重要的解释，第一自然是叛逆，在做官是"一切"的国里，这"印号"的政治解释，本尽可以包括了其他种种。但是也不尽然，最喜欢含糊的人类，有必要的时候，也最喜欢分清。

于是第二个解释来了，似乎是关于"时代"的，曰"落伍"。天南北的两极，只教用得着，也不妨同时并用，这便是现代人的智慧。

　　来往于两极之间，新旧人同样的可以举用的，是第三个解释，就是所谓"悖德"。

　　但是向额上摩摸一下，这"该隐的印号"，原也摩摸不出，更不必说这种种的解释。或者行窃的人自己在心虚，自以为是犯了大罪，因而起这一种叫作被迫的 Complex，也说不定。天下太平，本来是无事的，神经衰弱病者可总免不了自扰。所以断绝交游，抛撇亲串，和地狱底里的精灵一样，不敢现身露迹，只在一阵阴风里独来独往的这种行径，依小德谟克利多斯 Robert Burton 的分析，或者也许是忧郁病的最正确的症候。

　　因为背上负着的是这么一个十字架，所以一年之内，只学着行云，只学着流水，搬来搬去的尽在搬动。暮春三月底，偶尔在火车窗里，看见了些浅水平桥，垂杨古树，和几群飞不尽的乌鸦，忽然想起的，是这一个也不是城市，也不是乡村的界线地方。租定这间小屋，将几本丛残的旧籍迁移过来的，怕是在五月的初头。而现在却早又是初秋了。时间的飞逝，实在是快得很，真快得很。

　　小屋的前后左右，除一条斜穿东西的大道之外，全是些斑驳的空地。一垄一垄的褐色土垄上，种着些秋茄豇豆之类，现在是一棵一棵的棉花也在半吐白蕊的时节了。而最好看的，要推向上包紧，颜色是白里带青，外面有一层毛茸似的白雾，菜苓柄卜，也时时呈着紫色的一种外国人叫作 Lettuce 的大叶卷心菜，大约是因为地近上海的缘故吧，纯粹的中国田园，也被外国人的嗜好所侵入了。这一种菜，我来的时候，原是很多的，现在却逐渐逐渐的少了下去。在这些空地中间，如突然想起似的，卑卑立着，散点在那里的，是一间两间的农夫的小屋，形状奇古的几株老柳榆槐，和看了令人不快的许多不落葬的棺材。此外同沟渠似的小河也有，以棺材旧板作成的桥梁也有，忽然一块小方地的中间，种着些颜色鲜艳的草花之类的卖花者的园地也有，简说一句，这里附近的地面，大约可以以江浙平地区中的田园百科大辞典来命名，而在这百科大辞典中，异乎寻常，以一张厚纸，来用淡墨铜版画印成的，要算在我们屋后矗立着的那块本来是由外国人经营的庞大的墓地。

这墓地的历史，我也不大明白，但以从门口起一直排着，直到中心的礼拜堂屋后为止的那两排齐云的洋梧桐树看来，少算算大约也总已有了六十几岁的年纪。

听土著的农人说来，这仿佛是上海开港以来，外国人最先经营的墓地，现在是已经无人来过问了，而在三四十年前头，却也是洋冬至外国清明及礼拜日的沪上洋人的散步之所哩。因为此地离上海，火车不过三四十分钟，来往是极便的。

小屋的租金，每月八元。以这地段说起来，似乎略嫌贵些，但因这样的闲房出租的并不多，而屋前屋后，隙地也有几弓，可以由租户去莳花种菜，所以比较起来，也觉得是在理的价格。尤其是包围在屋的四周的寂静，同在坟墓里似的寂静，是在洋场近处，无论出多少金钱也难买到的。

初搬过来的时候，只同久病初愈的患者一样，日日但伸展了四肢，躺在藤椅子上，书也懒得读，报也不愿看，除腹中饥饿的时候，稍微吸取一点简单的食物而外，破这平平的一日间的单调的，是向晚去田塍野路上行试的一回漫步。在这将落未落的残阳夕照之中，在那些青枝落叶的野菜畦边，一个人背手走着，枯寂的脑里，有时却会汹涌起许多前后不接的断想来。头上的天色老是青青的，身边的暮色也老是沉沉的。

但在这些前后没有脉络的断想的中间，有时候也忽然大小脑会完全停止工作。呆呆的立在野田里，同一根枯树似的呆呆直立在那里之后，会什么思想，什么感觉都忘掉，身子也不能动了，血液也仿佛是凝住不流似的，全身就如成了"所多马"城里的盐柱，不消说脑子是完全变作了无波纹无血管的一张扁平的白纸。

漫步回来，有时候也进一点晚餐，有时候简直茶也不喝一口，就爬进床去躺着。室内的设备简陋到了万分，电灯电扇等等文明的器具是没有的。月明之夜，睡到夜半醒来的时候，床前的小泥窗口，若晒进了月亮的青练的光儿，那这一夜的睡眠，就不能继续下去了。

不单是有月亮的晚上，就是平常的睡眠，也极容易惊醒。眼睛微微的开着，鼾声是没有的，虽则睡在那里，但感觉却又不完全失去，暗室里的一声一响，虫鼠等的脚步声，以及屋外树上的夜鸟鸣声，都一一会闯进到耳朵里来。若在日里陷入于这一种假睡的时候，则一边睡着，一边周围的行动事物，都会很明细的触进入意识的中间。若周围保住了绝对的安静，什么声响，什么行动都没有的时候，那在这假寐的一刻中，十几年间的事情，就会很明细的，很快的，在一瞬间开展开来。至于乱梦，那更是多了。多得连叙也叙述不清。

我自己也知道是染了神经衰弱症了。这原是七八年来到了夏季必发的老病。

于是就更想静养，更想懒散过去。

今年的夏季，实在并没有什么大热的天气，尤其是在我这个离群的野寓里。

有一天晚上，天气特别的闷，晚餐后上床去躺了一忽，终觉得睡不着，就又起来，打开了窗户，和她两人坐在天井里候凉。

两人本来是没有什么话好谈，所以只是昂着头在看天上的飞云，和云堆里时时露现出来的一颗两颗的星宿。

一边慢摇着蒲扇，一边这样的默坐在那里，不晓得坐了多久了，室内桌上的一枝洋烛，忽而灭了它的芯光。

两人既不愿意动弹,也不愿意看见什么,所以灯光的有无,也毫没有关系,仍旧是默默的坐在黑暗里摇动扇子。

又坐了好久好久,天末似起了凉风,窗帘也动了,天上的云层,飞舞得特别的快。

打算去睡了,就问了一声:

"现在不晓得是什么时候了?"

她立了起来,慢慢走进了室内,走入里边房里去拿火柴去了。

停了一会,我在黑暗里看见了一丝火光和映在这火光周围的一团黑影,及黑影底下的半面她的苍白的脸。

第一枝火柴灭了,第二枝也灭了,直到了第三枝才点旺了洋烛。

洋烛点旺之后,她急急的走了出来,手里却拿着了那个大表,轻轻地说:

"不晓是什么时候了,表上还只有六点多钟呢?"

接过表来,拿近耳边去一听,什么声响也没有。我连这表是在几日前头开过的记忆也想不起来了。

"表停了!"

轻轻地回答了一声,我也消失了睡意,想再在凉风里坐它一刻。但她却又继续着说:

"灯盘上有一只很美的灯蛾死在那里。"

跑进去一看,果然有一只身子淡红,翅翼绿色,比蝴蝶小一点,但全身却肥硕得很的灯蛾横躺在那里。右翅上有一处焦影,触须是烧断了。默看了一分钟,用手指轻轻拨了它几拨,我双目仍旧盯视住这扑灯蛾的美丽的尸身,嘴里却不能自禁地说:

"可怜得很!我们把它去向天井里埋葬了吧!"

点了灯笼,用银针向黑泥松处掘了一个圆穴,把这美丽的尸身埋葬完时,天风加紧了起来,似乎要下大雨的样子。

拴上门户，上床躺下之后，一阵风来，接着如乱石似的雨点，便打上了屋檐。

一面听着雨声，一面我自语似的对她说：

"霞！明天是该凉快了，我想到上海去看病去。"

一九二八年八月作

# 故　事

听说外国人的称中国作"支那",是因为大秦的威力的远播。Chin 拼起来是秦字的声音。而拉丁字的地名等末尾,老要加一个 A 字,所以秦字就一转而作了"支那"。这考据的的确不的确,暂且不去管它。但因为想到了秦字,所以想将秦朝的有一宗故事来说给大家听听。

秦国本来是专讲究武器,年年不断地招募新兵,看百姓不值一钱,只将百姓的辛苦劳力全部压榨出来,只用到打仗杀人等事情上去的一个国家。

恶人强横霸道,在这世上是只会兴盛起来的。所以秦国因它的武器,因它的兵力,因它的种种残酷的诡计,就成了中国一统的大国了。代表这强横霸道的大国的,是一个秦始皇。他非但想把同时代的异己者,杀得干干净净,他并且对于后世千年万年的不附己的人类,也同时想杀得个寸草不留。所以他于统一中国之后,就把全中国的读书人收集了拢来,一刀一个,不问理由,不问皂白,只是同割草似的杀过去。因为有人告诉他说,读书人是最不好指使,最容易起不平,最能把那些如牛似马的农人呀,工人呀等挑拨起来的一种动物。这告诉他以这些事情的,当然也是个把读书人,他们的所以要献这计的原因,就因为想讨讨秦始皇的好,一面也可以将同行者杀尽,而自己等能够得到专卖的利益。

献计者的周到，真可以说是无微不至。他们教秦始皇杀尽了千千万万的读书动物之外，还要把凡是这些读书动物所做所刻所写的东西，都拿来烧成了灰。因为这些东西不烧了，百姓是依旧会感到不平，感到不公，要蹊跷起来的。这些东西若不烧了，后来的子子孙孙，依旧会摇头摆尾的变成读书的动物的。

费了这种种苦心，做了这种种把戏之后，秦始皇满足了，以为以后的牛马似的百姓是再也不会聪明起来，而这天下就可以长长久久的由他及他的子孙享受过去了。教秦始皇做这些事情的读书人也满足了，以为以后的中国，说起读书人就只有他们一家，百姓中间，就只有他们几个是最聪明的了。

秦始皇和这几个读书人就放大了胆，要干什么就干什么，要百姓出多少钱就出多少钱，要杀几个人取乐取乐就杀几个人。百姓果然不敢响了，在路上走路的时候，也不敢互相看一眼。家家户户每家有几个人就老早去预备好几口棺材放在那里。因为几时被皇帝来杀是决不定的，所以他们个个都生也还没有生着，就在那里预备死了，而实际上像他们那样的活着，也还是死了的好，还不如死了倒舒服些。

但是秦始皇和他的几个专卖的读书人似乎也是人，不是别的东西，因为想千年万年活过去的他们，也只上了一回一个茅山道士的当，终于做不成神仙，终于一个一个的死掉了。他们死了之后，国内的许多许多还没有被他们杀了的百姓——自然是杀不尽的，因为无论如何，百姓总是绝对多数，杀了一半，总还有一半剩落，再杀一半的一半，也总还有一半的一半剩落，杀到最后，这剩落的总还是大多数者——就想动起手来。于是就有一个比秦始皇更厉害，杀人杀得更多的人出来了。他四方八面杀了一阵之后，实在觉得杀也杀不尽这许多的。所以就想了一个计策出来，好省他许多力气。他教百姓若完完全全能够听他的话的时候，他就可以不杀他们。所以他就在大家的面前，牵过一只鹿来，教大家说，这是马。若有人敢说一声不是的，当然是一刀。可是他虽则看见大家都在说这是马，这是马，这不是鹿，而由他的聪明的眼睛看将起来，觉得大家的赞声都是空虚而在那里发抖的。所以他又大声的怒叫着说，你们不承认么？你们敢反对么？你们能够证明这不是马么？听了他这怒叫，大家是吓得魂灵儿也没有的了，又哪一个敢出来证明呢？

可是在大家的中间，自然是有又聪明又能干的也是专卖的读书人的子孙混着的，这几个专卖的读书人，就乘此机会，出来活动了。第一他们就先对大家说："这是马，这不是鹿，我可以证明。"说着他们就去牵几只马出来，指给大家看，一边重新高喊着说；"这才是鹿哩！这才是鹿哩！你们谁能够否认我这证明，而出来证明这不是鹿的么？"当然是没有人敢出来证明的。然而光是空玩玩这套把戏，他们还是不满足的，所以他们还要硬指出几个人出来，说是这几个人否认了他们的证明。

时间一年一年的过去了，秦始皇也一个一个的换过了。专卖的读书人，尤其是一代一代的聪明起来了。于是，结果，被杀的百姓也就一次一次的增加了。

现在是什么朝代，我不晓得，我只晓得上面所述的仿佛是秦朝的，仿佛也是秦朝以后一直一直传下来直传到了现在的故事。

一九二八年十月作

# 光慈的晚年

记得是一九二五年的春天,我在上海才第一次和光赤相见。在以前也许是看见他过了,但他给我的印象一定不深,所以终于想不起来。那时候他刚从俄国回来,穿得一身很好的洋服,说得一口抑扬很清晰的普通话身材高大,相貌也并不恶,戴在那里的一副细边近视眼镜,却使他那一种绅士的态度,发挥得更有神气。当时我们所谈的,都是些关于苏俄作家的作品,以及苏俄的文化设施等事情。因为创造社出版部,也正在草创经营的开始,所以我们很想多拉几位新的朋友进来,来加添一点力量。

光赤的态度谈吐,大约是受了西欧的文学家的影响的,说起话来,总有绝大的抱负,不逊的语气,而当时的他,却还没有写成过一篇正式的东西;因此,创造社出版部的几位新进作家,在那时候着实有些鄙视他的倾向。正在这个时候,广州中山大学,以厚重的薪金和诚恳的礼貌,来聘我们去文科教书了。

临行的时候,我们本来有邀他同去的意思的,但一则因为广州的情形不明,二则因为要和我们一道去的人数过多,所以只留了一个后约,我们便和他在上海分了手。

到了革命中心地的广州,前后约莫住了一年有半,上海的创造社出版部竟被弄得一塌糊涂了,于是在广州的几位同人,就公决教我牺牲了个人的地位和利益,重回到上海来整理出版部的事务。那时候的中山大学校长,是现在正在提倡念经礼佛的戴季陶先生,我因为要辞去中山大学的职务,曾和戴校长及朱副校长骝先,费去了不少的唇舌,这些事情和光赤无关,所以此地可以不说;总之一九二七年后,我就到了上海了,自那一年后,就同光赤有了日夕见面的机会。

那时候的创造社出版部,是在闸北三德里的一间两开间的房子里面,光赤也住在近边的租界里,有时候他常来吃饭,有时候我也常和他出去吃咖啡。出版部里的许多新进作家,对他的态度,还是同前两年一样,而光赤的一册诗集和一册《少年飘泊者》,却已在亚东出版了。在一九二七年的前后,革命文学普罗文学,还没有现在那么的流行,因而光赤的作风,大为一般人所不满。他出了那两册书后,文坛上竟一点儿影响也没有,和我谈起,他老是满肚皮的不平。我于一方面安慰激励他外,一方面便促他用尽苦心,写几篇有力量的小说出来,以证他自己的实力,不久之后,他就在我编的《创造月刊》第一期上发表了《鸭绿江上》,这一篇可以说是他后期的诸作品的先驱。

革命军到上海之后,国共分家,思想起了热烈的冲突,从实际革命工作里被放逐出来的一班左倾青年,都转向文化运动的一方面来了,在一九二八,一九二九以后,普罗文学就执了中国文坛的牛耳,光赤的读者崇拜者,也在这两年里突然增加了起来。

在一九二七年里我替他介绍给北新的一册诗集《战鼓》,一直捱到了一九二九年方才出版,同时他的那部《冲出云围的月亮》,在出版的当年,就重版到了六次。

正在这一个热闹的时候,左翼文坛里却发生了一种极不幸的内哄,就是文坛 Hegemony 的争夺战争。光赤领导了一班不满意于创造社并鲁迅的青年,另树了一帜,组成了太阳社的团体,在和创造社与鲁迅争斗理论。我既与创造社脱离了关系,也就不再做什么文章了,因此和光赤他们便也无形中失去了见面谈心的良会。

在这当中,白色恐怖弥漫了全国,甚至于光赤的这个名字,都觉得有点危险,所以他把名字改了,改成了光慈。蒋光慈的小说,接连又出了五六种之多,销路的迅速,依旧和一九二九年末期一样,其后我虽则不大有和他见面的机会,但在旅行中,在乡村里所听到的关于他的消息,也着实不少。我听见说,他上日本去旅行了,我听见说,他和吴似鸿女士结婚了,我听见说,他的小说译成俄文了。听到了这许许多多的好消息后,我正在为故人欣喜,欣喜他的文学的成功,但不幸在一九三一年的春天,忽而又在上海的街头,遇着了清瘦得不堪,说话时老在喘着气的他。

他告诉我说,近来病得很厉害,几本好销的书,又被政府禁止了,弄得生活都很艰难。他又说,近来对于一切,都感到了失望,觉得做人真没趣得很。我们在一家北四川路的咖啡馆里,坐着谈着,竟谈尽了一个下午。因为他说及了生活的艰难,所以我就为他介绍了中华书局的翻译工作。当时中华书局正通过了一个建议。仿英国 Bohn's Library 例,想将世界各国的标准文学作品,无论已译未译的,都请靠得住的译者,直接从原文来翻译一道。

从这一回见面之后,我因为常在江浙内地里闲居,不大在上海住落,而他的病,似乎也一直缠绵不断地绕住了他,所以一别经年,以后终究没有再和他谈一次的日子了。

在这一年的夏秋之交,我偶从杭州经过,听说他在西湖广化寺养病,但当我听到了这消息之后,马上向广化寺去寻他,则寺里的人,都说他没有来过,大家也不晓得他是住在那一个寺里的。入秋之后,我不知又在那一处乡下住了一个月的光景,回到上海不久,在一天秋雨潇潇的晚上,有人来说蒋光慈已经去世了。

吴似鸿女士,我从前是不大认识的,后来听到了光慈的讣告,很想去看她一回,致几句唁辞,可是依那传言的人说来,则女士当光慈病革之前,已和他发生了意见,临终时是不在他的病床之侧的。直到九一八事变发生之后,在总商会演宣传反帝抗日的话剧的时候,我才遇到了吴女士。当时因为人多不便谈话,所以只匆匆说了几句处置光慈所藏的遗书(俄文书籍)的事情之外,另外也没有深谈。其后在田汉先生处,屡次和吴女士相见,我才从吴女士的口里,听到了些光慈晚年的性癖。

据吴女士谈,光慈的为人,却和他的思想相反,是很守旧的。他的理想中的女性,是一个具有良妻贤母的资格,能料理家务,终日不出,日日夜夜可以在闺房里伴他著书的女性。"这,"吴女士说"这,我却办不到。因此,在他的晚年,每有和我意见相左的地方。"我于认识了吴女士之后,又听到了她的这一段意见,平心静气地一想,觉得吴女士的行为,也的确是不得已的事情。所以当光慈作古的前后,我所听到的许多责备吴女士的说话,到此才晓得是吴女士的冤罪。

又听一位当光慈病殁时,陪侍在侧的青年之所说,则光慈之死,所受的精神上的打击,要比身体上的打击,更足以致他的命。光慈晚年每引以为最大恨事的,就是一般从事于文艺工作的同时代者,都不能对他有相当的尊敬。对于他的许多著作,大家非但不表示尊敬,并且时常还有鄙薄的情势,所以在他病倒了的一年之中,衷心郁郁,老没有一日开畅的日子。此外则觉和他的分裂,也是一件使他遗恨无穷的大事,到了病笃的时候,偶一谈及,他还在短叹长吁,诉说大家的不了解他。

说到了这一层,我自己的确也不得不感到许多歉仄,因为对光慈的作品,不表示尊敬者,我也是其中的一个。我总觉得光慈的作品,还不是真正的普罗文学,他的那种空想的无产阶级的描写,是不能使一般要求写实的新文学的读者满意的。这事情,我在他初期写小说时,就和他争论过好几次,后来看到了他的作品的广受欢迎，也就不再和他谈论这些了；现在想到了他那抱憾终身，忧郁致死的晚年的情景，心里头真也觉得十分的难过。九原如可作，我倒很愿意对死者之灵，撤回我当时对他所发的许多不客气的批评，但这也不过是我聊以自慰的空想而已。

总而言之，光慈虽不是一个真正的普罗作家，但以他的热情，以他的技巧，以他的那一种抱负来写作东西，则将来一定是可以大成的无疑。无论如何，他的早死，究竟是中国文坛上的一个损失。

一九三三年三月二十五日

# 移家琐记

## （一）

流水不腐，这是中国人的俗话，Stagnate Pond，这是外国人形容固定的颓毁状态的一个名词。在一处羁住久了，精神上习惯上，自然会生出许多霉烂的斑点来。更何妨洋场米贵，狭巷人多，以我这一个穷汉，夹杂在三百六十万上海市民的中间，非但汽车，洋房，跳舞，美酒等文明的洪福享受不到，就连吸一口新鲜空气，也得走十几里路。移家的心愿，早就有了；这一回却因朋友之介，偶尔在杭城东隅租着了一所适当的闲房，筹谋计算，也张罗拢了二三百块洋钱，于是这很不容易成就的戋戋私愿，竟也猫猫虎虎地实现了。小人无大志，蜗角亦乾坤，触蛮鼎定，先让我来谢天谢地。

搬来的那一天，是春雨霏微的星期二的早上，为计时日的正确，只好把一段日记抄在下面：

> 一九三三年四月廿五（阴历四月初一），星期二，晨五点起床，窗外下着蒙蒙的时雨，料理行装等件，赶赴北站，衣帽尽湿。携女人儿子及一仆妇登车，在不断的

雨丝中，向西进发。野景正妍，除白桃花，菜花，棋盘花外，田野里只一片嫩绿，浅淡尚带鹅黄。此番因自上海移居杭州，故行李较多，视孟东野稍为富有，沿途上落：被无产同胞的搬运夫，敲刮去了不少。午后一点到杭州城站，雨势正盛，在车上蒸干之衣帽，又淋淋湿矣。

新居在浙江图书馆侧面的一堆土山旁边，虽只东倒西斜的三间旧屋，但比起上海的一楼一底的弄堂洋房来，究竟宽敞得多了，所以一到寓居，就开始做室内装饰的工作。沙发是没有的，镜屏是没有的，红木器具，壁画纱灯，一概没有。几张板桌，一架旧书，在上海时，塞来塞去，只觉得没地方塞的这些破铜烂铁，一到了杭州，向三间连通的矮厅上一摆，看起来竟空空洞洞，像煞是沧海中间的几颗粟米了。最后装上壁去的，却是上海八云装饰设计公司送我的一块石膏圆面。塑制者是江山徐葆蓝氏，面上刻出的是圣经里马利马格大伦的故事。看来看去，在我这间黝暗矮阔的大厅陈设之中，觉得有一点生气的，就只是这一块同深山白雪似的小小的石膏。

## （二）

向晚雨歇，电灯来了。灯光灰暗不明，问先搬来此地住的王母以"何不用个亮一点的灯球"？方才知道朝市而今虽不是秦，但杭州一隅，也决不是世外的桃源，这样要捐，那样要税，居民的负担，简直比世界哪一国的首都，都加重了；即以电灯一项来说，每一个字，在最近也无法地加上了好几成的特捐。"烽火满天殍满地，儒生何处可逃秦？"这是几年前做过的叠秦韵的两句山歌，我听了这些话后，嘴上虽则不念出来，但心里却也私私地转想了好几次。腹诽若要加刑,则我这一篇琐记,又是自己招认的供状了,罪过罪过。

三更人静,门外的巷里,忽传来了些笃笃笃的敲小竹梆的哀音。问是什么?说是卖馄饨圆子的小贩营生。往年这些担头很少,现在冷街僻巷,都有人来卖到天明了,百业的凋敝,城市的萧条,这总也是民不聊生的一点点的实证吧?

新居落寞,第一晚睡在床上,翻来覆去总睡不着觉。夜半挑灯,就只好拿出一本新出版的《两地书》来细读。有一位批评家说,作者的私记,我们没有阅读的义务。当时我对这话,倒也佩服得五体投地,所以书店来要我出书简集的时候,我就坚决地谢绝了,并且还想将一本为无钱过活之故而拿去出卖的日记都教他们毁版,以为这些东西,是只好于死后,让他人来替我印行的;但这次将鲁迅先生和密斯许的书简集来一读,则非但对那位批评家的信念完全失掉,并且还在这一部两人的私记里,看出了许多许多平时不容易看到的社会黑暗面来。至如鲁迅先生的诙谐愤俗的气概,许女士的诚实庄严的风度,还是在长书短简里自然流露的余音,由我们熟悉他们的人看来,当然更是味中有味,言外有情,可以不必提起,我想就是绝对不认识他们的人,读了这书,至少也可以得到几多的教训。私记私记,义务云乎哉?

从夜半读到天明,将这《两地书》读完之后,神经觉得愈兴奋了,六点敲过,就率性走到楼下去洗了一洗手脸,换了一身衣服,踏出大门,打算去把这杭城东隅的侵晨朝景,看它一个明白。

## (三)

夜来的雨,是完全止住了,可是外貌像马加弹姆式的沙石马路上,还满涨着淤泥,天上也还浮罩着一层明灰的云幕。路上行人稀少,老远老远,只看得见一部慢慢在向前拖走的人力车的后形。从狭巷里转出东街,两旁的店家,也只开了一半,连挑了菜担在沿街赶早市的农民,都像是没有灌气的橡皮玩具。四周一看,萧条复萧条,衰落又衰落,中国的农村,果然是破产了,但没有实业生产机关,没有和平保障的像杭州一样的小都市,又何尝不在破产的威胁下战栗着待毙呢?中国目下的情形,大抵总是农村及小都市的有产者,集中到大都会去。在大都会的帝国主义保护之下变成殖民地的新资本家,或变成军阀官僚的附属品的少数者,总算是找着了出路。他们的货财,会愈积而愈多,同时为他们所牺牲的同胞,当然也要加速度的倍加起来。结果就变成这样的一个公式:农村中的有产者集中小都市,小都市的有产者集中大都会,等到资产化尽,而生财无道的时候,则这些素有恒产的候鸟就又得倒转来从大都会而小都市而仍返农村去作贫民。转转循环,丝毫不爽,这情形已经继续了二三十年了,再过五年十年之后的社会状态,自然可以不卜而知了啦,社会的症结究在哪里?唯一的出路究在哪里?难道大家还不明白吗?空喊着抗日抗日,又有什么用处?

一个人在大街上踱着想着,我的脚步却于不知不觉的中间,开了倒车,几个弯儿一绕,竟又将我自己的身体,搬到了大学近旁的一条路上来了。向前面看过去,又是一堆土山。山下是平平的泥路和浅浅的池塘。这附近一带,我儿时原也来过的。二十几年前头,我有一位亲戚曾在报国寺里当过军官,更有一位哥哥,曾在陆军小学堂里当过学生。既然已经回到了寓居的附近,那就爬上山去看它一看吧,好在一晚没有睡觉,头脑还有点儿糊涂,登高望望四境,也未始不是一帖清凉的妙药。

天气也渐渐开朗起来了,东南半角,居然已经露出了几点青天和一丝白日。土山虽则不高,但眺望倒也不坏。湖上的群山,环绕在西北的一带，再北是空间，更北是湖州境内的发祥的青山了。东面迢迢，看得见的，是临平山，皋亭山，黄鹤山之类的连峰叠障。再偏东北处，大约是唐栖镇上的超山山影，看去虽则不远，但走走怕也有半日好走哩。在土山上环视了一周，由远及近，用大量观察法来一算，我才明白了这附近的地理。原来我那新寓，是在军装局的北方，而三面的土山，系遥接着城墙，围绕在军装局的匡外的。怪不得今天破晓的时候，还听见了一阵喇叭的吹唱，怪不得走出新寓的时候，还看见了一名荷枪直立的守卫士兵。

"好得很！好得很！……"我心里在想"前有图书，后有武库，文武之道，备于此矣！"我心里虽在这样的自作有趣，但一种没落的感觉，一种不能再在大都会里插足的哀思，竟渐渐地渐渐地溶浸了我的全身。

# 北航短信

　　人力车夫，铁路工人，轮船火夫，机匠，农民，巡警，兵士，以及厨子，杂役之类，不管你气候是在百度上的热，或冰点下的冷，何尝能够抛弃一小时的职务？饱食终日，无所用心的我辈，还要说到避寒避暑，实在也太不知足。可是，我无官守，我无恒业，一个四大皆空，长年病废的惰民，在这里，也有他的自得之处，就是同候鸟一样，只教翅膀完全，便能享受着南来北往的高飞的自由。

　　六日，七日的几天，东南风日夜不断，在上海，早晚只有八十几度的温度，我们以为从此可以渐渐地凉冷下去了，青岛可以不去，匡庐也何必再登，勉强费了九牛二虎之力，筹来的几个日用的金钱，还是在上海花花吧，究竟要经济些。可是八日平平，到了九日，水银柱又上升出了百度，饭也吃不下，睡也睡不稳，连屋内阴处，坐的地方，都变得火缸一样，这可非逃避不可了，于是乎就踏上轮船，做了三等 Deck 的嗟来之客。

　　此行一过蛇山，身上的汗，就少下去了；入晚，躺在席上，居然感到了冷，非盖薄棉被不可，这是将近一月以来，在杭州决未曾有过的奇迹。有钱的人的想头，果然是不错，远上青岛海滨来经营别墅，买取明月清风的计划，果然是理想的计划，不过夏日的青岛的明月清风，价钱实在太贵。

七月十三日午后两点,船到了码头;太阳当然是同杭州,上海,济南,徐州一样地在照耀着胶州湾的青山绿水。可是我们在海关隙地上立着,等行李到来的中间,虽然是空气微微地在震动,风可并不大,而身上穿在那里的一件爱国布长衫,似乎还觉得太薄一点。估计起来,在青岛的日中太阳底下,大约最多也不过八十五六度的样子。但这热度,由老住青岛的人说来,似乎已经是几十年来所没有的了。黄包车夫告诉我说,"浅(前)天,在青岛,也溢(热)死了阴(人)!"但这热死了人的前天的温度,也只有九十四度内外的样子。

青岛市的美丽整洁,海滨浴场的热闹繁华,与夫今年避暑者的拥挤杂遝等等,我征尘未洗,现在暂且不写吧,等住定了以后,当再来一次通信,好给你们在东南的热波里渴杀的诸君,以一点点近似幻想中的酸梅汤的效力。

一九三四年七月十三日,在青岛。

# 寂寞的春朝

　　大约是年龄大了一点的缘故罢？近来简直不想行动,只爱在南窗下坐着晒晒太阳,看看旧籍,吃点容易消化的点心。

　　今年春暖,不到废历的正月,梅花早已开谢,盆里的水仙花,也已经香到了十分之八了。因为自家想避静,连元旦应该去拜年的几家亲戚人家都懒得去。饭后瞌睡一醒,自然只好翻翻书架,检出几本正当一点的书来阅读。顺手一抽,却抽着了一部退补斋刻的陈龙川的文集。一册一册的翻阅下去,觉得中国的现状,同南宋当时,实在还是一样。外患的迭来,朝廷的蒙昧,百姓的无智,志士的悲哽,在这中华民国的二十四年,和孝宗的乾道淳熙,的确也没有什么绝大的差别,从前有人吊岳飞说:"怜他绝代英雄将,争不迟生付孝宗!"但是陈同甫的《中兴五论》,上孝宗皇帝的《三书》,毕竟又有点什么影响?

　　读读古书,比比现代,在我原是消磨春昼的最上法门。但是且读且想,想到了后来,自家对自家,也觉得起了反感。在这样好的春日,又当这样有为的壮年,我难道也只能同陈龙川一样,做点悲歌慷慨的空文,就算了结了么?但是一上书不报,再上,三上书也不报的时候,究竟一条独木,也支不起大厦来的。为免去精神的浪费,为避掉亲友的来扰,我还是拖着双脚,走上城隍山去看热闹去。

自从迁到杭州来后，这城隍山真对我发生了绝大的威力。心中不快的时候，闲散无聊的时候，大家热闹的时候，风雨晦冥的时候，我的唯一的逃避之所就是这一堆看去也并不高大的石山。去年旧历的元旦，我是上此地来过的；今年虽则年岁很荒，国事更坏，但山上的香烟热闹，绿女红男，还是同去年一样。对花溅泪，怕要惹得旁人说煞风景，不得已我只好于背着手走下山来的途中，哼它两句旧诗：

　　大地春风十万家，偏安原不损繁华。
　　输降表已传关外，册帝文应出海涯。
　　北阙三书终失策，暮年一第亦微瑕。
　　千秋论定陈同甫，气壮词雄节较差。

走到了寓所，连题目都想好了，是《乙亥元日，读陈龙川集，有感时事》。

一九三五年二月四日

# 追怀洪雪帆先生

　　著作业者,和出版业者的交谊遗闻,在外国一向流传得很多。自从什么都资本主义化了以后,文章有市场拍卖的制度,著作者同车夫厨子一样,可以入中人行去求主求售,而文学掮客,艺术商人,就同交易所经纪人,信托公司仲买人一样的变成了铜心铁口的金乌龟,像英国十九世纪所特有的那一种浪漫书商,自然不得不在出版界绝迹了。因为你若要讲情,你就得饿死,蚀本破产,还是小事。

　　中国旧日的书商,和作者的关系如何,我不大晓得;但自从我弄起文墨,以著作当作了并非职业的职业以后,于出版界中,认识的不少事业家之内,觉得洪雪帆先生,倒是最顾情谊,最有礼貌的一个。

　　十几年前,我在武昌大学教书。当时有几个湖北的学棍,同几位在大学里教《东莱博议》、《唐诗三百首》的本地末科秀才,结合在一道,日日在寻仇想法,想把当我们去后,重新争得的每月几万元学款,侵占去分肥私用。这几位先生的把持学校,压迫和贿买学生的卑鄙丑恶,简直同目下在我们近旁的一家学店,差仿不多。我的所以要把学府叫作学店者,就因为当事诸公,实在是明目张胆,在把学校当作升官发财的钱庄看的缘故。我看得气起来了,觉得同这一种禽兽在一笼,同事下去,一定会把我的人性也染成兽色。因而在有一次开会的席上，先当面对它们——那些禽兽——加了一场训斥；然后又做了一篇通讯，把它们的内幕揭了揭穿，至于我自己哩，自然是袱被渡江，顺流东下了。是在这一次的长江轮船上面，我于无意之中，竟认识了洪雪帆先生。

这一次的同船者当中，有一位是李孤帆先生。他本在汉口经商；有时候也常渡江，到武昌城里来和我们一道玩；所以我们的几个自北京去的教书先生，谁都和他认识。有时候，我们在汉口玩得晚了，不能渡江回去，也常常在他的那间商号里打馆宿歇；买物购书，若钱不够用的时候，也时常向他去通融若干。我的这一次下长江的船票费用之额，记得也还是他老先生替我负担的。而他却是和洪先生自小就在一道的同乡，两人的年龄，也相差了没有几岁。

我们在轮船上，喝喝酒，打打牌，每天晚上，谈天总要谈到午前一两点钟，才回舱去睡。又因船上的买办之类，都是他们宁波同乡的缘故，我们吃的一桌菜，办得特别的丰富，特别的精致；所以自汉口到上海，在船上住了三日三夜，非但不觉得气闷，等船到了黄浦滩外的招商码头，大家要上岸分手的时候，反各自有点依依难舍的神情。自从这一次的同船之后，我和孤帆，反而见面的时候不多，但与洪先生，却每年总有几次在一道吃饭或聚谈的机会。

雪帆先生相貌魁梧，谈话的声气异常洪亮，面上满面红光，笑起来的时候，却有点羞缩像小女子似的妩媚。我们在轮船上，记得有一次曾猜谈过大家的将来。我对洪先生一望，就毫无迟疑地说："几个人之中，寿命当以洪先生为最长，至于事业的成就，和发财的迟早，孤帆和雪帆，却要争争东风看，谁先借得着，就是谁早到目的地。"不料这一句预言，仅仅十数年间，就完全被事实来摧毁得连根都拔起了；我以后只好再也不去相人，再也不多说一句关于未来的话。

当时听说洪先生在经营煤炭业，沿长江一带的码头，都是他的经商地域，故而他每年总要上长江各埠去巡视一二次。可是当我去广东跑了一趟回来，和创造社脱离了关系，打算在上海住落的那一年年底（大约是民国十八、九年之交），洪先生却忽而送了几百块钱来，说将献身于文化界，从事于出版事业，教我竭力为他帮一点忙。第二年的春天，现代书局就在上海四马路的书业市场，张起旗帜来了。从这一回之后，我因为失了业，并且也住在上海的缘故，同他往来见面的次数，就一天多似一天的繁了起来。现代书局的出杂志，出新书，大抵总由洪先生来和我商量；许多作家的作品及单行本之类，亦以我所介绍者为多。新起的作家的书，洪先生独鼓起了他的三分戆气，将这些生气泼剌的作品，陆续送上了读者的手头。而许多内地青年，经济力和求智欲都没有像现在那么的衰落，所以在这一时期，现代书局既尽了它的促进文化的天职，同时也扩张了它在各省的营业。书局的根基，仅仅于一二年之中就打定了。

可是当艰难草创的时候，旁人只冷眼相看，到了根基一定，有权利可享的时候，大家就明枪暗箭，起来争夺，是中国一般事业家的故态。现代书局，于根基固定之后的两三年中，洪先生和他的合伙者中间，似乎经过了不少的风波磨难。

前两年，他为开设支店之故，去广东住了几月：事务的繁杂，与水土的不服，竟使他那个堂堂的身体，瘦削了一半。回上海之后，又因合伙者的忽离忽合，纠葛缠绕，总也拖累了他一年的光景。这中间，我因为在上海滩上，不能生存，迁到杭州来住了，和他见面的机会，自然是很少。直到去年夏天，上青岛去之先，和他在现代书局里一见，竟使我大吃了一惊，疑心我在白昼认错了人。

他身上的肉,瘦去了往年的十分之七;本来是狭小的两只眼睛,变得很大很大;脸上没有了红光,只剩了两颗很高的颧骨;说话的声气,也变得很幽很缓慢;我和他在正兴馆吃了一餐午饭,只见他喝了几瓢汤。

"现在好了,弄得一天星斗,现在总算把书局弄成了我一个人的事业。"

他于吃饭之后,慢慢地同我说。

"我以后想改变方针,不以营利为本位,就是蚀本,也想出几部在文化史上有地位的书。一般作家,实在太苦不过,假若是可能的话,我先想出一种无名作家的丛书,将这丛书的利润提出来,专作救济穷作家之用,积成一种扶助作家的基金,将来或者也许要请你当一位义务的委员。"

这是在他去世前三四个月时候的计划,我想当他病到了十分,苦闷在病院里的铁床上的中间,也一定还在辗转思维的无疑。

我从北方回来的时候,因为家里的小孩病了,在上海没有耽搁。后来就上天台雁荡去旅行,正想静下来写一点东西,拿了稿子去硬卖给现代,但在旅舍的烛火底下,忽而在报上见到了洪先生的讣告。我的写作计划,当然是变作了水泡,而对于人世的无常,生命的短促等等的谛念,更在我的本来是衰颓的精神上,加了一锥重大的打击。坚强宏壮,像洪先生那样的人,尚且不能享到中寿,那么像我这种老受疾病缠扰,养生无物,处世无方的弱者,又能在人世间残留得几何时?兔死狐悲,是物伤其类的一句中国的成语,我的对于洪先生的追怀,当然也脱不了这一句成语的范畴,但是人生的寂寞,"送者自崖返矣"的一种孤独的实感,却是我不得不写这一篇文字的动机。

一九三五年二月四日

# 住所的话

　　自以为青山到处可埋骨的飘泊惯的流人，一到了中年，也颇以没有一个归宿为可虑；近来常常有求田问舍之心，在看书倦了之后，或夜半醒来，第二次再睡不着的枕上。

　　尤其是春雨萧条的暮春，或风吹枯木的秋晚，看看天空，每会作赏雨茅屋及江南黄叶村舍的梦想；游子思乡，飞鸿倦旅，把人一年年弄得意气消沉的这时间的威力，实在是可怕，实在是可恨。

　　从前很喜欢旅行，并且特别喜欢向没有火车飞机轮船等近代交通利器的偏僻地方去旅行。一步一步的缓步着，向四面绝对不曾见过的山川风物回视着，一刻有一刻的变化，一步有一步的境界。到了地旷人稀的地方，你更可以高歌低唱，袒裼裸裎，把社会上的虚伪的礼节，谨严的态度，一齐洗去。人与自然，合而为一，大地高天，形成屋宇，蠛蠓蚁虱，不觉其微，五岳昆仑，也不见其大。偶或遇见些茅篷泥壁的人家，遇见些性情纯朴的农牧，听他们谈些极不相干的私事，更可以和他们一道的悲，一道的喜。半岁的鸡娘，新生一蛋，其乐也融融，与国王年老，诞生独子时的欢喜，并无什么分别。黄牛吃草，嚼断了麦穗数茎，今年的收获，怕要减去一勺，其悲也戚戚，与国破家亡的流离惨苦，相差也不十分远。

至于有山有水的地方呢,看看云容岩影的变化,听听大浪嚙矶的音乐,应临流垂钓,或松下息阴。行旅者的乐趣,更加可以多得如放翁的入蜀道,刘阮的上天台。

这一种好游旅,喜飘泊的情性,近年来渐渐地减了;连有必要的事情,非得上北平上海去一次不可的时候,都一天天地拖延下去,只想不改常态,在家吃点精致的菜,喝点芳醇的酒,睡睡午觉,看看闲书,不愿意将行动和平时有所移易;总之是懒得动。

而每次喝酒,每次独坐的时候,只在想着计划着的,却是一间洁净的小小的住宅,和这住宅周围的点缀与铺陈。

若要住家,第一的先决问题,自然是乡村与城市的选择。以清静来说,当然是乡村生活比较得和我更为适合。可是把文明利器——如电灯自来水等——的供给,家人买菜购物的便利,以及小孩的教育问题等合计起来,却又觉得住城市是必要的了。具城市之外形,而又富有乡村的景象之田园都市,在中国原也很多。北方如北平,就是一个理想的都城;南方则未建都前之南京,濒海的福州等处,也是住家的好地。可是乡土的观念,附着在一个人的脑里,同毛发的生于皮肤一样,丛长着原没有什么不对,全脱了却也势有点儿不可能。所以三年之前,也是在一个春雨霏微的节季,终于听了霞的劝告,搬上杭州来住下了。

杭州这一个地方,有山有湖,还有文明的利器,儿童的学校,去上海也只有四个钟头的火车路程,住家原没有什么不合适。可是杭州一般的建筑物,实在太差,简直可以说没有一间合乎理想的住宅,旧式的房子呢,往往没有院子,顶多顶多也不过有一堆不大有意义的假山,和一条其实是只能产生蚊子的鱼池。所谓新式的房子呢,更加恶劣了,完全是上海弄堂洋房的抄袭,冬天住住,还可以勉强,一到夏天,就热得比蒸笼还要难受。而大抵的杭州住宅,都没有浴室的设备,公共浴场呢,又觉得不卫生而价贵。

所以自从迁到杭州来住后,对于住所的问题,更觉得切身地感到了。地皮不必太大,只教有半亩之宫,一亩之隙,就可以满足。房子亦不必太讲究,只须有一处可以登高望远的高楼,三间平屋就对。但是图书室,浴室,猫狗小舍,儿童游嬉之处,灶房,却不得不备。房子的四周,一定要有阔一点的回廊;房子的内部,更需要亮一点的光线。此外是四周的树木和院子里的草地了,草地中间的走路,总要用白沙来铺才好。四面若有邻舍的高墙,当然要种些爬山虎以掩去墙头,若系旷地,只须植一道矮矮的木栅,用黑色一涂就可以将就。门窗当一例以厚玻璃来做,屋瓦应先钉上铅皮,然后再覆以茅草。

照这样的一个计划来建筑房子,大约总要有二千元钱来买地皮四千元钱来充建筑费,才有点儿希望。去年年底,在微醉之后,将这私愿对一位朋友说了一遍,今年他果然送给了我一块地,所以起楼台的基础,倒是有了。现在只在想筹出四千元钱的现款来建造那一所理想的住宅。胡思乱想的结果,在前两三个月里,竟发了疯,将烟钱酒钱省下了一半,去买了许多奖券;可是一回一回的买了几次,连末尾也不曾得过,而吃了坏烟坏酒的结果,身体却显然受了损害了。闲来无事,把这一番经过,对朋友一说,大家笑了一场之后,就都为我设计,说从前的人,曾经用过的最上妙法,是发自己的讣闻,其次是做寿,再其次是兜会。

可是为了一己的舒服,而累及亲戚朋友,也着实有点说不过去,近来心机一转,去买了点《芥子园》、《三希堂》等画谱来,在开始学画了;原因是想靠了卖画,来造一所房子,万一画画,仍旧是不能吃饭,那么至少至少,我也可以画许多房子,挂在四壁,给我自己的想象以一顿醉饱,如饥者的画饼,旱天的画云霓。这一个计划,若不至于失败,我想在半年之后,总可以得到一点慰安。

## 记曾孟朴先生

当孟朴先生作故的时候,《东南日报》的记者黄萍荪先生,曾来访问过我,已经将先生的身世,约略讲过一遍了;后来看见邵洵美先生在《人言》上,郑君平先生在《新小说》上,各做过一篇关于曾先生的文字;现在在林语堂、陶亢德两先生合编的《宇宙风》上,并且还登载了哲嗣虚白先生自己编撰的一部很详尽的孟朴先生的年谱,要想知道曾先生的一生经过,和著作学问以及任事履历的人,但须去翻读第二三四期的《宇宙风》就对,这里我只想写一点先生和我个人的交谊。

当我迁上杭州来住之先,因为时势与环境的关系,不得不在洋场的上海寄寓,前后计算起来,自民国十五年年底起,一直到二十一年春天止,一共也整整住上了七八年的光景。这一段时间,是中国新书出版业的黄金时代;上海的新书店开得特别的多,而一般爱文学,写稿子的人,也会聚在上海的租界上。本来是商业中心的这一角海港,居然变成了中国新文化的中心地。

洵美他们的金屋书店,开幕了不久,后来又听见说,曾先生父子,也拉集了几多股子,开起真美善书店来了;我当时因为在生病,所以他们开幕的时候请客,终于没有去成。那时候洵美的老家,还在金屋书店对门的花园里;我们空下来,要想找几个人谈谈天,只须上洵美的书斋去就对,因为他那里是座上客常满,樽中酒不空的。在洵美他们的座上,我方才认识了围绕在老曾先生左右的一群少壮文学者,像傅彦长,张若谷诸先生。从他们的口里,我于听到了些曾先生的日常起居,与他的老而益壮的从事创作精神之余,还接到了一个口头招请,说曾老先生也很想和我谈谈,教我有空,务必上他家里去走走。这时候,他住在法界的马斯南路,我住在静安寺的近旁,心里虽则也时常在向往,但终因懒惰不过,容易发不起上法界去的心,所以当真美善开后的一年之中,还没有和他见一面的缘分。

后来,书业衰落了,金屋书店因蚀本而关了门。真美善也岌岌乎有不可终日之势,曾老先生把家迁移了,迁住到了离我的寓舍不远的静安寺路犹太花园对面的一处松寿里中。

记得是一天初冬的晚上,天气很寒冷,洵美他们在我们家里吃饭。吃过饭后,没地方去走,洵美就提出了去看曾先生的建议。上了洵美的车一拐弯,不到三分钟的时光,就到了曾先生的住宅了,他们还正在那里吃晚饭。

孟朴先生的风度,实在清丽得可爱;虽则年龄和我相差二十多岁,虽则嘴上的一排胡子也有点灰了,但谈话的精神的矍铄,目光神采的奂奕,躯干的高而不曲,真令我这一个未老先衰的中年小子,感到了满面的羞惭。先生的体格,原是清癯的,那时候据说还在害胃病,但是他的那一种丰采,却毫没有一点病后的衰容。

我们有时躺着,有时坐起,一面谈,一面也抽烟,吃水果,喝酽茶。从法国浪漫主义各作家谈起,谈到了《孽海花》的本事,谈到了先生少年时候的放浪的经历,谈到了陈季同将军,谈到了钱蒙叟与杨爱的身世以及虞山的红豆树;更谈到了中国人的生活习惯,和个人的享乐的程度与限界。先生的那一种常熟口音的普通话,那一种流水似的语调,那一种对于无论哪一件事情的丰富的知识与判断,真教人听一辈子也不会听厌;我们在那一天晚上,简直忘记了时间;忘记了窗外的寒风,忘记了各人还想去干的事情,一直坐下来坐到了夜半,才兹走下他的那一间厢楼,走上了回家的归路。

自从这一次见面之后,曾先生的印象,便永远新鲜活泼地印入了我的脑里;后来他与虚白先生合译的那本《肉与死》出版了,当印出的那一天,我就得到了一册赠送本;这一本三百多页的大著,因为是曾先生所竭力推荐的作品,书到的晚上,我一晚不睡,直读到了早晨的八点。

先生的忏悔录的《鲁男子》,因为全书的计划很大,到现在也仍还是一部未完的大作品;我在当时正想翻读的当儿,又因一转念,等出完了之后再读不迟,终于搁了下来。事后追想起来,何以那时候会偷懒到这一个地步,不于曾先生的生前,精读一下他这部晚年的巨著,当面去和他讨论讨论?现在虽则悔恨到了万分,可已经是驴鸣空吊,无补于实际了。

曾先生所特有的一种爱娇,是当人在他面前谈起他自己的译著的时候的那一脸欢笑。脸上的线条,当他微笑的时候,表现得十分的温和,十分的柔热,使在他面前的人,都能够从他的笑里,感受到一种说不出的像春风似的慰抚。有一次记得是张若谷先生,提起了他的《鲁男子》里的某一节记叙,先生就露现了这一种笑容;当时在他左右的人,大约都不曾注意及此,我从侧面,看见了他的这一脸笑,觉得立时就掉入了别一个世界,觉得他的笑眼里的光芒,是能于夏日发放清风,暗夜散播光明似的;这一种感想,我不知道别人的是不是和我的一样。

二十年的春天,是老太夫人八十,曾先生六十的寿辰,同时也是他第三位公子新婚的日子;上海的一批朋友,大家是约好去常熟拜寿道喜的,我因为不在上海,终于错过了这一次游常熟的机会。等洵美他们回来之后,大家说起这一次常熟之游,还是谈得津津有味,对我说:"可惜只缺少了你们夫妇的同行,曾老先生是十分希望你们去的。"这一回喜事过后,曾先生的身体,似乎就不十分康健了;其后真美善也闭了店,先生的踪迹,只在苏州常熟的两处养病闲居,不常到上海来了,这中间我并且又迁到了杭州;嗣后一直到接先生的讣报为止,终于没有第二次再见先生一次面的机遇。不过现在虽和先生的灵榇远隔千里,我只教闭上眼睛,一想起先生,先生的柔和的丰貌,还很鲜明地印在我的眼帘之上。中国新旧文学交替时代的这一道大桥梁,中国二十世纪所产生的诸新文学家中的这一位最大的先驱者,我想他的形象,将长留在后世的文学爱好者的脑里,和在生前见过他的我的脑里一样。

# 怀四十岁的志摩

眼睛一眨,志摩去世,已经交五年了。在上海那一天阴晦的早晨的凶报,福煦路上遗宅里的仓皇颠倒的情形,以及其后灵柩的迎来,吊奠的开始,尸骨的争夺,和无理解的葬事的经营等情状,都还在我的目前,仿佛是今天早晨或昨天的事情。志摩落葬之后,我因为不愿意和那一位商人的老先生见面,一直到现在,还没有去墓前倾一杯酒,献一朵花;但推想起来,墓木纵不可拱,总也已经宿草盈阡了吧?志摩有灵,当能谅我这故意的疏懒!

综志摩的一生,除他在海外的几年不算外,自从中学入学起直到他的死后为止,我是他的命运的热烈的同情旁观者;当他死的时候,和许多朋友夹在一道,曾经含泪写过一篇极简略的短文,现在时间已经经过了五年,回想起来,觉得对他的余情还有许多郁蓄在我的胸中。仅仅一个空泛的友人,对他尚且如此,生前和他有更深的交谊的许多女友,伤感的程度自然可以不必说了,志摩真是一个淘气,讨爱,能使你永久不会忘怀的顽皮孩子!

称他作孩子,或者有人会说我卖老,其实我也不过是他的同年生,生日也许比他还后几日,不过他所给我的却是一个永也不会老去的新鲜活泼的孩儿的印象。

志摩生前,最为人所误解,而实际也许是催他速死的最大原因之一的一重性格,是他的那股不顾一切,带有激烈的燃烧性的热情。这热情一经激发,便不管天高地厚,人死我亡,势非至于将全宇宙都烧成赤地不可。发而为诗,就成就了他的五光十色,灿烂迷人的七宝楼台,使他的名字永留在中国的新诗史上。以之处世,毛病就出来了;他的对人对物的一身热恋,就使他失欢于父母,得罪于社会,甚而至于还不得不遗诟于死后。他和小曼的一段浓情,在他的诗里,日记里,书简里,随处都可以看得出来;若在进步的社会里,有理解的社会里,这一种事情,岂不是千古的美谈?忠厚柔艳如小曼,热烈诚挚若志摩,遇合在一道,自然要发放火花,烧成一片了,哪里还顾得到纲常伦教?更哪里还顾得到宗法家风?当这事情正在北京的交际社会里成话柄的时候,我就佩服志摩的纯真与小曼的勇敢,到了无以复加。记得有一次在来今雨轩吃饭的席上,曾有人问起我以对这事的意见,我就学了《三剑客》影片里的一句话回答他:"假使我马上要死的话,在我死的前头,我就只想做一篇伟大的史诗,来颂美志摩和小曼。"

情热的人,当然是不能取悦于社会,周旋于家室,更或至于不善用这热情的;志摩在死的前几年的那一种穷状,那一种变迁,其罪不在小曼,不在小曼以外的他的许多男女友人,当然更不在志摩自身;实在是我们的社会,尤其是那一种借名教作商品的商人根性,因不理解他的缘故,终至于活生生的逼死了他。

志摩的死,原觉得可惜的很;人生的二四十前后——他死的时候是三十六岁——正是壮盛到绝顶的黄金时代。他若不死,到现在为止,五六年间,大约我们又可以多读到许多诗样的散文,诗样的小说,以及那一部未了的他的杰作——《诗人的一生》;可是一面,正因他的突然的死去,倒使这一部未完的杰作,更加多了深厚的回味之处却也是真的。所以在他去世的当时,就有人说,志摩死得恰好,因为诗人和美人一样,老了就不值钱了。况且他的这一种死法,又和罢伦,奢来的死法一样,确是最适合他身分的死。若把这话拿来作自慰之辞，原也有几分真理含着，我却终觉得不是如此的；志摩原可以活下去，那一件事故的发生，虽说是偶然的结果，但我们若一追究他的所以不得不遭逢这惨事的原因，那我在前面说过的一句话，"是无理解的社会逼死了他"，就成立了。我们所处的社会，真是一个如何狭量，险恶，无情的社会！不是身处其境，身受其毒的人，是无从知道的。

　　过去的事情，已经过去了；我们在志摩的死后，再来替他打抱不平，也是徒劳的事情。所以这次当志摩四十岁的诞辰，我想最好还是做一点实际的工作来纪念他，较为适当；小曼已经有编纂他的全集的意思了，这原是纪念志摩的办法之一，此外像志摩文学奖金的设定，和他有关的公共机关里纪念碑胸像的建立，志摩图书馆的发起，以及志摩传记的编撰等等，也是都可以由我们后死的友人，来做的工作。可恨的是时势的混乱，当这一个国难的关头，要来提倡尊重诗人，是违背事理的；更可恨的是世情的浇薄，现在有些活着的友人，一旦钻营得了大位，尚且要排挤诋毁，诬陷压迫我们这些无权无势的文人，对于死者那更加可以不必说了。"侬今葬花人笑痴，他年葬侬知是谁？"悼吊志摩，或者也就是变相的自悼吧！

# 记风雨茅庐

　　自家想有一所房子的心愿,已经起了好几年了;明明知道创造欲是好,所有欲是坏的事情,但一轮到了自己的头上,总觉得衣食住行四件大事之中的最低限度的享有,是不可以不保住的。我衣并不要锦绣,食也自甘于藜藿,可是住的房子,代步的车子,或者至少也必须一双袜子与鞋子的限度,总得有了才能说话。况且从前曾有一位朋友劝过我说,一个人既生下了地,一块地却不可以没有,活着可以住住立立,或者睡睡坐坐,死了便可以挖一个洞,将己身来埋葬;当然这还是没有火葬,没有公墓以前的时代的话。

　　自搬到杭州来住后,于不意之中,承友人之情,居然弄到了一块地,从此葬的问题总算解决了;但是住呢,占据的还是别人家的房子。去年春季,写了一篇短短的应景而不希望有什么结果的文章,说自己只想有一所小小的住宅;可是发表了不久,就来了一个回响。一位做建筑事业的朋友先来说:"你若要造房子,我们可以完全效劳";一位有一点钱的朋友也说:"若通融得少一点,或者还可以想法"。四面一凑,于是起造一个风雨茅庐的计划即便成熟到了百分之八十,不知我者谓我有了钱,深知我者谓我冒了险,但是有钱也罢,冒险也罢,入秋以后,总之把这笑话勉强弄成了事实,在现在的寓所之旁,也竟丁丁笃笃地动起了工,造起了房子。这也许是我的Folly，这也许是朋友们对于我的过信，不过从今以后，那些破旧的书籍，以及行军床，旧马子之类，却总可以不再去周游列国，学夫子的栖栖一代了，在这些地方，所有欲原也有它的好处。

　　本来是空手做的大事，希望当然不能过高；起初我只打算以茅草来代瓦，以涂泥来作壁，起它五间不大不小的平房，聊以过过自己有一所住宅的瘾的；但偶尔在亲戚家一谈，却谈出来了事情。他说："你要造房屋，也得拣一个日，看一看方向；古代的《周易》，现代的天文地理，却实在是有至理存在那里的呢！"言下他还接连举出了好几个很有征验的实例出来给我听，而在座的其他三四位朋友，并且还同时做了填具脚踏手印的见证人。更奇怪的，是他们所说的这一位具有通天入地眼的奇迹创造者，也是同我们一样，读过哀皮西提，演过代数几何，受过现代高等教育的学校毕业生。经这位亲戚的一介绍，经我的一相信，当初的计划，就变了卦，茅庐变作了瓦屋，五开间的一排营房似的平居，拆作了三间两开间的两座小蜗庐。中间又起了一座墙，墙上更挖了一个洞；住屋的两旁，也添了许多间的无名的小房间。这么的一来，房屋原多了不少，可同时债台也已经筑得比我的风火围墙还高了几尺。这一座高台基石的奠基者郭相经先生，并且还在劝我说："东南角的龙手太空，要好，还得造一间南向的门楼，楼上面再做上一层水泥的平台才行"。他的这一句话，又恰巧打中了我的下意识里的一个痛处；在这只空角上，我实在也在打算盖起一座塔样的楼来，楼名是十五六年前就想好的，叫作"夕阳楼"。现在这一座塔楼，虽则还没有盖起，可是只打算避避风雨的茅庐一所，却也涂上了朱漆，嵌上了水泥，有点像是外国乡镇里的五六等贫民住宅的样子了；自己虽则不懂阳宅的地理，但在光线不甚明亮的清早或薄暮看起来，倒也觉得郭先生的设计，并没有弄什么玄虚，和科学的方法，仍旧还是对的。所以一定要在光线不甚明亮的时候看的原因，就因为我的胆子毕竟还小，不敢空口说大话要包工用了最好的材料来造我这一座贫民住宅的缘故。这倒还不在话下，有点儿觉得麻烦的，却是预先想好的那个风雨茅庐的风雅名字与实际的不符。皱眉想了几天，又觉得中国的山人并不入山，儿子的小犬也不是狗的玩意儿，原早已有人在干了，我这样小小的再说一个并不害人的谎，总也不至于有死罪。况且西湖上的那间巍巍乎有点像先施永安的堆栈似的高大洋楼之以××草舍作名称，也不曾听见说有人去干涉过。多一事不如少一事，九九归原，还是照最初的样子，把我的这间贫民住宅，仍旧叫作了避风雨的茅庐。横额一块，却是因马君武先生这次来杭之便，硬要他伸了风痛的右手，替我写上的。

一九三六年一月十日

# 北平的四季

对于一个已经化为异物的故人，追怀起来，总要先想到他或她的好处；随后再慢慢的想想，则觉得当时所感到的一切坏处，也会变作很可寻味的一些纪念，在回忆里开花。关于一个曾经住过的旧地，觉得此生再也不会第二次去长住了，身处入了远离的一角，向这方向的云天遥望一下，回想起来的，自然也同样地只是它的好处。

中国的大都会，我前半生住过的地方，原也不在少数；可是当一个人静下来回想起从前，上海的闹热，南京的辽阔，广州的乌烟瘴气，汉口武昌的杂乱无章，甚至于青岛的清幽，福州的秀丽，以及杭州的沉着，总归都还比不上北京——我住在那里的时候，当然还是北京——的典丽堂皇，幽闲清妙。

先说人的分子吧，在当时的北京——民国十一二年前后——上自军财阀政客名优起，中经学者名人，文士美女教育家，下而至于负贩拉车铺小摊的人，都可以谈谈，都有一艺之长，而无憎人之貌；就是由荐头店荐来的老妈子，除上炕者是当然以外，也总是衣冠楚楚，看起来不觉得会令人讨嫌。

其次说到北京物质的供给哩，又是山珍海错，洋广杂货，以及萝卜白菜等本地产品，无一不备，无一不好的地方。所以在北京住上两三年的人，每一遇到要走的时候，总只感到北京的空气太沉闷，灰沙太暗淡，生活太无变化；一鞭走出，出前门便觉胸舒，过芦沟方知天晓，仿佛一出都门，就上了新生活开始的坦道似的；但是一年半载，在北京以外的各地——除了在自己幼年的故乡以外——去一住，谁也会得重想起北京，再希望回去，隐隐地对北京害起剧烈的怀乡病来。这一种经验，原是住过北京的人，个个都有，而在我自己，却感觉得格外的浓，格外的切。最大的原因或许是为了我那长子之骨，现在也还埋在郊外广谊园的坟山，而几位极要好的知己，又是在那里同时毙命的受难者的一群。

北平的人事品物，原是无一不可爱的，就是大家觉得最要不得的北平的天候，和地理联合上一起，在我也觉得是中国各大都会中所寻不出几处来的好地。为叙述的便利起见，想分成四季来约略地说说。

北平自入旧历的十月之后，就是灰沙满地，寒风刺骨的节季了，所以北平的冬天，是一般人所最怕过的日子。但是要想认识一个地方的特异之处，我以为顶好是当这特异处表现得最圆满的时候去领略；故而夏天去热带，寒天去北极，是我一向所持的哲理。北平的冬天，冷虽则比南方要冷得多，但是北方的生活的伟大幽闲，也只有在冬季，使人感受得最彻底。

先说房屋的防寒装置吧，北方的住屋，并不同南方的摩登都市一样，用的是钢骨水泥、冷热气管；一般的北方人家，总只是矮矮的一所四合房，四面是很厚的泥墙；上面花厅内都有一张暖炕，一所回廊；廊子上是一带明窗，窗眼里糊着薄纸，薄纸内又装上风门，另外就没有什么了。在这样简陋的房屋之内，你只教把炉子一生，电灯一点，棉门帘一挂上，在屋里住着，却一辈子总是暖炖炖像是春三四月里的样子。尤其会得使你感觉到屋内的温软堪恋的，是屋外窗外面乌乌在叫啸的西北风。天色老是灰沉沉的，路上面也老是灰的围障，而从风尘灰土中下车，一踏进屋里，就觉得一团春气，包围在你的左右四周，使你马上就忘记了屋外的一切寒冬的苦楚。若是喜欢吃吃酒，烧烧羊肉锅的人，那冬天的北方生活，就更加不能够割舍；酒已经是御寒的妙药了，再加上以大蒜与羊肉酱油合煮的香味，简直可以使一室之内，涨满了白蒙蒙的水蒸温气。玻璃窗内，前半夜，会流下一条条的清汗，后半夜就变成了花色奇异的冰纹。

到了下雪的时候哩，景象当然又要一变。早晨从厚棉被里张开眼来，一室的清光，会使你的眼睛眩晕。在阳光照耀之下，雪也一粒一粒的放起光来了，蛰伏得很久的小鸟，在这时候会飞出来觅食振翎，谈天说地，吱吱的叫个不休。数日来的灰暗天空，愁云一扫，忽然变得澄清见底，翳障全无；于是年轻的北方住民，就可以营屋外的生活了，溜冰，做雪人，赶冰车雪车，就在这一种日子里最有劲儿。

我曾于这一种大雪时晴的傍晚，和几位朋友，跨上跛驴，出西直门上骆驼庄去过过一夜。北平郊外的一片大雪地，无数枯树林，以及西山隐隐现现的不少白峰头，和时时吹来的几阵雪样的西北风，所给与人的印象，实在是深刻，伟大，神秘到了不可以言语来形容。直到了十余年后的现在，我一想起当时的情景，还会得打一个寒颤而吐一口清气，如同在钓鱼台溪旁立着的一瞬间一样。

北国的冬宵，更是一个特别适合于看书，写信，追思过去，与作闲谈说废话的绝妙时间。记得当时我们弟兄三人，都住在北京，每到了冬天的晚上，总不远千里地走拢来聚在一道，会谈少年时候在故乡所遇所见的事事物物。小孩们上床去了，佣人们也都去睡觉了，我们弟兄三个，还会得再加一次煤再加一次煤地长谈下去。有几宵因为屋外面风紧天寒之故，到了后半夜的一二点钟的时候，便不约而同地会说出索性坐坐到天亮的话来。像这一种可宝贵的记忆，像这一种最深沉的情调，本来也就是一生中不能够多享受几次的昙花佳境，可是若不是在北平的冬天的夜里，那趣味也一定不会得像如此的悠长。

总而言之，北平的冬季，是想赏识赏识北方异味者之唯一的机会；这一季里的好处，这一季里的琐事杂忆，若要详细地写起来，总也有一部《帝京景物略》那么大的书好做；我只记下了一点点自身的经历，就觉得过长了，下面只能再来略写一点春和夏以及秋季的感怀梦境，聊作我的对这日就沦亡的故国的哀歌。

春与秋，本来是在什么地方都属可爱的时节，但在北平，却与别地方也有点儿两样。北国的春，来得较迟，所以时间也比较得短。西北风停后，积雪渐渐地消了，赶牲口的车夫身上，看不见那件光板老羊皮的大袄的时候，你就得预备着游春的服饰与金钱；因为春来也无信，春去也无踪，眼睛一眨，在北平市内，春光就会得同飞马似的溜过。屋内的炉子，刚拆去不久，说不定你就马上得去叫盖凉棚的才行。

而北方春天的最值得记忆的痕迹，是城厢内外的那一层新绿，同洪水似的新绿。北京城，本来就是一个只见树木不见屋顶的绿色的都会，一踏出九城的门户，四面的黄土坡上，更是杂树丛生的森林地了；在日光里颤抖着的嫩绿的波浪，油光光，亮晶晶，若是神经系统不十分健全的人，骤然间身入到这一个淡绿色的海洋涛浪里去一看，包管你要张不开眼，立不住脚，而昏蹶过去。

北平市内外的新绿，琼岛春阴，西山抱翠诸景里的新绿，真是一幅何等奇伟的外光派的妙画！但是这画的框子，或者简直说这画的画布，现在却已经完全掌握在一只满长着黑毛的巨魔的手里了！北望中原，究竟要到哪一日才能够重见得到天日呢？

从地势纬度上讲来，北方的夏天，当然要比南方的夏天来得凉爽。在北平城里过夏，实在是并没有上北戴河或西山去避暑的必要。一天到晚,最热的时候,只有中午到午后三四点钟的几个钟头,晚上太阳一下山,总没有一处不是凉阴阴要穿单衫才能过去的;半夜以后,更是非盖薄棉被不可了。而北平的天然冰的便宜耐久,又是夏天住过北平的人所忘不了的一件恩惠。

  我在北平,曾经过过三个夏天;像什刹海,菱角沟,二闸等暑天游耍的地方,当然是都到过的;但是在三伏的当中,不问是白天或是晚上,你只教有一张藤榻,搬到院子里的葡萄架下或藤花阴处去躺着,吃吃冰茶雪藕,听听盲人的鼓词与树上的蝉鸣,也可以一点儿也感不到炎热与熏蒸。而夏天最热的时候,在北平顶多总不过九十四五度,这一种大热的天气,全夏顶多顶多又不过十日的样子。

  在北平,春夏秋的三季,是连成一片;一年之中,仿佛只有一段寒冷的时期,和一段比较得温暖的时期相对立。由春到夏,是短短的一瞬间,自夏到秋,也只觉得是过了一次午睡,就有点儿凉冷起来了。因此,北方的秋季也特别的觉得长,而秋天的回味,也更觉得比别处来得浓厚。前两年,因去北戴河回来,我曾在北平过过一个秋,在那时候,已经写过一篇《故都的秋》,对这北平的秋季颂赞过一遍了,所以在这里不想再来重复;可是北平近郊的秋色,实在也正像是一册百读不厌的奇书,使你愈翻愈会感到兴趣。

  秋高气爽,风日晴和的早晨,你且骑着一匹驴子,上西山八大处或玉泉山碧云寺去走走看;山上的红柿,远处的烟树人家,郊野里的芦苇黍稷,以及在驴背上驮着生果进城来卖的农户佃家,包管你看一个月也不会看厌。春秋两季,本来是到处好的,但是北方的秋空,看起来似乎更高一点,北方的空气,吸起来似乎更干燥健全一点。而那一种草木摇落,金风肃杀之感,在北方似乎也更觉得要严肃,凄凉,沉静得多。你若不信,你且去西山脚下,农民的家里或古寺的殿前,自阴历八月至十月下旬,去住它三个月看看。古人的"悲哉秋之为气"以及"胡笳互动,牧马悲鸣"的那一种哀感,在南方是不大感觉得到的,但在北平,尤其是在郊外,你真会得感至极而涕零,思千里兮命驾。所以我说,北平的秋,才是真正的秋;南方的秋天,不过是英国话里所说的 Indian Summer 或叫作小春天气而已。

统观北平的四季,每季每节,都有它的特别的好处;冬天是室内饮食奄息的时期,秋天是郊外走马调鹰的日子,春天好看新绿,夏天饱受清凉。至于各节各季,正当移换中的一段时间哩,又是别一种情趣,是一种两不相连,而又两都相合的中间风味,如雍和宫的打鬼,净业庵的放灯,丰台的看芍药,万牲园的寻梅花之类。

五六百年来文化所聚萃的北平,一年四季无一月不好的北平,我在遥忆,我也在深祝,祝她的平安进展,永久地为我们黄帝子孙所保有的旧都城!

一九三六年五月廿七日

# 里西湖的一角落

　　记得是在六七年——也许是十几年了——的前头,当时映霞的外祖父王二南先生还没有去世,我于那一年的秋天,又从上海到了杭州,寄住在里湖一区僧寺的临水的西楼;目的是想去整理一些旧稿,出几部书。

　　秋后的西湖,自中秋节起,到十月朝的前后,有时候也竟可以一直延长到阴历十一月的初头,我以为世界上更没有一处比西湖再美丽,再沉静,再可爱的地方。

　　天气渐渐凉了,可是还不至于感到寒冷,蚊蝇自然也减少了数目。环抱在湖西一带的青山,木叶稍稍染一点黄色,看过去仿佛是嫩草的初生。夏季的雨期过后,秋天百日,大抵是晴天多,雨天少。万里的长空,一碧到底,早晨也许在东方有几缕朝霞,晚上在四周或许上一圈红晕,但是皎洁的日中,与深沉的半夜,总是青天浑同碧海,教人举头越看越感到幽深。这中间若再添上几声络纬的微吟和蟋蟀的低唱,以及山间报时刻的鸡鸣与湖中代步行的棹响,那湖上的清秋静境,就可以使你感味到点滴都无余滓的地步。"秋天好,最好在西湖……"我若要唱一阕小令的话,开口就得念这么的两句。西湖的秋日真是一段多么发人深省,迷人骨的时季呀!(写到了此地,我同时也在流滴着口涎。)

　　是在这一种淡荡的湖月林风里,那一年的秋后,我就在里湖僧寺的那一间临水西楼上睡觉,抽烟,喝酒,读书,拿笔写文章。有时候自然也到山前山后去走走路,里湖外湖去摇摇船,可是白天晚上,总是在楼头坐着的时候多,在路上水上的时候少,为的是想赶着这个秋天,把全集的末一二册稿子,全部整理出来。

但是预定的工作,刚做了一半的时候,有一天午后二南先生却坐了洋车,从城里出来访我了。上楼坐定之后,他开口微笑着说:"好诗!好诗!"原来前几天我寄给城里住着的一位朋友的短札,被他老先生看见了;短札上写的,是东倒西歪的这么的几行小字:"逋鼠禅房日闭关,夜窗灯火照孤山,此间事不为人道,君但能来与往还。"被他老先生一称赞,我就也忘记了本来的面目,马上就叫厨子们热酒,煮鱼,摘菜做点心。两人喝着酒,高谈着诗,先从西泠十子谈起,波及了《杭郡诗辑》,《两浙輶轩》的正录续录,又转到扬州八怪,明末诸贤的时候,他老先生才忽然想起,从袋里拿出了一张信来说:

"这是北翔昨天从哈尔滨寄来的信,要我为他去拓三十张杨云友的墓碣来,你既住近在这里,就请你去代办一办。我今天的来此,目的就为了这件事情。"

从这一天起,我的编书的工作就被打断了。重新缠绕着我,使我时时刻刻,老发生着幻想的,就是杨云友的那一个小小的坟亭。亭是在葛岭的山脚,正当上山路口东面的一堆荒草中间的。四面的空地,已经被豪家侵占得尺寸无余了,而这一个小小的破烂亭子,还幸而未被拆毁。我当老先生走后的第二天带了拓碑的工匠,上这一条路去寻觅的时候,身上先钩惹了一身的草子与带刺的荆棘。到得亭下,将荒草割了一割,为探寻那一方墓碣又费了许多工夫。直到最后,扫去了坟周围的几堆垃圾牛溲,捏紧鼻头,绕到了坟的后面,跪下去一摸一看,才发见了那一方以青石刻成的张北翔所写的明女士杨云友的碑铭。这时候太阳已经打斜了，从山顶上又吹下了一天西北风来。我跪伏在污臭的烂泥地上，从头将这墓碣读了一遍，觉得立不起身来了；一种无名的伤感，直从丹田涌起，冲到了心，冲上了头。等那位工匠走近身边，叫了我几声不应，使了全身的气力，将我扶起的时候，他看了我一面，也突然间骇了一大跳。因为我的青黄的面上，流满了一脸的眼泪，眼色也似乎是满带了邪气。他以为我白日里着了鬼迷了，不问皂白，就将我背贴背的背到了石牌坊的道上，叫集了许多住在近边的乡人，抬送我到了寺里。

过了几天，他把三十张碑碣拓好送来了；进寺门之后，在楼下我就听见他在轻轻的问小和尚说：

"楼上的那位先生，以后该没有发疯吧！"

小和尚骂了他几声"胡说！"就跑上楼来问我要不要会他一面，我摇了摇头只给了他些过分的工钱。

这一个秋天，虽则为了这一件事情而打断了我的预定的工作，但在第二年春天出版的我的一册薄薄的集子里，竟添上了一篇叫作《十三夜》的小说。小说虽则不长，由别人看起来，或许也不见得有什么好处，但在我自己，却总因为它是一个难产的孩子，所以格外的觉得爱惜。

过了几年，是杭州大旱的那一年，夏天挈妻带子，我在青岛、北戴河各处避了两个月暑，回来路过北平，偶尔又在东安市场的剧园里看了一次荀慧生扮演的《杨云友三嫁董其昌》的戏。荀慧生的扮相并不坏，唱做更是恰到好处，当众挥毫的几笔淡墨山水，也很可观，不过不晓得为什么，我却觉得杨云友总不是那一副相貌。

又是几年过去了，一九三六年的春天，忽而发了醉兴，跑上了福州。福州的西城角上，也有一个西湖。每当夏天的午后，或冬日的侵晨，有时候因为没地方走，老跑到这小西湖的边上去散步。一边走着,一边也爱念着"天下西湖三十六,就中最好是杭州"的两句成语,以慰乡思。翻翻福州的《西湖志》,才晓得宛在堂的东面,斜坡草地的西北方,旧有一座强小姐的古墓,是很著灵异的。强小姐的出身世系,我也莫名其妙,但是宋朝有一位姓强的余杭人,曾经著过许多很好的诗词,我仿佛还有点儿记得。这一个强小姐墓,当然是清朝的墓,而福州土著的人,或者也许有姓强的,但当我走过西湖,走过这强小姐的墓时,却总要想起"钱塘苏小是乡亲"的一句诗,想起里湖一角落里那一座杨云友的坟亭;这仅仅是联想作用的反射么,或者是骸骨迷恋者的一种疯狂的症候?我可说不出来。

一九三七年三月四日在福州

# 全面抗战的线后

　　自七月七日夜，芦沟桥日军来袭，八月十三晨，上海日水兵炮击我保安队后，数十年来之宿怨，四万万人之积愤，一旦爆发，立时演成了我中华全民族全面抗战之悲壮剧。我们虽是弱国，但我们决不是甘为奴隶的劣等民族，"九一八"以来不抵抗之耻，经此一战而雪尽；虽则苦战只一二月，以后长期抵抗，将不达到胜战的目的不止，多则三年，少亦两载，忍苦杀敌之来日方长；可是只将此一二月之战绩论，中华民族复兴之兆，已早显示在我们的目前，民族战争史上的光荣，我们早已占有一席地了。我们生逢着这一伟大时代，个人的情绪紧张，牺牲的决心坚固，原是当然的事情；但同时我们也不能不怀念着那些毫无抵抗能力的妇孺同胞，以及无衣食无武器的劳工大众，直接间接在受暴日炮火炸弹的虐杀。记者于沪战开始后，曾由海上飘泊至宁波，由浙江内地经闽北而返福州，沿途所见，都是些赤手空拳丧家失业的妇孺老幼；迄今事隔多日，而中宵梦魇，犹见许多避难同胞，凄惨流离在道路之中。因借《公余》余白，略记二三目击琐事，以志日帝国主义侵略者之惨无人道；并欲昭示子孙，永勿忘日本军阀，实为我中华民族之世仇。

　　自八月上旬起，因日本驻沪海军陆战队，日日在公园靶子场一带耀武扬威，附近居民，深恐"一二八"惨剧之重演，早已纷纷迁避入英法租界。盖闸北"一二八"之血迹未干，而日本军人面貌之狞恶如故，矢在弦上，势在必发，惊弓之鸟，自不能如常时之镇定。

八月十日，记者因事去北四川路，见自老靶子路铁门以北，临街铺户，全部门窗紧闭，绝似元旦清晨合街休息的景象。与元旦不同之处，唯在街上行人的绝少，——因行人一稀少之故，二三野狗与陆战队巡逻兵卒往来之影，反更惹人注意。——电车公共汽车内坐客的零落，与夫各铺户门上，都贴有红色及绛黄色迁移或招租广告的几点。记者栖息或经行沪滨垂二十年，从未见有如此凄惨萧条之市景。山雨欲来，大难将至，居民殆从日水兵之行动上早已感觉到了。

自老靶子路向西，转出北站，则铁栅栏附近，闸北居民，犹在列出埃及之长蛇阵。一只破旧皮箱，一捆帐子被褥，及便桶洋炉灶之类，几乎是伊辈各具之财产，因知稍为富有者，早已迁避一空，此辈均系捱迟避难之中下平民。人力车夫之趁火打劫，亦唯对此辈为独甚；记者曾亲眼见一辆车资，自北站拉至三马路大新街口，讨价为一元五角，讲定价钱为大洋一元，而车夫态度，尚强硬舒徐，有薄此而不屑拉的神气。

促成沪北居民如此恐慌之直接最大原因，实为八月九日午后，两日水兵因窥测我虹桥机场之故的被击。敌国军人，际此险象环生之备战时期，无故而闯入我戒严地带，意图刺探军情；且先以枪弹伤杀我卫兵，我之还击，自属正当防卫，而日军部当局，反向我发最后通牒，欲威逼我保安团队，限刻全部退出淞沪。在这情形之下，中国军人若无血气则已，若有人性，自然不能隐忍，必予以强有力之抵抗；居民熟悉此事之经过，知日军之已有计划地向我进攻，其仓皇逃避，理固宜然；所可恨者，诸江北同胞，漠不知同舟共济之大义，反欲乘危急而发此不义之大财，实为我民族之一污点。

　　记者因迎自日返国之一旧友而赴沪，居停十日，诸事已接洽就绪，早晚打点上船返闽，离去上海。十一日午后，适有三北公司之靖安轮南行，十一日晨便从谣言丛集难民满地之上海埠头上船，犹冀侵略者或将勒马悬崖，不轻作玩火之把戏；至少在江浙之片隅，或许能继续其平时通商生产诸事业。

　　半月来秋高气爽，天气日日晴明，若在平时，此番航海，如行地中海上，旅客可坐赏沿海各岛屿风景，反较陆行舒适。但因时局紧张，船中旅客增加至一倍以上。下午四时，船驶出吴淞口边，又见有日本军舰二三十只，停泊在浦江上下；陆战队兵士，正在阳光下搬运弹药食品，忙如雨后蚂蚁；而白色浅底之日本扬子江舰队，分靠在两岸，尚不在那二三十艘战舰之数中。因眼见到了这些日本备战的舰只，又夹以脑际带来的沪上所散布着的风闻，乘客之中，有断定今晚或即有战争爆发者；然亦有乐天家以滑稽口吻，在作谐谈，谓日本所有财产，都已搬至黄浦江上，目的实只在示威，小丑究何敢跳梁云。

　　船出口后，风平浪静，新月如钩，食堂内议论风生，所谈的无非是战争时事；殊不知在船客兴高采烈之此际，大风警报已由无线电传到船上，而上海的战云，亦正在一刻一刻地紧迫。

　　十二日，海上无事，唯觉风大了一点，就至宁波附近依岸行舟；至十三日晨从舱里睡醒起床，船主已使人来报信，谓上海战事爆发，我军大胜，日海军司令部已被我军占据。自此消息传出后，船中乘客，个个紧张，逃难船客，亦顿忘了奔波之苦，而大风早已迫近我们的路线，船于下午不得不在舟山湾附近抛锚躲避。自此日起，靖安每日一进一退，只在海上作游弋，绝似避暑之快艇，在大海中作逍遥游者；实则半为大风，半为敌舰，恐中途被劫房，故不得不作迷途之鸥鸟，以避危险。如此行动，继续了两昼夜，到十五日晨，才决定回航，去宁波暂避。驶进镇海口，到达宁波江北岸时，正将近十点的样子。

在宁波上岸后，晨光中所见之街市萧条景象，与上海所见者略同；急驱车至鄞县县府，询之陈县长，方识敌机受汉奸密报，昨日曾飞来炸我曹娥及诸暨等处，我之军械战机，曾无若何损失，而敌机数架，却被击落在绍属境内。自宁波站上火车，一路上听人谈论，都系昨午空战之情形。下午一时，过慈溪车站，且见有被缚之汉奸两名在站上示众，手臂上有一油墨印成之令字，擦之不去。沿途聚观之乡民，眦裂发指，都有生啖奸肉之概。在火车内，且闻有人谈起，昨晚在一小客栈中，被臭虫咬扰，终夜不能合眼，因与大家议定，此后见有臭虫，将统叫作"日本军阀"，可以表示日军阀之吮吸人血，臭气熏蒸。我国国民之怨恨日本侵略，及愿世世勿忘此仇之志，于此等谈话及气概中可以见到。中日两民族，所以积怨至如此地步，比当年法德更甚者，实由日本军阀一手所造成。名臭虫作"日本军阀"大有油炸桧之意，预料一年半载之后，此类名词，将普遍流行于中国，汉奸及日军阀之遗臭，在我中国或将延长至万万年，也说不定。

车过曹娥，渡江后，还能见到昨午空战之遗迹；被击落之臭虫机一架，远埋在西北面之稻田中，小臭虫除两只被活捉，解赴杭州外，四只尸体，尚未埋下，惜因时间匆促，未能往摄一影片，以示我空军之威武。夜宿绍兴，居民都早就息灯安寝，似有静卧一宵，预备明日再去杀敌之意。

绍兴晨起，即见有满天微雨，散落中庭。冒雨至五云，赶车到江边，还未敲八点。江边的景象，才是一幅惨极的流民移徙图，非身到其境者，不会感到日军的残酷无人道，专擅在无武器非战斗员的妇孺老幼间施虐；我军人之勇气百倍，誓欲为各老幼报仇之敌忾心，殆亦由日军的此种暴行所促成。

江边在大雨之下，泞泥之中，露宿着的上海难民，将近一万，大半都系女工，以及老幼之无家可归者，东面水际，聚拥着一簇蓬头垢面之妇人备极忙碌，则为昨晚上露天生产之一女工在帮忙；婴儿啼哭声，隐隐自人丛中漏出，似在嫌母乳之不足。闻之巡警，谓此辈工人，都在此待搬运器来，将散归至宁绍各乡村。每日通过者，约有数万，如此情形，已继续了三四天了。

渡江至南星桥，自凤山门进城，路上行人稀少，商店亦大半掩户停业。到家前五分钟，已闻得空袭预报。入门坐定，则紧急警报已发，不上两分钟，敌机一队，自东南飞越到了；我迎击之机，四面蜂起，围住了敌机。一刹那间，空中机枪声大作，而振动屋宇之巨弹声，亦随急响了两下。不上五分钟，敌机逃逸，我机亦已远追开去。空中静寂，唯闻微雨洒叶上之声；不三十分钟，警报解除之号吹亦发，我威武之空军杀敌情形，即在当午之号外上见到。是役敌投两弹，均落笕桥田野中，损伤全无，敌机一架被击落在海宁附近，两架受伤，旋亦坠落，正由我军在寻觅中云。

# "一二八"的当时

"一二八"沪战发生的时候,我正在上海;那前后,刚为了已故诗人徐志摩的未亡人小曼的生活问题,日日在和徐新六,宋春舫,邵洵美诸先生商谈,小曼还住在福煦路的那一间后门临马路的住宅里。"一二八"的那天晚上,我们在小曼那里,坐到了十二点过才回我的静安寺路的寓所,同路者,还有邵洵美和李青崖的两位先生。

在前几天,上一位十九路军的干部家里去吃饭,我们还谈起这一个问题,敌人的无理要求的问题;知道是中央一定只有屈服的一条路,大家还垂头丧气,狂饮了一回闷酒而散场。

所以以各方面的情形来推测,总以为这一次,又该是十九路军倒楣,除退出上海外,别无法子的。中央是那么软弱的一个中央,而敌人又是如此贪酷凶暴的一个敌人。

所以在"一二八"当天的晚上,一直到夜半,我们这些沪西的住民,还没有晓得是在天通庵近边,已发生了战事。

二十九的早晨,情形就大不同了,上海三百万的住民,都被拂晓的飞机大炮声惊醒,个个磨拳擦掌,想和敌人拼命,当时谣言蜂起,有说是租界当局,在偏袒敌人的;有说是中央投降日本,派兵来夹击十九路军的,所以租界上的住民,尤其是一般智识阶级,都是悲愤填膺,想和政府,和租界当局,也来一个严厉的武装谈判。

当时的大概情形，在一九三二年，记得曾经写过一次；现在回想起来，影像虽则还历历在目前，但与这一次的徐州战事，九江战事，武汉外围的战事来一比，却觉当时的沪战，只是一个小规模的前奏。

一阵战乱初期的兴奋状态过去之后，是清醒的工作时期了；第一，我就开始去探听寄寓在北四川路的许多友人的下落。因为在这中间，有鲁迅的三弟建人，被敌人打伤的谣言，所以开始就去找寻鲁迅。

探问了三天，终于在北四川路的内山书店楼上，找着了鲁迅全家；我们以后，就打算做一点实际可以帮助这次抗战的工作。

征求物品、金钱，输送医药材料、军火、钢盔、手榴弹，以及救护伤兵难民等等，已经有人在分头去做了。并且我们也没有大力，所以先只写了些文字，在域内的报上；后又由全体的文化工作者联名发了许多向世界各国文化团体及作家，邀请共同打倒暴敌的宣言和书简。当时巴比塞还没有过世。罗曼·罗兰，纪德，以及俄国的作者协会，都有了回电，寄来了主持公道正义的文章，于是出一小型定期刊物的计划，也就草草的定下。这时候在上海的中共执委，负宣传之职的人，有两个，一是余泽鸿，一是广东梅县的青年，由他们那里，更传来了许多东方大学的同志的消息，以及他们的论文，决议案等，所以，出刊物的兴致，更加浓厚了；印刷，发行，以及征稿等事，是由姚蓬子在那里跑的。

我的寓居，也成了一个变相的难民收容所；在四川路寄寓的许多没有钱的文化人，都上我这里来做食客了。这时候，田汉住在打浦桥，丁玲住在法界尚贤堂后的一条横街上，我们日日见面的，就是这几个人。

在交战期间，我们一面目睹耳闻着闸北大火的烟焰炮声，一边只在跑马路，写文章，谈闲天。得到一点胜利的消息，就四处的去报告，去鼓动。得到些不利的消息时，就大家围集起来喝酒，痛骂，有时候也会放声大哭。每天总一早就起床了，晚上要闹到十二点以后，才能上床。有时候也有坐到天亮的日子。像这样的生活，一直过到了停战约定签字的时候为止，接着，又是高丽志士击毙敌酋白川的一场风潮。

因"一二八"的一场战事的结果，我们所得到的教训，就是无论在朝在野的各派各系，无论哪一个人，非要披肝沥胆地精诚团结起来，大家一条心，一个目标地抵抗着，牺牲着，中华民族就永无生存的余地。中央太软弱，太专制的时候，敌人一定马上就会乘机而入，试行它的蚕食的毒计，挑拨，离间，侦探我们的弱点，因而来利用，是敌人的惯技。我们应该时时刻刻的来提防。小儿病的发作，无关大计的局部小问题小意见的磨擦，以及为个人的名利打算的攻击与拥护等，都是破坏统一战线的引擎。我们先要把目光放远大来，充实我们的实力，然后再有计划地来试行反攻。近代战争是多方面的。兵火战之外，经济战，宣传战，外交战等，也同样的重要。凡此种种使我们在平时原已经看到的弱点，经"一二八"的一场战事的证实，尤其觉得是铁样的事实了。而最可痛的，是同胞中间的那一种自私自利的心的不容易拔除；只想利用，或牺牲了他人来建筑自己的名誉财产的这一个倾向，在"一二八"当时也很浓厚，其后一直仍旧苟延下来，到了现在，也还没有斩草除根地去尽。

"一二八"的旧痛，到现在已经是过去了七年了；在这七年之内，我们虽则还没有得到能一口气吐尽郁愤的机会，但目下则倭寇死伤已经到了百万左右，倭国民穷财尽，崩溃就在目前，我们只教能坚持到底，再苦斗一年半载，甲午以来的耻辱，就可以一举雪尽。要紧的，不在开始，赛跑的决定是在终点。我们唯有争取最后胜利的一个决心而已。

# 在警报声里

从台儿庄回来的第三天,我们在徐州的花园饭店前面的一家叫作致美楼的饭馆子楼上吃午饭。

淮北的春夏之交,自然日日是朗晴的天气,天上蓝得连一点儿云翳也没有。敌机日日来炸,十字路口的那一个警报钟楼,忙的像似圣诞节前夜的教堂里的悬钟。

一阵紧急警报声过去了,街面上就来一阵人跑车滚的声音,和店铺子上排门的声音,静默到五六分钟,飞机推进机的嗡嗡嗡的声音就来了,接着就是轰隆轰隆地连续的炸弹声,房屋地壳震动一下,嗡嗡嗡的机声再响一下,或则再轰隆隆地炸弹爆裂几下,一次的轰炸也就完了。静候上五分十分钟的时候,老百姓总不必等警报解除的钟声再响,就会从防空壕,疏散地走回来。被轰炸的次数愈多,逃飞机的经验也愈足,习以为常,就觉得敌机的施虐也并不足怕。

所以,那一天中午,我们仍在紧急警报声中继续吃我们的饭,谈我们的天。只是当炸弹连续在响的中间,话听不清楚了,大家就只能停止不说话。我们看见屋顶上震落了一串灰来,掉入了菜碗,一碗汤面起了细微圆致的波纹,几只碗因震动之故而互碰了几下。

那一天同我们吃饭的有一位是在孙仿鲁连仲总指挥麾下的池

师长峰城,也就是那位在台儿庄打过一次大胜仗的英雄。他的喉咙是沙哑的,原因是从前在新疆边界打仗的时候,有一颗子弹伤了他的颈项,穿破了他的声带。

他的长方形面孔,不短不长的结实的身体,和他的稳重安详的沙喉咙正能够相配,在警报声里笑着谈着的他的态度,却很奇异地使我想起了扮演张飞的北平那位名伶郝寿臣。

他所告诉我们的,就是台儿庄的一役,也并不是他一个人的功劳。长官指挥的坚决,军民合作的不懈,就是这一次打胜仗的最大凭藉。

台儿庄,本来是只有二三百人家的一个在陇海支线上的小镇,南岸凭一条运河,东西北三面,是有矮矮的土城筑在那里的。火车站在庄的西面,路基离平地高约丈余,到了庄的北面,铁路支线也已到尽头了。村庄的土堡,是筑在铁路的东面的。

三四月的北方乡村,四面都是苍黄的小麦田,在麦浪头上,各处的小村子,或拥着一簇树林,或显着几垛黄里带白的墙头,只教登上稍高一点的地方,就用不着望远镜而都了了可见。台儿庄的东北两方面及西北方的几个村子,全已在前日被敌人于重炮火之下占据了去。那一天,台儿庄亦被占据了一半的晚上(四月二日),将近半夜的时候,池师长底下的两位团长,因为牺牲得太厉害,也有点支持不住的样子。他们到师部来请教师长,说与其全部将血肉牺牲,还不如一时暂退,再图反攻的好。但池师长是已经受了总指挥的命的,总指挥说:"你们若在上峰没有退却命令之前而想退却的话,请先来把我杀死!"池师长当然也只能以这最后命令,同样地传给那几位团长。

团长回去了,重新配备了些补充的士兵和武器。同时又下了一道紧急命令,问军中有没有敢死的义勇兵士,能以手榴弹去向西绕道,而一冲敌人的右翼后方。

言下应募的志愿者,有四十七位之多。四十七位义士,于装置好手榴弹、轻机枪、追击炮、大刀、手枪,换上草鞋轻装,渡过运河,沿铁道线向西北迂回出发之后,东面的运河边上,忽然寒水里爬上了一位五十岁左右的乡下的农妇。

她的衣服是被河水浸透了,手上脸上,只在蒸发出因天寒水湿之故的热气。脸上一层像被涂了油似的汗水,汗水下分明现出了因兴奋而胀得红紫的血潮。两眼炯炯,泪珠亦干了,包得紧紧的一张嘴,显示出了她必死的决心。当她在黑暗里一步一跌被带到了有掩蔽物围着的师部的时候,她的第一句话,就连叫着说:"你们的炮打得不准,你们的炮打得不准。"

据她的报告,敌人已从东北面进到了庄的东头的泰山行宫东头庙里了,现在正在挖掘战壕。而我军的大炮,还在向早晨的敌人集中地点轰击,距离泰山行宫,约有大半里路的样子,炮的射程应该改近一点,就可以把敌人的弹药及集中部队打得他片甲不留。至于她自己呢?这几天日日的受了敌人的蹂躏,弄得两条腿都不便行走了,她自己想迟早总不免一死的,所以今晚才下了决心,偷渡过了运河,来报告一下敌人的虚实。池师长令救护队把她送上了后方去后,就依她的话,下令改短了大炮的射程。不出十几发的试射,果然爆炸声和火光将这农妇的报告证实了。

"这真是我们老圣女祥,大克了,我们要恭祝她的健康!"

我们同志中间的一位盛成先生,在飞机警报戒除的声里,就举起了他那只小小的高粱酒杯。

"还有那四十七位敢死的义士呢?"

我干喝了一口高粱酒后,急切的想知道知道他们几位命运。

"他们么?"池师长又张着沙喉,镇定地说:"也完成了他们的任务。"

这四十七位义士,于向西北复转向南,在麦田里绕道的中间,就解决了一小队敌人右翼的哨兵,敌人因为只注意着正面炮火的轰炸,所以,当我们四十七位义士接近他们身边的时候,他们却是面向着东南的居多。等到一大半被解决以后,向前逃的有两个敌哨兵开放信号枪的时候,我们的熟悉地理的义士们已经分散成了两部。一部分赶向了南,接近了台儿庄西北面的土堡,一部分在向东向北的追赶,开放轻机枪和迫击炮;敌人们以为有大队的士兵,从西北抄到他们的右翼后面来了,一阵混乱,西北角竟起了绝大的动摇。同时在正面跟踪了我们大炮弹之后,补充来的生力军也已经冲到了台儿庄前运河的对面。

敌人在黎明之前,开始退却了,我军就在第二天早晨冲到了东岳行宫。

掩护敌人退却的残留部队,和我军对峙到了日暮,才一一就了擒和正了法。但是我们的四十七位义士,也牺牲了四十五位。还有两位负着重伤的义士,于那一日午后在被担架抬回来的路上,忽而清醒了一下。

他们问起了台儿庄的有没有被完全克服;问起了同道出发的其他的各位义士。没有经验的一位年轻的服务士兵,将实情一一的告诉了他们。他们先发了一次胜利的欢呼,后来又忽而叫出了一声痛楚,随后就默默地不响了。但等到渡过运河,将要把他们从担架转移上救伤列车的时候,他们两个人各伸出了手,互相紧捏着,而把身体向侧面空地里跳跃了下去。大家着了急,自然忙抢着仍复拾起了他们。但是太迟了,伤口各出了多量的血,他们俩都已经昏睡了过去。

其中的一位,在列车就殉了义;还有一位,列车送到了徐州战地医院,于清醒转来的时候,只流了几点泪说:"请你们快点把我杀死,我们出发的时候,就大家约好的是决定大家不再回来的。"他在延挨了三日痛楚之后,也就和其他的四十六位义士一道升天去了。

本来常带笑容的池师长,讲到了最后,面部也显出了一种阴戚的表情,那一口沙喉咙,似也低灭了些。

正在大家沉默了一下的当中,忽而十字路口的那一座警报钟又响起来了;我们大家就从座位里跳了起来。大家也不约而同的发出了一句愤怒的咒词,并且大声地说:

"我们一定要为义士们复仇!"

"复仇!"

"复仇!"